NARRA

73

Nuala Ellwood

I SEGRETI DI MIA SORELLA

Romanzo

TRADUZIONE DI
FRANCESCA TOTICCHI

EDITRICE NORD

Titolo originale
My Sister's Bones

ISBN 978-88-429-3036-5

In copertina: foto © Hanka Steidle / Arcangel Images
Art director: Giacomo Callo
Graphic designer: Marina Pezzotta

Original English language edition first published
by Penguin Books Ltd, London

I SEGRETI DI MIA SORELLA

Questo romanzo è dedicato a mio padre,
un gran brav'uomo.

Quando nell'ora tacita ed oscura
vengono i sogni ad aleggiarmi intorno
voci fioche di voi che foste un giorno,
non chiamatemi a un sol che non è più.

ALFRED TENNYSON

PROLOGO

Lei è al sicuro adesso. Libera dai suoi demoni. Riposa in un posto quieto e tranquillo, in un piccolo, placido fazzoletto d'acqua. Le sarebbe piaciuto, penso, guardando un battello avvicinarsi al molo. Lo avrebbe ritenuto appropriato.

È difficile credere che abbia trovato pace dopo una fine così violenta, ma spero ci sia riuscita.

Mia sorella. La mia bellissima sorella.

« Buon viaggio », sussurro. Mentre spargo le sue ceneri nell'acqua, faccio un sospiro profondo. Forse è la fine.

Il battello si riempie di turisti e delle loro voci spensierate, ma noi tre restiamo qui, col cuore spezzato, a darle il nostro ultimo addio.

Guardandola andar via, m'investe di nuovo il pensiero che mi tormenta da quand'è morta.

Com'è possibile che sia io, tra le due, a essere sopravvissuta?

PARTE PRIMA

1

Stazione di polizia di Herne Bay,
domenica, 19 aprile 2015, ore 10.30

« Vuole che le rifaccia la domanda? »

La dottoressa mi parla, ma le voci non mi permettono di sentire quello che dice.

« Kate? » Seduta davanti a me, attende nervosamente che le risponda.

« Mi scusi, potrebbe ripetere? » Cerco di concentrarmi.

« Vuole che chiuda la finestra? C'è parecchio rumore, fuori. »

Fa per alzarsi, ma la fermo subito allungando una mano. Lei sussulta, e mi rendo conto che potrebbe aver preso il mio gesto come un'aggressione. « No. Non si preoccupi. È solo che credevo di aver sentito... Niente. Lasci perdere. » Non devo dirle delle voci.

Lei accenna un sorriso. Questo è un territorio conosciuto. Allucinazioni uditive; voci nella testa. Una manna, per una psicologa clinica come lei. Prende il taccuino e lo apre su una pagina bianca. « Va bene, Kate. » Mentre scrive, un raggio di sole del mattino colpisce la penna, mandando un luccichio argentato. « Potrebbe descrivermi quello che sente, per favore? Si tratta di voci vere e proprie? »

« Non so di cosa parli. »

« Riesce a capire quello che dicono? »

« Senta, so benissimo cosa cerca di fare. Ma non ci riuscirà, perché io non sono quella che crede. »

« Cosa credo che sia? »

« Una pazza che sente le voci, che vede e s'immagina cose. Lei pensa che sia tutto nella mia testa. »

Mentre parlo, le voci tornano, vanno e vengono, come una radio sintonizzata male. La dottoressa Shaw sta dicendo qualcosa, però io non riesco a sentirla, perché le voci sono assordanti. La vecchia che piange; il giovane padre che corre in strada con in braccio il corpo martoriato della figlia. Sono vecchi amici, vengono a trovarmi ogni volta che sono sotto stress.

Non resisto. Mi copro le orecchie con le mani. Le voci diventano un'eco ovattata, come quella che si sente dentro le conchiglie. Vedo mia madre, con la guancia premuta contro la mia. *Ascolta, amore. La senti? È la voce del mare.* E io le credevo. Credevo davvero che dentro quella conchiglia ci fosse il mare, ma in realtà quello che sentivo era solo la vibrazione dell'aria contenuta tra le sue pareti curve. Ci credevo perché non potevo fare altrimenti. Lei era mia madre e una madre non mente.

« Kate? »

Ho visto le sue labbra muoversi. Ha detto il mio nome. La fisso e lei fa lo stesso. Ha gli occhi verde scuro, mi ricordano il colore del mare d'inverno. È sempre più forte adesso, il rumore delle onde che s'infrangono sugli scogli.

« Kate, la prego. » La dottoressa Shaw fa per alzarsi. Vuole andare a chiedere aiuto.

Mi costringo a togliere le mani dalle orecchie e le incrocio in grembo. Il bracciale di peridoto che Chris mi ha regalato per il nostro ottavo anniversario scivola lungo il braccio e ricade sul polso. Lo accarezzo, strofino le sue pietre come fossero la lampada di Aladino. *Esprimi un desiderio.* Ricordo la sera in cui Chris me l'ha dato. Eravamo a Venezia e c'era il Carnevale. Mentre passeggiavamo per le calli ammirando i costumi elaborati della gente, lui mi ha infilato una cosa in tasca. « Ai prossimi otto anni insieme », mi ha sussurrato poi, allacciandomi il bracciale. Chiudo gli occhi. *Fallo tornare da me.*

« Come dorme, ultimamente? Ha incubi? »

Scuoto la testa e cerco di concentrarmi, ma riesco solo a pensare a Chris e al nostro viaggio a Venezia. Mi sembra di sentire ancora l'odore dei canali.

« È molto carino. » Indica il bracciale.

« Il peridoto dovrebbe proteggere dagli incubi », rispondo con un filo di voce.

« E funziona? »

Continuo ad accarezzare le pietre. È come se mi confortasse.

« Funziona, Kate? »

Non molla. Bevo un sorso d'acqua dal bicchiere di plastica che mi hanno portato un'ora fa. È tiepida e ha un cattivo odore, ma è sempre meglio della puzza dei canali. Mi asciugo le labbra col dorso della mano. « Mi capita di fare brutti sogni. Ma non mi sembra una cosa strana, considerato tutto quello che è successo nelle ultime settimane. »

Mentre lei prende appunti, guardo a terra e vedo pezzi di corpi coperti di fango, come in un macabro puzzle. Mi ha chiesto se ho incubi, ma da dove vuole che cominci? Vuole forse che le racconti delle fosse in cui mi sono ritrovata, coi piedi che affondavano nel terreno e nei liquidi organici? Che le parli di quelle notti interminabili in cui mi svegliavo pregando di poter sentire un rumore, una voce, qualsiasi cosa che non fosse il silenzio incessante della morte? No, perché altrimenti non farei altro che confermare i suoi sospetti. Devo rimanere concentrata e stare un passo avanti a lei, altrimenti è la fine. Continuo ad accarezzare le pietre del bracciale, come se davvero potessero proteggermi.

Lei smette di scrivere e alza lo sguardo. « E direbbe che questi incubi siano peggiorati da quand'è tornata a Herne Bay? »

Poso il bicchiere sul tavolo e raddrizzo la schiena. Devo smetterla di distrarmi; devo restare concentrata, all'erta. Ogni cosa che dico potrebbe essere usata contro di me. Mi sforzo di tenere la voce salda. « No, non sono peggiorati. Sono solo diventati realtà. »

2

Domenica, 12 aprile 2015,
una settimana prima

Non appena scendo dal treno, mi sento scuotere da un brivido. La banchina è deserta e il vento mi sferza il viso. Mi carico lo zaino in spalla e vado verso l'uscita. L'orologio della stazione segna le 23.59. Questo silenzio assordante mi mette a disagio. Avrò fatto la cosa giusta? Per un attimo valuto la possibilità di risalire sul treno, ma le macchine sono spente e un uomo con indosso un gilet fluorescente sta aprendo tutte le porte per far salire quelli delle pulizie. Qui il treno si ferma, è il capolinea.

Mi stringo nella giacca leggera, pentendomi di aver infilato il giubbotto pesante in fondo allo zaino. Avevo dimenticato che freddo fa a Herne Bay di sera, persino in aprile. Mia madre diceva che è un gelo che ti entra nelle ossa.

Vado verso le scale e mi guardo intorno in cerca di un qualche segno di vita, ma niente. Ci sono solo io. Spero che lui abbia ricevuto il mio messaggio. Di tutte le situazioni terrificanti in cui mi sono trovata, nessuna mi ha messo più agitazione di questa. Herne Bay. La cittadina in cui fa buio presto e la vita è prevedibile come le maree. Mi ci vorranno tutte le forze che mi sono rimaste per sopravvivere ai prossimi giorni.

Proprio quando arrivo nell'atrio della stazione, sento il cellulare che vibra nella tasca. Mi fermo davanti alla macchinetta dei biglietti per rispondere. « Ciao. Certo, non c'è problema. Arrivo subito. »

Fuori ha appena cominciato a cadere una pioggerella leggera. Vedo l'auto grigio metallizzato parcheggiata alla fermata dei taxi. Saluto con la mano l'uomo seduto al volante e mi avvicino, con lo zaino pesante che mi sfonda le spalle. Mio cognato risponde al saluto ma non sorride. Sa che la mia presenza a Herne Bay causerà problemi. Comunque sia, gli sono grata per essere venuto a prendermi. È l'unico della famiglia che ancora mi rivolge la parola.

« Ciao, Paul. Grazie per essere venuto a quest'ora. Mi hai fatto un grosso favore », gli dico quando apro la portiera.

« Figurati. Metti pure dietro lo zaino, c'è più spazio. »

Anche io vorrei potermi sedere dietro e fingere di essere a Londra, su un taxi che mi riporta a casa. Se non altro la stazione è vicina a casa di mia madre, mi dico, buttando lo zaino sul sedile posteriore. Prendo posto davanti, allaccio la cintura e chiudo gli occhi. Sono a casa, qualunque cosa voglia dire.

« Sei sicura di voler stare da tua madre? » mi chiede Paul uscendo dal parcheggio. « Puoi venire da noi, se vuoi. »

« Grazie, ma davvero non voglio disturbare. » Osservo i luoghi familiari che scorrono fuori dal finestrino.

« Non disturberesti affatto. Sarebbe un piacere. »

« Come no. Non penso proprio che per Sally sarebbe un piacere. M'immagino che faccia farebbe se mi presentassi da voi. »

« Va bene, ma allora un albergo? Ne hanno appena aperto uno sul lungomare. È molto bello, ti piacerebbe. »

« Guarda, casa della mamma andrà benissimo. Tanto mi fermo poco. Anzi, con quello che è successo, mi farà bene passare qualche giorno lì; mi aiuterà a metabolizzare la cosa. »

« D'accordo, ma se cambi idea l'offerta resta valida. »

« Grazie. »

Paul rimane in silenzio per il resto della strada. Io continuo a guardare fuori dal finestrino: stiamo percorrendo anonime strade residenziali, i cui nomi si confondono come inchiostro dissolto nell'acqua. Ho lo stomaco sottosopra e mi gira la testa. Mi succede ogni volta che torno. È come se fossi allergica a questo posto. « Ti dispiace se abbasso il finestrino? » chiedo, pregando di non vomitare sul cruscotto immacolato della sua auto.

« Fai pure. »

« Così va meglio », dico, mentre l'aria fredda mi sferza la faccia. Certo, la puzza di pesce non aiuta.

Infilo una mano in tasca e accarezzo la superficie liscia della mia penna portafortuna. È una stilografica d'argento col mio nome inciso sopra. Un regalo di Chris per il nostro primo anniversario. La porto con me in ogni viaggio: Siria, Afghanistan, Iraq. Mi basta averla in tasca per sentirmi protetta.

« Che silenzio », sussurro, lasciando la penna, mentre la macchina s'inerpica sulla collina che porta a Smythley Road.

Avevo dimenticato la coltre di silenzio che avvolge questo posto quando cala la sera. Guardo fuori e immagino gli abitanti di Smythley Road rintanati nei loro letti come i personaggi dei libri di Edgar Allan Poe che divoravo quand'ero bambina, già pronti a sprofondare nelle loro « piccole porzioni di morte ». Faccio fatica a credere che questo posto, questo mondo ovattato un tempo fosse casa mia.

« Eccoci arrivati. » Paul accosta.

Mi fa trasalire, ero immersa nei miei pensieri. Guardo la casa davanti alla quale ci siamo fermati. Civico 46: una bifamiliare degli anni '30 con l'intonaco ingiallito. Ricordo ancora a memoria il numero di telefono – 654345 – e il mio mantra di quand'ero bambina: *Mi chiamo Kate Rafter e abito al 46 di Smythley Road con la mamma, il papà e la mia sorellina Sally*. A ripensarci mi vengono le lacrime agli occhi, ma le ricaccio indietro e mi faccio coraggio: il primo passo è sempre il più difficile.

Scendo dall'auto, ma subito sento i polmoni che si contraggono, come prima di un attacco di tosse. Devo reggermi alla macchina.

È solo una settimana, mi ripeto: giusto il tempo di prendere un po' d'aria di mare e firmare i documenti per la mamma. Poi potrò tornarmene al mio lavoro e alla normalità.

« Tutto okay? » Paul è dietro di me. Mi prende lo zaino dalle spalle e poi mi passa davanti per fare strada.

« Sì, tutto bene. Sono solo stanca. »

« Sei proprio sicura di non voler andare in albergo? »

« Sì. Ho solo bisogno di farmi una bella dormita, tutto qui », gli dico mentre attraversiamo il vialetto.

« Be', per dormire questo è il posto perfetto. È tranquillo e silenzioso. Non so proprio come fai a resistere in quei luoghi infernali in cui ti mandano per lavoro. Io non ce la farei. »

Faccio un sorriso triste. Ecco l'unica cosa che importa alla maggior parte della gente: una bella dormita. Me lo immagino, Paul, a Homs o ad Aleppo: continuerebbe a russare indisturbato mentre la gente fuori lotta per sopravvivere.

Quando arrivo davanti alla porta, mi blocco. È ancora inconcepibile per me pensare che dentro non ci sarà la mamma ad aspettarmi, che non la troverò in cucina a sfornare manicaretti per il mio arrivo. Mia madre *era* questa casa. Era l'unico mondo che conosceva.

« Io vado, adesso. Ecco le chiavi. Questa apre la porta principale, quest'altra quella sul retro. Il termostato è in cucina, dietro il bollitore, in caso avessi freddo. Faccio un salto domattina per vedere come stai. »

« Grazie. » Prendo le chiavi e passo il pollice sui dentini metallici. « Salutami Sally, per favore. »

Lui storce le labbra.

« È pur sempre mia sorella. »

« Lo so. E in fondo al cuore lo sa anche lei. »

« Lo spero », rispondo, tremando di freddo.

« Adesso entra. Si gela, qua fuori. »

Lo accompagno in fondo al vialetto e poi seguo la sua auto con lo sguardo fino a che non scompare tra le curve della baia. Rimando ancora un po' il momento di entrare in casa. Quando aprirò la porta diventerà tutto reale. Mia madre sarà morta davvero. È troppo doloroso. Ma devo farlo o non riuscirò mai a voltare pagina, mi dico mentre torno indietro. Al primo piano della casa accanto c'è una luce accesa, mi fermo a guardarla. È rassicurante: un segno di vita in un mondo di tenebre e morte. Confortata, infilo la chiave nella serratura e apro la porta.

Una volta dentro, cerco a tentoni l'interruttore. Quando finalmente lo trovo, si accende una luce fioca che è un pugno nello stomaco. L'avevo dimenticato: a mia madre non piacevano le luci intense. La luce non era sua amica. Rivelava troppo. Per questo motivo aveva messo lampadine a basso voltaggio in tutta la casa, rifugiandosi nella penombra.

Attraverso il corridoio e ripenso a quand'ero ragazzina: ho passato i primi diciotto anni della mia vita in penombra, col terrore di quello che poteva nascondersi dietro ogni angolo. Passo di stanza in stanza e premo tutti gli interruttori. Sento una fitta al cuore ogni volta che dalle lampadine si diffonde una luce inconsistente.

Mi fermo in cucina. È diversa. Evidentemente Paul e Sally hanno pensato di sistemare un po' la casa nella prospettiva di venderla. Le pareti rosso scuro della mia infanzia sono state ridipinte di un rosa magnolia e il linoleum del pavimento sostituito con un'insipida moquette grigia. Ma va bene così, mi dico. Per quanto il grigio possa essere noioso, è proprio quello di cui ho bisogno. La sua scialba neutralità mi permetterà di non precipitare nella spirale dei ricordi.

Guardo nella dispensa e mi accorgo che Paul mi ha fatto un po' di spesa. Ci sono caffè, tè, pane fresco, qualche zuppa e fagioli in scatola. In frigo trovo latte intero, burro, uova e una confezione di bacon affumicato: tutte cose che non mangio da anni. Eppure domattina sarò felice di averle in casa.

Trovo anche un paio di bottiglie di vino bianco. Ne prendo una e mi riempio un bicchiere. So che non dovrei. Avevo smesso, ma poi con tutto quello che è successo negli ultimi due mesi ho ceduto. Mi ero giurata che non avrei fatto la fine di Sally e mio padre. Solo che, dopo Aleppo, l'alcol è l'unica cosa che mi calma un po' i nervi.

L'alcol e i sonniferi.

Infilo la mano in tasca e tiro fuori il blister. Butto giù due pillole con un sorso di vino e vado di sopra, sperando che si sbrighino a fare effetto.

Ma non appena arrivo sul pianerottolo mi blocco. Fisso la porta chiusa della stanza di mia madre e mi si stringe il cuore. C'è ancora. La crepa nel legno causata da un calcio. Tremo. In un attimo, è come essere tornata indietro di trent'anni. Perché diamine non l'ha mai fatta sistemare?

Mi dico di non entrare, di aspettare domattina, quando sarò più lucida, ma non serve a niente, le mani già aprono la porta. Trattengo il respiro. La stanza è impregnata della rabbia di mio padre e mi sento come se da un momento all'altro potessi trovarmelo davanti che mi chiede perché diavolo lo sto spiando. Ma in realtà la stanza è deserta e allora entro.

Non è cambiato nulla. Guardo incredula i mobili impolverati. Lo stesso comò, le stesse tende di velluto, la stessa orribile carta da parati marrone coi fiorellini. Vedo la testa di mia madre che colpisce il muro, ancora e ancora, e mio padre che la tiene per i capelli e la sbatte contro i fiorellini dorati. C'è odore di umidità e di profuma ambienti da due soldi. Paul ha fatto del suo meglio, ma la stanza è impregnata del sangue di mia madre. Anche se non se ne vedono più i segni, io lo sento ancora nell'aria. C'è puzza di paura, qua dentro.

Esco e richiudo la porta. Sul pianerottolo l'immagine incorniciata del Sacro Cuore di Gesù mi guarda minacciosa. Gesù ha la barba e le mani protese verso di me, e un cuore ardente che gli pulsa nel petto. Da ragazzina detestavo quell'immagine, non riuscivo neanche a guardarla. Simboleggiava tutto ciò che c'era di sbagliato nella mia famiglia: fede cieca nonostante le tragedie e le violenze subite; sottomissione a un dio superiore. Leggo a voce alta la frase scritta sotto: «Gesù proteggici». Mia madre ci aveva aggiunto a penna i nomi dei suoi figli – due vive e uno morto –, quello di suo marito e il suo, come sempre per ultimo.

«Quando mai ci hai protetto?» gli chiedo, arrabbiata, e il mio grido rimbomba nella casa deserta.

Fisso l'uomo ritratto nell'immagine. Che razza di Dio fa morire un bambino? Leggo ancora il nome di mio fratello e per un attimo mi chiedo come dev'essere stato affogare, non riuscire a respirare, annaspare, cercare di chiamare una mamma che non è mai arrivata. Penso a un altro bambino che non ce l'ha fatta e chiudo gli occhi, per scacciare i ricordi. Basta, mi dico. Poi giro il quadro al contrario, rivolto verso il muro.

Quando apro la porta della vecchia camera di Sally, sono già stordita dal sonno. Qualcuno – molto probabilmente Paul – ha preparato il letto con lenzuola pulite e messo un bell'asciugamano morbido sul comò. Sono tentata di farmi un lungo bagno caldo, ma non è una buona idea, visto che ho preso i sonniferi. Una doccia però potrebbe farmi bene.

Prendo l'asciugamano e vado in bagno. Accendo la luce e una vista orripilante mi fa accapponare la pelle: è la mia immagine riflessa nello specchio. Dimostro persino più dei miei trentanove anni. Il viso gonfio e segnato, i capelli un ammasso informe di lanetta ingrigita. Non appena torno a Londra devo passare da Anton a farmi fare la tinta.

Entro nella doccia e mi strofino la faccia sotto l'acqua bollente. Mi sento ridicola a preoccuparmi di una cosa frivola come il mio aspetto. Qualche capello grigio non è niente in confronto alle cose orribili che sono successe nelle ultime settimane. La mia vita è implosa e io mi preoccupo del parrucchiere.

Poi però ripenso alla mia cara amica Bridget Hennessey, giornalista coraggiosissima e mia mentore. L'ho conosciuta all'inizio della mia carriera, quand'era appena tornata dal Kosovo. Era stata presa in ostaggio da una banda di ribelli e vittima di un'esecuzione simulata. Era rimasta prigioniera per dieci giorni, con un cappuccio in testa e gli spari che risuonavano nella stanza accanto. Le avevano fatto credere di aver ucciso il suo autista e il cameraman e che lei sarebbe stata la prossima. Le torture psicologiche che aveva subito avrebbero fatto impazzire chiunque, ma lei aveva resistito fino a quando non l'avevano liberata. Me la ricordo ancora quel giorno in redazione, a scrivere il resoconto di ciò che era successo come se niente fosse, con mani e unghie perfette. E io lì, davanti a lei, coi capelli in disordine e con le unghie mangiucchiate, mi chiedevo come fosse possibile che dopo tutto quello che aveva passato si preoccupasse ancora della manicure.

«Ma il punto è proprio questo, mia cara Kate», mi aveva risposto quando alla fine glielo avevo domandato. «La vita va avanti, e non può essere altrimenti, se no la diamo vinta a quei bastardi.»

Esco dalla doccia e mi lascio avvolgere dal calore dell'asciugamano. Chiudo gli occhi e immagino di essere nel nostro albergo preferito di Venezia, con Chris che mi aspetta a letto. Sento la sua pelle ruvida e calda contro la mia, le sue dita che si fanno strada dentro di me, il sapore del vin brulé sulle sue labbra. Ma in realtà la camera da letto è vuota e fredda. E tutte le sensazioni provate un attimo fa si dissolvono. M'infilo sotto le lenzuola e chiudo gli occhi.

Un attimo dopo mi ritrovo in un negozio avvolto in una nuvola di polvere. Mulina nell'aria e s'infila ovunque, come gas velenoso. Più mi addentro nel negozio, più s'infittisce. Non riesco a vedere niente. Sono terrorizzata, ma devo proseguire.

Quel negozio un tempo brulicava di clienti, di vita. Gli scaffali erano pieni di riviste di viaggi e sigarette di contrabbando. C'era un ragazzino che correva in giro a raccontare storie a chiunque volesse ascoltarle, ma adesso ci sono solo silenzio e macerie.

Il pavimento è bagnato e scivoloso. Quando guardo per terra mi accorgo che ho le scarpe ricoperte di macchie rosso scuro. Non cammino più in mezzo alle macerie, ora arranco in un pantano di sangue denso e vischioso.

Sento il rumore di una macchina fotografica e il flash illumina la stanza. Quella luce inaspettata mi fa perdere l'equilibrio e cado di faccia in quella melma. Guardo su e vedo una pila di pietre, un piccolo reliquiario in un oceano di sangue. Striscio fin lì, perché so cosa c'è sotto. Sento il suo cuore che batte e comincio a scavare con le unghie, come un animale. Ci sono macchioline rosse ovunque e capisco che sono io che sanguino, ma non sento dolore. Poi lo vedo, con gli occhi sgranati e le braccia protese verso l'alto. Un bambino che vuole la mamma.

Cerco di non guardarlo in faccia mentre mi sporgo per tirarlo su. Dietro di me, la macchina fotografica continua a scattare e illumina il bambino con una luce bianca e accecante. Non riesco più a vederlo; sparisce in quella luce. « Smettila! » urlo al fotografo. « Non puoi fotografare questo. » La mia voce rimbomba tra le macerie e la terra trema. Il bambino mi fissa con occhi imploranti; provo a prendergli la mano, ma scivola via. Ora è polvere, e io lo guardo tornare alla terra. Poi però lui grida: « Aiutami! »

È l'ultima cosa che sento mentre il flash mi acceca e io riapro gli occhi e mi sveglio.

Mi ritrovo per terra a scavare nella moquette. E, sebbene sappia di essere al sicuro, che si è trattato solo di un altro incubo, in bocca sento ancora il sapore della polvere. Mi alzo e mi accorgo che la stanza è avvolta in una luce fredda, bluastra. Ero talmente stanca che devo aver dimenticato di tirare le tende.

Vado alla finestra. Il cielo è limpido e pulito, diversissimo da quello di Londra, sempre pieno di smog. Resto un momento a guardare la luna e le stelle che brillano sul mare e penso alla Siria. Lì il buio scende di colpo. Come una ghigliottina, diceva Chris. All'improvviso mi sembra che la Siria, Londra, Chris facciano parte di un'altra vita, e che *questa* vita, in questa cittadina sul mare, sia l'unica che esista. Non sono più una giornalista coraggiosa, sono un'adolescente spaventata che si nasconde dietro la tenda, terrorizzata dagli incubi che ha ogni volta che chiude gli occhi.

3

Stazione di polizia di Herne Bay,
10 ore di detenzione

La dottoressa Shaw guarda il foglio che ha davanti. « Forse dovremmo partire da un po' più lontano, da quand'è tornata a Herne Bay. Mi sembra di aver capito che mancava da un po'. Cosa l'ha spinta a tornare? »

Seduta di fronte a lei, la guardo accavallare e scavallare le gambe, sorseggiare del tè, asciugarsi le labbra e poi rimettere giù il bicchiere di plastica. Il grande orologio ovale appeso al muro scandisce i secondi che passano mentre noi restiamo sedute in silenzio, io a riflettere sulla domanda, lei ad aspettare la risposta. Una risposta che sono certa conosce già.

Tra un paio di mesi compio quarant'anni e, mentre sto seduta qui, in questa stanza illuminata dai neon, vedo una torta con la glassa al limone e il ripieno di crema al burro. Vedo mia madre indaffarata in cucina, che rompe uova in una ciotola grossa come la mia testa. E vedo me stessa, a quattro anni, che osservo ogni sua mossa. « Voglio una torta gialla come il sole », le avevo detto. E mia madre mi aveva accontentato perché, dopo tutto quello che avevamo sofferto, non voleva deludermi. Se volevo una torta gialla come il sole l'avrei avuta.

La dottoressa si schiarisce la gola e io alzo lo sguardo, mentre il viso di mia madre svanisce nella parete.

« Volevo godermi l'aria di mare », rispondo.

Lei prende una cartellina dalla borsa e sfila un foglio. « Abbiamo parlato con Paul Cheverell. È suo cognato, giusto? »

Annuisco. Cosa le avrà raccontato?

« Ci ha riferito che è tornata a Herne Bay perché avete avuto un lutto in famiglia. Sua madre? »

« Sì. » Fisso la parete alle sue spalle, cercando di cancellare dalla mente l'immagine della tomba di mia madre, ma è l'unica cosa che riesco a vedere.

« Lei e sua madre eravate molto legate? »

Torno a guardarla e mi dico che, prima risponderò a questa domanda, prima uscirò di qui. Devo fingere si tratti di una cosa di lavoro. Non sono in una stazione di polizia, ma in una sala riunioni e stiamo parlando di qualcun altro: di una madre astratta, non della mia, che mi faceva le torte, che mi chiamava « amore » e che si commuoveva quando leggeva le poesie di Elizabeth Barrett Browning. Se penso che si tratti di quest'altra persona, allora forse posso farcela. « Sì », rispondo con un sorriso. *Sorridi ai tuoi nemici, fatteli amici.*

« Veniva a trovarla spesso? »

« Non tanto quanto avrei voluto. »

« Come mai? »

« Per via del mio lavoro. Viaggio molto. Torno in Inghilterra raramente e per pochi giorni, in cui sono oberata di cose da fare. » So benissimo che le sembrerà una scusa, ma non posso dirle la verità: che non ce la facevo, che non sopportavo di vedere mia madre chiusa in un ospizio, ormai incapace d'intendere e volere.

« Era affetta da demenza senile, vero? »

« Sì. » Cerco di restare aggrappata all'idea di una persona astratta, di una madre ipotetica, ma non funziona e vedo mia madre china al tavolo della cucina, che cerca tra mille foglietti quello su cui ha appuntato il numero di telefono della zia. Quei foglietti erano la sua memoria, il suo salvagente, solo che li perdeva e poi diventava ancora più confusa. A un certo punto le ho regalato un dittafono, e me la ricordo seduta sul divano, che schiacciava i bottoni a caso, perplessa. Non si ricordava più cosa fosse, quell'oggetto.

« Quanto tempo è stata in ospizio? »

« Non molto. Qualche mese. »

« È peggiorata in fretta, allora. »

« Sì. Ma Paul mi ha detto che non ha sofferto, che è morta nel sonno. »

« Ha avuto un ictus? »

« Così mi è stato detto. » Alzo le spalle. Voglio cambiare argomento.

« Suo cognato ci ha detto che non ha potuto partecipare al funerale. »

Il tono freddo e distaccato della dottoressa mi ferisce. Fa aumentare il dolore, i sensi di colpa. « Esatto. »

« Come mai? »

Le sue parole sono come coltellate. Devo costringermi a restare seduta anche se l'istinto sarebbe quello di alzarmi e dirgliene quattro. « Gliel'ho già spiegato, ero all'estero per lavoro. In Siria. »

« E non poteva tornare? »

« No. Avrei voluto ma... non è stato possibile. »

« Così non è andata al funerale di sua madre. Dev'essere stata dura, immagino. »

« Sì. » Mi sforzo di non pensare a quel pomeriggio, a quegli uomini, al sangue, al bambino che mi chiedeva di aiutarlo. Penso invece al viaggio di ritorno in Inghilterra. Mentre aspettavo che l'aereo decollasse, ho sentito come se qualcosa dentro di me si stesse rompendo. Ho provato un dolore al petto, un dolore fisico, come quando tendi troppo un elastico e quello a un certo punto ti si spezza in mano. E, oltre al grande dispiacere per la morte di mia madre, ero travolta anche da un tremendo senso di colpa, perché sapevo che stavo scappando da un'atrocità di cui ero in parte responsabile. Avevo fatto una cosa terribile, una cosa per cui non mi sarei mai perdonata.

Ma alla dottoressa non voglio raccontare niente di tutto questo, non è affar suo.

«Dev'essere stato strano tornare a Herne Bay dopo tanto tempo.»

La sua voce mi riporta violentemente al presente. «Sì.»

«Ora sta nella casa in cui viveva da bambina, giusto?»

Annuisco e senza neanche accorgermene comincio a grattarmi il braccio. Le ferite si stanno cicatrizzando e prudono, oltre che far male. Chiudo gli occhi e penso agli antidolorifici e a un bel bicchiere di Chablis, anche se so bene che qui non otterrò nessuna delle due cose.

La dottoressa mi guarda le ferite. «Devono far male.»

«No, non è niente», rispondo, incrociando le braccia al petto per nasconderle.

«Come se le è procurate?»

«Ho detto che non è niente.»

Mi fissa per qualche secondo, poi decide di lasciar stare. «E suo padre? È ancora vivo?»

Conosce già la risposta, ne sono certa. «No. Grazie al cielo, no.»

«Perché dice così?»

«Perché era un ubriacone violento. Io lo odiavo e lui odiava me.»

«Perché lo odiava?»

«Perché trattava mia madre come un sacco da boxe.» Poi mi zittisco. Ho detto troppo, di nuovo. «Senta, io la ringrazio per la seduta di terapia, ma davvero non capisco che c'entri tutto questo con quello che è successo. So come funzionano queste cose, dottoressa. Sono una giornalista, faccio domande per mestiere. Qui non sono io ad avere un problema, ma *quella donna*.»

Incrocia le braccia al petto. «Kate, a me serve che lei risponda con sincerità. Le domande che le pongo ci aiuteranno a farci un quadro il più possibile chiaro di cosa l'ha portata qui. Lo capisce?»

Riluttante, annuisco.

«Possiamo fare una pausa quando vuole. Lei me lo dice e ci fermiamo, anche adesso», aggiunge, parlandomi come fossi una bimbetta recalcitrante.

«No, sto bene. Andiamo avanti.»

«D'accordo», risponde lei, cambiando posizione sulla sedia, a disagio.

Mi fa piacere vederla così, perché almeno per pochi secondi la situazione ce l'ho in pugno io.

«Dice che suo padre era un violento e che la odiava. Perché, secondo lei?»

«Non ne ho la minima idea. Forse gli ricordavo mia madre, che lui odiava. I miei hanno perso un figlio, mio fratello più piccolo, e la cosa li ha segnati a vita. Mia madre ha provato a superare il dolore riempiendomi di coccole, mio padre invece ha coltivato rabbia. Dava la colpa a mia madre di quello che era successo. Beveva e quando si ubriacava diventava violento.»

«Perché dava la colpa a sua madre per la morte del figlio?»

«Non ne ho idea. Forse era il suo modo per dare un senso alla cosa.»

«Com'è morto suo fratello?»

«Un incidente. È affogato.» È la risposta che do a tutti quelli che finiscono per chiedermelo, ormai ho anni e anni di pratica alle spalle.

«E sua madre era con lui?»

Sento delle grida. Vengono dal corridoio? Non ne sono sicura. Guardo la dottoressa, ma lei non ha sentito niente. Ho la tachicardia e cerco di ricordare quello che mi hanno detto di fare l'ultima volta che mi è successo. Inspiro. Devo concentrarmi sul mio respiro. Chiudo gli occhi ed espiro lentamente, anche se so che la dottoressa aspetta una risposta.

«Kate?»

Riapro gli occhi e inspiro l'aria pesante. Poi espiro di nuovo e rispondo: «Mi scusi, ma preferisco non parlare di questo. È successo tantissimi anni fa e non ha niente a che fare col motivo per cui mi trovo qui».

«D'accordo. E sua sorella? La moglie di Paul, Sally. Suo padre picchiava anche lei?»

«No.»

«Come mai?»

«E io che ne so.»

«Siete molto legate, lei e sua sorella?»

«No.»

«Come mai?»

«Non lo so. Chi ha un buon rapporto con la sorella? Lei ce l'ha?»

«Sono figlia unica.»

«Beata lei.»

«La domanda però era su lei e sua sorella, Kate.»

« Va bene, va bene. Perché non siamo legate? Non ne ho idea. Le nostre vite sono molto diverse. »

La dottoressa annuisce e prende appunti. L'ultima volta che ho visto Sally, era furiosa. Ha cominciato a urlarmi contro: *Ti presenti qui dopo anni che non ti fai vedere e pensi di potermi dire cosa fare? Non siamo più bambine, Kate. Adesso le decisioni le prendo da sola.*

« Cosa intende? In che senso le vostre vite sono diverse? »

« In tutti i sensi. » Penso all'e-mail che mi è arrivata mentre ero in Siria.

La mamma è morta. Ho pensato che dovessi saperlo.

Una riga. Questo è il massimo che era riuscita a fare. Ha sprecato una riga per dirmi che mia madre, la persona che amavo più di qualsiasi altra cosa al mondo, era morta. *Stronza.*

« Come, scusi? »

Guardo la dottoressa, con la rabbia per quella e-mail che mi fa ancora ribollire il sangue. L'ho detto a voce alta? « Mia sorella non è una persona particolarmente piacevole, dottoressa Shaw. Non andiamo d'accordo. Adesso possiamo cambiare argomento? »

4

Lunedì, 13 aprile 2015

Paul è sulla porta con un sorriso raggiante e con in mano un sacchetto di carta. « Fish and chips. Il migliore di tutta Herne Bay. Scommetto che ti mancava. »

In realtà no, ma mi sento stranamente allegra. Per la prima volta in tanti anni mi sono svegliata lucida. Niente più voci. Per ora.

« Visto che sono riuscito a farmi dare una pausa pranzo un po' più lunga, ho pensato di passare da Tellivers. Ci metto la mano sul fuoco che non vedi l'ora di mangiare un po' di cibo come si deve dopo aver passato tanto tempo a... Scusa, dov'è che sei stata? »

« Aleppo », rispondo. Poi capisco che non sa dove si trova e aggiungo: « In Siria ».

« Scommetto che laggiù non si mangia bene come dalle nostre parti. » Posa il sacchetto sul tavolo.

Per la miseria, è una zona di guerra, penso, mentre lo guardo apparecchiare la tavola. Di cibo ce n'è pochissimo e la gente lotta per sopravvivere. L'ultima cosa di cui m'importava ad Aleppo era il fish and chips. « In realtà non ho molta fame. Ho appena fatto colazione. »

« Avanti, ti farà bene mangiare qualcosa. Sei pelle e ossa! »

Sta solo cercando di essere carino, mi dico, mentre mi costringo a sedermi a tavola accanto a lui.

« Ecco qua. Fatti una bella scorpacciata », dice, riempiendomi il piatto.

Prendo una patatina e me la infilo in bocca. In effetti sono buonissime.

« Ho parlato con l'avvocato di tua madre. Mercoledì all'una dobbiamo andare da lei a firmare le carte. Non ci vorrà molto. Ah, portati un documento. Ce l'hai il passaporto? »

Lo guardo incredula. « Scusa, ma secondo te potrei fare il lavoro che faccio se non avessi il passaporto? »

Ride. « Hai ragione, perdonami. È che ho un mucchio di pensieri per la testa. » Si alza e tira fuori da un pensile una bottiglietta tutta impolverata di aceto di malto. « Ne vuoi un po'? »

Scuoto la testa e lo osservo mentre versa sulle patatine mezza bottiglietta di quel liquido marrone dall'odore pungente. « Viene anche Sally? »

« No. » Mette giù la forchetta. Sembra preoccupato.

« Che c'è? »

« No, è per Sally. Non è in gran forma. »

« Che vuol dire? Ha ripreso a bere? »

« Ha avuto una ricaduta. » Prende una patatina, la rigira tra le dita.

« Avete provato con gli alcolisti anonimi? »

« Non ne vuole sapere. Non ammette di avere un problema. Perché non provi a parlarci tu? Riusciresti a farla ragionare. Io ormai è come se parlassi al vento. »

« L'ultima volta che l'ho vista mi ha fatto capire chiaro e tondo che non ero la benvenuta. Mi ha praticamente buttato fuori di casa. »

« Lo so, ma è successo tanto tempo fa e lo sai quanto è

suscettibile quando si tocca l'argomento Hannah. Lei pensava che la stessi incolpando per quello che è successo. »

« Stavo solo cercando di farla ragionare. Non me ne importa niente se si è offesa, dovevo dirle la verità. Perché, se non fosse stata sempre attaccata alla bottiglia, Hannah probabilmente non se ne sarebbe andata. E lo sai anche tu », dico scansando il piatto.

« Certo. Almeno Hannah sta bene. E, a proposito, grazie ancora per averci aiutato a trovarla. Se non altro adesso possiamo stare tranquilli. »

« È mia nipote e volevo assicurarmi che stesse bene. Lo stesso però non si può dire della madre. »

« Senti, lo so che sei arrabbiata con lei. Ma Sally è proprio arrivata al capolinea. Non potresti mettere da parte il rancore e farci pace? »

« Mi dispiace, non accetto che una madre si arrenda. » Vado a svuotare il piatto nell'immondizia. « A volte mi viene il dubbio che non le importi niente di quella ragazza. »

« Adesso non essere ingiusta », dice pulendosi la bocca con uno scottex. « Certo che le interessa. Quando Hannah se n'è andata, lei è crollata: ha iniziato a bere ancora di più e ha perso il lavoro. Era uno straccio. In fondo al cuore sa benissimo che è stato il suo comportamento ad allontanare Hannah. Il bere e tutto il resto. E questa cosa la consuma. »

E, mentre me ne sto a svuotare il piatto nella pattumiera, ripenso all'espressione terrorizzata di mia sorella, tanti anni fa nel reparto maternità. Aveva solo quattordici anni quand'è nata Hannah, era ancora una bambina. Ero seduta accanto al suo letto, con Hannah che dormiva nella culla di plexiglas dell'ospedale. Sally a un certo punto mi aveva guardato e mi aveva chiesto: « E adesso che faccio, Kate? »

«Si volevano molto bene», dice Paul, ridestandomi dai miei ricordi. «Avresti dovuto vederla il primo Natale che abbiamo passato senza Hannah. Era distrutta. Ma tu non puoi saperlo, perché non c'eri mai.» Prende il piatto e viene a posarlo nel lavandino. «È tua sorella, Kate. Aveva bisogno di te allora e ha bisogno di te adesso.»

«Io ci ho provato, ma lei non ha voluto ascoltarmi», gli dico mentre lo guardo muoversi per la cucina come un uccello confuso.

«No, Kate. Tu in quel frangente ti sei comportata da giornalista: ti sei messa a fare ricerche e telefonate. Il che è servito, perché alla fine sei riuscita a trovare Hannah. Ma Sally in quel momento non aveva bisogno di un'intervista, ma del sostegno di sua sorella. Ed è ancora così.»

«Va bene. Una cosa alla volta, però.» Apro la porta sul retro. Qui dentro c'è puzza di aceto andato a male e ho bisogno di aria fresca. «Prima sbrighiamo le carte della mamma e poi vediamo. Non ti prometto niente, ma ci penso.»

«Grazie, Kate. Significherebbe tantissimo, sia per me sia per Sally, se deponessi l'ascia di guerra.» Riprende la giacca che aveva lasciato sul bancone della cucina. «Adesso però sarà il caso che torni al lavoro. Senti, un'altra cosa: dato che non hai ancora visto la tomba di tua madre, se vuoi ti ci porto domani in pausa pranzo.»

Le parole «madre» e «tomba» nella stessa frase mi disturbano, e vorrei tanto prenderlo per le spalle e scuoterlo, dirgli che si sbaglia, che la mamma è solo uscita a fare la spesa e che tornerà tra cinque minuti.

«Kate, tutto a posto?»

Gli occhi mi si riempiono di lacrime, ma non mi volto. Non voglio che mi veda così. «Sì, sì, tutto a posto.» C'è una rosa in fondo al giardino. Se continuo a guardarla le lacrime andranno via. « Mi piacerebbe visitare la tomba della mamma, se non ti crea troppo disturbo », gli dico, con gli occhi ancora fissi sulla rosa.

« Nessun disturbo. Passo a prenderti domani verso mezzogiorno e mezzo? »

Mi giro verso di lui. « Benissimo. E grazie per tutto quello che stai facendo. Te ne sono davvero grata. »

« Figurati. Dai, ci vediamo domani allora. »

Lo sento uscire e chiudersi la porta alle spalle. Tiro un sospiro di sollievo: finalmente posso starmene da sola coi miei pensieri.

Esco in giardino. È ridotto malissimo, ci sono erbacce e vasi rotti ovunque. A mia madre piaceva tanto fare giardinaggio. Era cresciuta in una fattoria e credo che le mancasse la vita di campagna. L'orticello in cui coltivava le verdure era il suo piccolo angolo di pace, un ricordo della sua infanzia. Passava ore a prendersi cura delle sue piantine di patate, carote e fagioli. A volte, durante le vacanze, la aiutavo anch'io. Raccoglievamo i fagioli e poi le davo una mano a sgranarli. « Uno per noi, uno per la pentola », diceva con gli occhi che le brillavano, sollevata di poter passare qualche ora senza di lui. Quando il papà era al lavoro, lei era libera: poteva ridere, cantare, comportarsi di nuovo come la giovane donna che era. A volte tirava fuori i suoi libri di poesie e ci sedevamo sotto il patio a leggerli insieme. È stata lei a trasmettermi l'amore per le parole. Aveva cominciato a studiare per diventare un'insegnante, ma poi aveva conosciuto mio padre ed era rimasta incinta di me. « All'epoca dovevi scegliere: i figli o il lavoro. Una cosa o l'altra. Entrambe non si potevano avere », mi aveva spiegato una volta.

Mentre ripenso a tutte queste cose, m'inginocchio lì

dove un tempo c'era l'aiuola con le rose. Appoggio la mano sul terreno, che adesso è arido e secco. La mamma aveva riempito il giardino di fiori: c'erano la rosa tea, con la corolla che ricordava la testolina di una bambola di pezza; le cicerchie odorose, che crescevano come grappoli di fragili farfalle intorno a rametti intrecciati; i crescioni, piantati dentro un vecchio bollitore di latta, con le foglie che ricordavano le impronte di un animale; le peonie, con le loro striature bianche e rosse che le facevano assomigliare a dei lecca-lecca. E infine lungo tutto il vialetto c'era il delfinio, che ti faceva sembrare di stare in un giardino edoardiano, in compagnia di ragazze vestite di bianco e giovani con la paglietta in testa. Sicuramente erano piante poco comuni per un posto come Herne Bay, ma era forse proprio per questo che piacevano a mia madre: la facevano distinguere dagli altri.

Quei fiori però adesso non ci sono più, restano solo erbacce e terra arida. L'aiuola delle rose mi perseguita da tutta la vita. La vedo quando passeggio per le strade di Soho, quando sono rintanata in qualche albergo sotto le bombe. La vedo la sera, quando chiudo gli occhi e prego di riuscire a addormentarmi. È il simbolo dolce e amaro della mia infanzia. E, ora che sono di nuovo qui, tocco la terra e ripenso a quella volta in cui mi ci sono rannicchiata nel freddo gelido della notte.

Avevo tredici anni e la mia colpa era stata quella di essermi ribellata all'ennesima invettiva di mio padre. La mamma aveva fatto un tortino di pollo, lui era tornato a casa ubriaco e aveva cominciato a lamentarsi dicendo che era secco. Come sempre, io avevo difeso mia madre mentre Sally aveva dato ragione a lui: «Sì, in effetti è un pochino asciutto, papino». Non la tolleravo, davvero. E il papà quella sera ci era andato giù talmente duro con la mamma, che io non ci avevo visto più. Ero intervenuta per cercare di difenderla.

Lui allora aveva lasciato perdere lei e se l'era presa con me. Me le aveva date di santa ragione e poi mi aveva preso per un braccio e mi aveva buttato fuori dalla porta. Era novembre, e la sera scendeva un gelo che ti penetrava nelle ossa. I vestiti non bastavano a proteggermi. Allora avevo preso un sacco di concime vuoto che c'era lì per terra e mi ci ero fatta una specie di coperta. Però continuavo lo stesso a battere i denti per il freddo. Così mi ero messa a prendere a pugni la porta, implorandoli di farmi rientrare in casa, ma non era venuto nessuno. Piano piano tutte le luci si erano spente e io mi ero rassegnata. Ero andata a raggomitolarmi nel posto più morbido e riparato che ero riuscita a trovare: le rose di mia madre.

Adesso che sono di nuovo in quell'aiuola, mi succede una cosa stranissima. Dopo tutti questi anni, mi torna in mente un dettaglio di quella sera, un ricordo talmente vivido da disorientarmi. Un'ombra alla finestra. Sally. Mentre ero raggomitolata nell'aiuola, avevo guardato su e avevo visto Sally dietro la finestra. Le avevo fatto segno e l'avevo chiamata. «Scendi, fammi entrare», l'avevo pregata. «Sally, vieni ad aprirmi.»

Forse non mi aveva sentito, ma sapeva benissimo che avevo bisogno di aiuto.

Aveva continuato a guardarmi da lassù, inespressiva.

«Sally, ti prego.»

Ma lei aveva scosso il capo, aveva fatto un passo indietro e richiuso le tende. Qualche minuto più tardi, mio padre era venuto ad aprire. Mi aveva dato una lezione e adesso potevo rientrare. Mi ci erano volute ore per riuscire a riscaldarmi, sebbene mi fossi raggomitolata sotto chili di coperte. La mattina dopo, Sally mi guardava come se fossi un fantasma, come se non riuscisse a credere che fossi sopravvissuta.

Rientro in casa a prendere rastrello e sacchi della spazzatura. Sono turbata. Com'è possibile che un ricordo resti sopito per così tanti anni e poi si risvegli all'improvviso? Non devo pensarci, però. Non ora. Un ricordo è solo un ricordo: un frammento del passato che non deve avere spazio nel qui e ora.

Mi concentro sul compito che mi sono prefissata. So poco di giardinaggio, ma a dare una ripulita e tirar via qualche erbaccia sarò pur capace. Prendo i sacchi di plastica nell'armadietto sotto il lavandino e il rastrello nel ripostiglio. È una bella giornata e mi sento meglio quando esco in giardino. L'aria fresca mi fa bene e il lavoro, seppure faticoso, è in qualche modo catartico. A ogni erbaccia che strappo, mi sento più leggera. Dopo un paio d'ore sembra tutto un altro giardino. E anche io mi sento meglio, sebbene sia accaldatissima e sudata.

Proprio quando sto infilando l'ultimo sacco di erbacce nel bidone della spazzatura, sento la risata di un bimbo. Che bella, penso, mentre percorro il vialetto. Sembra quasi... Incuriosita, vado verso il suono ed eccolo, sdraiato a pancia in giù davanti all'aiuola delle rose, che legge il suo fumetto preferito; è vecchio, l'ha letto centinaia di volte, eppure lo fa ancora ridere a crepapelle. Aveva una risata bellissima.

Alzo lo sguardo e vedo una donna seduta nel giardino accanto. È giovane, avrà una trentina d'anni. Indossa un velo blu con delle rose rosse, e la cosa mi fa sorridere. Mia madre aveva uno scialle molto simile che si metteva sulle spalle quando andava in chiesa. Lo scialle con le rose, così lo chiamavamo quand'eravamo piccole.

«Salve», le dico sporgendomi dallo steccato che divide i nostri giardini.

La donna lì per lì si spaventa e posa per terra il bicchiere che ha in mano.

«Mi chiamo Kate, rimarrò qui per qualche giorno.»

«È la figlia di Mrs Rafter?» chiede, alzandosi dalla sedia.

«Esatto», le rispondo, mentre si avvicina.

«Io mi chiamo Fida. Sua madre parlava sempre di lei.»

«Mi fa piacere. Mi manca moltissimo.»

«Manca anche a me.» Guarda il giardino alle mie spalle. «Era gentile. Mi portava sempre... come si chiamano? Dei dolci tondi con la marmellata...»

Lei ha dimenticato come si chiamano, io invece sento ancora il profumo, di quelle ciambelle. Mia mamma adorava usare il forno, e i dolci erano la sua specialità. Preparava sempre le ciambelle dopo che mio padre mi aveva picchiato, per questo adesso non riesco più a mangiarle: sanno delle mie lacrime e dei sensi di colpa della mamma. «Le ciambelle. Le ciambelle con la marmellata.»

«Ecco, sì! Ciambelle, così si chiamano. Erano buonissime. Me le lasciava in un pacchetto davanti alla porta di casa... come Babbo Natale.»

«E suo figlio? Ama anche lui le ciambelle? O forse è una bambina?» le chiedo, allungando il collo per vedere se è ancora lì.

La donna cambia espressione, ma non capisco cosa ho detto di male.

«Poco fa l'ho sentito ridere», le spiego.

«Io non ho figli», risponde lei, e nei suoi occhi riconosco un dolore familiare. «Avrà sentito le voci dei ragazzini che tornavano da scuola.»

« O erano loro o sento le voci », scherzo, cercando di distendere un po' l'atmosfera.

Lei sorride, ma i suoi occhi sono tristi.

« Vive da sola? » le chiedo, incapace di tenere a bada la giornalista che è in me.

« A volte. Mio marito va via spesso. » Indica il cielo.

« Lavora all'estero? »

« Sì, all'estero. »

« Dev'essere dura. »

« No, va bene. Sono felice così », dice, ma non lo sembra.

« Da dove viene? Non le dispiace se glielo chiedo, vero? »

« Iraq. Fallujah. »

« Oh, la conosco bene. Ci sono stata nel 2004. »

Lei annuisce e fissa il vuoto. È uno sguardo che ho visto un milione di volte negli occhi delle persone che sono state costrette ad abbandonare la propria terra. Un misto di confusione e tristezza. « Nel 2004. Quindi era lì durante la battaglia? »

« Sì. »

Incrocia le braccia. « Io sono andata via subito dopo. Mio cugino stava partendo e i miei genitori mi hanno detto di andare con lui. Per il mio bene... » Non riesce a finire la frase e una lacrima le cade sul vestito. L'asciuga subito. « Mi scusi. »

« No, la capisco. Io a Fallujah ci sono andata per lavoro, ma per lei è casa. Dev'essere dura. »

« L'Iraq non è più casa mia. È questa casa mia. » Sorride, eppure i suoi occhi sono ancora tristi.

Ci sono talmente tante cose che vorrei chiederle, ma so che non è il momento. « L'Iraq sarà sempre casa sua. È parte di lei. Come questo posto per me, anche se me ne sono andata tanti anni fa. »

Annuisce. « A volte mi capita di sognare Fallujah. La sogno com'era quand'ero piccola e mi sveglio con la voglia di tornare, ma lo so che non sarebbe più la stessa cosa. »

Sto per parlarle di un articolo che ho scritto di recente sulla sua città, ma poi un rumore improvviso m'interrompe. « Cos'è stato? »

Il sorriso è scomparso e le tremano le mani. « Devo andare », dice, agitata.

« È tutto a posto? Posso fare qualcosa per lei? »

« No, grazie. Va tutto bene. Devo andare », dice, con voce tremante.

Si copre il viso col velo e si precipita verso casa. Resto per qualche secondo a fissare il vuoto che ha lasciato e a chiedermi cosa possa averla fatta reagire così. Ma, quando mi giro, vedo mia madre che legge in poltrona e mio padre che infila la chiave nella serratura e apre la porta. Il volto della mamma passa in un secondo dalla felicità al terrore. Allora penso alla giovane donna che abita qui a fianco, alla paura nei suoi occhi, e un brivido mi corre lungo la schiena.

5

Stazione di polizia di Herne Bay,
13 ore di detenzione

« Da quanto tempo prende i sonniferi, Kate? »

Sono in piedi davanti alla finestra e disegno col dito un cerchio sul vetro.

La sento sospirare. È infastidita perché mi sono alzata, sottraendomi così al suo scrutinio.

« Non godete proprio di una bella vista, eh? Dev'essere deprimente avere davanti una distesa d'asfalto », dico, con gli occhi fissi sul parcheggio.

« Kate, potrebbe rispondere alla domanda? »

Il tono è calmo, ma so benissimo che sta perdendo la pazienza.

Mi giro verso di lei. « Mi scusi. Me la ripete? »

« Le ho chiesto da quanto tempo prende i sonniferi. »

« Quindici anni », rispondo, troppo stanca per mentire.

Sgrana gli occhi, anche se impercettibilmente. Sono abituata a notare questo genere di cose. « Da molto tempo, quindi. »

« Senta, dottoressa, lei ha mai provato a dormire durante un bombardamento? »

Scuote la testa e appunta qualcosa sul suo taccuino. Sorrido, immaginandomi quello che starà scrivendo con la sua bella calligrafia ordinata: *sonniferi, bombardamenti... diagnosi.*

«Ma non è solo colpa dei bombardamenti. C'entrano anche il jet lag e le consegne degli articoli. Mi è capitato di non dormire per quarantotto ore filate e poi non riuscire a spegnere il cervello quando avrei potuto riposare. Noi inviati di guerra prendiamo tutti i sonniferi, dottoressa. Fa parte del lavoro, come indossare il giubbotto antiproiettile e andare in giro con un interprete. È normale.»

«Prende altre medicine?» Mette giù la penna e mi fissa.

Io torno a guardare fuori dalla finestra e vedo un poliziotto sovrappeso che cerca d'infilarsi in macchina. «Non prendo altre medicine.»

La dottoressa si schiarisce la gola. «Quindi non le hanno mai prescritto qualcosa per le allucinazioni? Un antipsicotico, per esempio?»

Mi giro e vedo che sta leggendo da un foglio di carta intestata. «Cos'è?» le chiedo, terrorizzata.

«Un antipsicotico? Un farmaco che cura una serie di disturbi. Soprattutto la schizofrenia, ma anche il bipolarismo, la depressione...»

«No, so benissimo cos'è un antipsicotico. Mi riferisco al foglio che ha in mano. Dove l'ha preso?» le chiedo, tornando al tavolo.

La dottoressa rimette il foglio nella cartellina e incrocia le braccia al petto. «Kate, glielo chiedo di nuovo: prende altri farmaci a parte i sonniferi?»

La guardo, cerco d'interpretare la sua espressione. Anche lei, come me, vuole che questa cosa finisca il prima possibile? Vuole tornare a casa in tempo per cenare col marito e coi figli, mettersi sul divano a guardare la tele? Benissimo, allora devo uscire allo scoperto. Farei qualsiasi cosa pur di velocizzare il mio rilascio. «Mi hanno prescritto degli antipsicotici qualche mese fa, ma credo che lei lo sappia già. »

« È vero. E li prende ancora? »

« Sì », mento.

« Le sembra che funzionino? »

Ho un sussulto nel ricordare quel giorno, la caduta, il sapore del sangue in bocca e il mal di testa atroce. Rivedo il medico del pronto soccorso che mi consegna una scatolina di pillole come se fosse un pacchetto di caramelle e la strana sensazione di leggerezza che provavo quando le prendevo e mi mettevo a letto ad aspettare che entrassero in circolo. Gli effetti collaterali di quelle sostanze erano molto peggio delle allucinazioni e degli incubi. Non riuscivo a pensare, a comporre una frase, figuriamoci a scrivere un articolo o a intervistare qualcuno. Nel giro di un paio di settimane ero ridotta a una larva. Volevo solo dormire, mangiare e non pensare a niente. Alla fine ho preso e le ho buttate nel water. Le voci sono tornate il giorno successivo, ma dopo tutti quei giorni di silenzio sono stata persino contenta di risentirle. « Sì, sì, funzionano. »

« E le allucinazioni? Sono diminuite da quando ha cominciato a prendere le medicine? »

« Sì, certo. Ma le prendo più per l'ansia che per altro. » E non faccio neanche in tempo a finire la frase che un urlo della vecchia mi schiaccia contro la spalliera della sedia. Tutto intorno c'è silenzio totale. Chissà se la dottoressa si è accorta di qualcosa. Parrebbe di no.

« Pensa che il tipo di lavoro che fa e le cose che ha visto abbiano contribuito alla sua ansia? »

« Certo, non sono un robot. Non farei il lavoro che faccio se non mi toccassero le cose che vedo. » *Falle capire che hai dei sentimenti, che sei umana...*

Annuisce. La osservo, cercando d'interpretare la sua espressione, ma è insondabile.

Lei torna a leggere dai suoi appunti e poi chiede: « Quante volte è andata in Siria negli ultimi due anni? »

« Oddio, non lo so. Otto o nove volte. »

« Otto o nove volte. E mentre era lì ha assistito a degli avvenimenti tragici, giusto? »

« Sì. Ma lo stesso vale per i miei colleghi, per i volontari e per la gente che ci vive. La mia esperienza non è unica. »

« No, però di certo è estrema. Andare così di frequente in zone di guerra ha degli effetti sulla sanità mentale di chiunque. Su di me li avrebbe. »

« Forse allora io sono più forte di lei », rispondo, secca. Il suo tono comincia a infastidirmi.

La dottoressa ignora completamente il mio commento e prosegue: « Questi incarichi, che durata hanno in media? »

« Dipende. Non c'è una regola. »

« Va bene, allora facciamo un esempio, parliamo dell'ultimo incarico che ha avuto, quello ad Aleppo. Quanto tempo ci è rimasta? »

« Tre settimane. »

« Ed è stata ospite di una famiglia, giusto? »

Annuisco.

« Sempre nello stesso posto. In condizioni estreme. Concorderebbe se dicessi che quelle tre settimane sono state un periodo di tempo sufficiente a stabilire un forte legame con la famiglia presso cui alloggiava? »

Adesso ho capito dove vuole arrivare, e non mi piace.

Scuoto la testa, ma lei continua: « Nel suo ultimo articolo parlava di un ragazzino di Aleppo. Quello che gli è successo l'ha profondamente segnata, vero, Kate? »

Mi si gela il sangue. Perché deve chiedermi di questo, adesso? Non possiamo tornare a parlare delle ferite sul braccio? Sarebbero molto più semplici da spiegare. Guardo la porta, fuori c'è un poliziotto che la piantona. Non ho scelta: sono in trappola.

«Kate, mi parlerebbe di lui? Si chiamava Nidal, vero?» Si sporge sul tavolo.

Sento il suo profumo. È dolciastro e dozzinale, come tutto quanto in questa città. Mi si ferma in gola e non mi fa respirare. «Mi scusi, ma questa conversazione comincia a diventare assurda. Mi fa male la testa e voglio tornare a casa.» Mi alzo.

«Kate, come le ho detto quando abbiamo cominciato, lei è stata fermata dalle autorità perché ha dato segni di squilibrio in un luogo pubblico. Per questo motivo possiamo trattenerla fino a un massimo di settantadue ore, durante le quali sarà nostro compito accertarci della sua salute mentale.»

«Non potete tenermi qua dentro per tre giorni.» Vorrei riuscire a mantenere un tono calmo, ma in realtà sto praticamente urlando.

La dottoressa rimane immobile sulla sedia, mentre io comincio a fare avanti e indietro per la stanza. La sua impassibilità mi fa venir voglia di prenderla a schiaffi, di farle entrare in quella zucca vuota che le cose non stanno come pensa lei. Mi viene la pelle d'oca, però, perché era così che diceva mio padre quando si avvicinava alla mamma coi pugni già alzati. Prendo un respiro profondo e torno a sedermi. Arrabbiarmi non migliorerà la situazione. Devo restare calma.

«Kate, vuole fare una pausa o va bene se continuiamo?»

«Continuiamo. Ma non ho niente da dire sulla Siria. Niente di niente.»

6

Lunedì, 13 aprile 2015

Crollo alle nove e mezzo, rimbambita dai sonniferi e da due ore di documentario su Margaret Thatcher. La voce della Lady di Ferro è l'ultima cosa che sento prima di accasciarmi sul letto, raggomitolata come un fossile, con le ginocchia al petto e le coperte tirate fin sopra la testa: « Dove c'è discordia, porteremo armonia. Dove errore, la verità. Dove il dubbio, la fede. E, dove c'è disperazione, porteremo speranza ».

Il letto odora di 1979. L'anno in cui è nata Sally. L'anno in cui mi hanno dato un « letto da bambina grande ». La mia infanzia infelice è incastonata nelle doghe di questo letto, nelle molle del materasso, nel velluto blu della testiera. E, mentre chiudo gli occhi, seguo la scia di questo odore e finisco in trappola. Ho di nuovo quattro anni, sono seduta sul divano con la mamma e la mia sorellina. Il papà è sulla poltrona e la trascina vicino alla televisione per sentire il discorso del nuovo primo ministro. Alza il volume. Io provo a parlare, ma lui mi zittisce: « Fai silenzio, peste che non sei altro. Sto cercando di sentire quello che dice ». Sally comincia a piangere perché ha fame e le sue urla coprono la voce di Margaret Thatcher. La mamma prova subito a cullarla, ma ormai è troppo tardi: si è perso mezza frase e qualcuno dovrà pagare. « Incapace. »

Si avvicina, minacciandola coi pugni alzati. «Te ne stai qui a poltrire sul divano invece di occuparti della bambina. Non sei capace di fare la mamma.»

Sento le urla di mia madre e mi rannicchio sempre di più. Mi copro le orecchie con le mani. Fa caldo, sento un odore familiare. È polvere. Sono di nuovo ad Aleppo. E so cosa mi aspetta: una strada deserta, sangue e macerie. Montagne di macerie che dovrò scavare per arrivare a lui. La mia penitenza.

Non sei capace di fare la mamma.

I rimproveri di mio padre rimbombano nel vuoto d'aria che collega il passato al presente; un presente distorto, una serie infinita di momenti che mi ritrovo a vivere notte dopo notte. Provo a gridare, a urlargli la mia rabbia per l'eredità che ci ha lasciato, una vita di dolore e sensi di colpa. Ma la mia rabbia è bloccata. Il mio nemico mi guarda con occhi vuoti. I morti non possono contrattaccare.

La sua voce diventa più fioca man mano che m'inoltro nelle tenebre. Sono di nuovo in quel negozio, c'è appena stato il primo sparo e sono ancora in tempo. Se mi sbrigo, arriverò in tempo da lui, ma ogni volta cambia qualcosa. Stavolta la strada è allagata. Nell'immergermi, provo un grande sollievo. So nuotare bene e l'acqua lava via la polvere e il sangue. Posso farcela. Arriverò in tempo. Quando lo raggiungo, è ancora caldo e un barlume di speranza mi riempie il cuore... *dove c'è disperazione, porteremo speranza...* Ma, quando lo prendo in braccio, un rumore squarcia il cielo, un urlo terrificante che mi viene da dentro.

Mi sveglio, la luce della luna mi accarezza gli occhi. La stanza sembra avvolta in una membrana d'immobilità. Il tempo è sospeso; fuori, la città trattiene il respiro, e così faccio anch'io, in attesa di qualcosa che squarci quella membrana.

Niente. Mi rigiro e comincio a contare. Mi hanno detto che contare aiuta a far passare gli attacchi di panico.

« Uno, due, tre, quattro... »

Sento di nuovo quell'urlo, acuto, inaspettato. Allora mi metto a sedere. Mi tremano le mani. Sembra il lamento di un animale ferito che lotta per sopravvivere, ma non è solo nella mia testa. « Chi è? » grido.

Mi alzo e vado alla finestra. L'alba comincia a rischiarare il cielo, gettando una luce rosata sul cortile. Guardo nei giardini dei vicini. Niente. Poi, proprio quando sto per chiudere la tenda, la vedo: un'ombra. È uscita dalla rimessa di Fida. Lentamente prende forma e, nella luce fragile dell'alba, capisco di cosa si tratta.

È un uomo. È vestito di nero e ha un cappello con la visiera che gli nasconde il viso. Mi avvicino al vetro mentre lui percorre il vialetto. Devo avvertire Fida.

Poi però la vedo.

È sulla soglia di casa in camicia da notte. L'uomo le consegna qualcosa e poi entrano insieme. Ma, quando si gira a chiudere la porta, Fida alza lo sguardo verso la mia finestra. D'istinto, faccio un balzo indietro. Mi avrà visto? Forse, non m'importa. Non ho fatto niente di male. Mentre mi rimetto a letto, ricordo che il marito lavora all'estero. Dev'essere tornato. È tutto a posto, mi dico, la signora della casa accanto adesso è col marito, che è tornato da lei. Stanotte dormirà accoccolata tra le sue braccia.

Eppure, mentre chiudo gli occhi, quel grido rimbomba ancora nella mia testa. E non sono più così certa della sua provenienza.

7

Stazione di polizia di Herne Bay,
17 ore di detenzione

È diventato buio nella sala degli interrogatori, la dottoressa Shaw accende una fastidiosissima luce giallognola. « Molto meglio. » Torna a sedersi. « Mi fanno male gli occhi quando leggo in penombra. Allora, Kate, vorrei farle qualche altra domanda sul suo lavoro. » Mi fa un sorriso debole e anemico, che io non contraccambio.

« Mi sembrava di essere stata chiara: non ho nessuna intenzione di parlare della Siria. »

« Sì, chiarissima », risponde lei, guardando i suoi appunti. « Ma non è della Siria che vorrei discutere. Vorrei che mi descrivesse il suo ultimo giorno al lavoro. È successo qualcosa in redazione, non è vero? Le dispiacerebbe parlarmene? »

La sua domanda mi lascia di stucco. Come fa a saperlo? Con chi ha parlato? Con Harry? Con Rachel? Faccio per risponderle, ma la voce mi muore in gola. Comincio a tossire.

La dottoressa mi guarda. « Sta bene? Vuole un bicchiere d'acqua? »

Io annuisco e lei si alza, riempie un bicchiere al distributore e me lo porta.

« Grazie », mormoro, sorseggiando quel liquido tiepido che sa di plastica. Faccio una smorfia.

« Se la sente di continuare? » mi chiede, quando poso il bicchiere sul tavolo.

« Sì », le rispondo guardando l'orologio alle sue spalle. Devo uscire di qui. Devo andare da lui.

« Si è presa una pausa pranzo bella lunga quel giorno, non è vero? »

« Abbastanza. »

La dottoressa appunta qualcosa. Io guardo per terra e vedo Chris, il suo volto è un puzzle di frammenti, di pezzi scollati come quelli dei corpi che esuma. Vedo la sua bocca bellissima, il suo labbro superiore arricciato, la barbetta, i capelli cortissimi, gli occhi azzurri e a mandorla. Ma non riesco a mettere insieme le varie tessere. Devo ricomporle.

« Ha mangiato in un posto carino? »

« Sì, un ristorante a Soho. » Mi pare di avercelo ancora davanti agli occhi. Vedo tutti i posti cui sono passata davanti mille volte: il bar italiano, il jazz club, il pub e tutti gli altri luoghi che una volta bazzicavo. E poi c'è lui. Lo vedo attraverso la vetrina. È seduto con le mani giunte sul tavolo. Aspetta, si prepara il discorso.

« A che ora è tornata in redazione? »

La voce della dottoressa è un uncinetto che mi perfora il cervello.

« Non saprei... credo fossero le cinque. »

« Un pranzo bello lungo, allora », sottolinea sorridendo con fare compiaciuto. « Era per lavoro o per piacere? »

Io fisso il muro e ripenso a quel giorno. Vedo me e Chris, seduti l'uno davanti all'altra come due sconosciuti. Guardo la dottoressa. « Lavoro. Era un pranzo di lavoro. »

« Ma ha bevuto un paio di bicchieri, giusto? »

Annuisco e ripenso a quel vino che sapeva di fiele. La prima volta che bevevo dopo anni. E mi sono scolata non so quanti bicchieri dopo averlo salutato su Frith Street.

« Era ubriaca? »

« No. »

« Sicura? »

« Ho bevuto solo un paio di bicchieri. »

Legge dai suoi appunti. « La sua collega Rachel Hadley dice che era messa piuttosto male, quand'è tornata in ufficio. Decisamente non era in condizioni di lavorare. »

Scuoto la testa, incredula. Quella stronza di Rachel Hadley. Farebbe e direbbe qualsiasi cosa pur di mettermi nei guai.

« Perché scuote la testa? »

« Perché la persona che ha appena menzionato è una parassita, una ragazzina che vorrebbe solo rubarmi il posto. »

Se solo non mi fossi trovata davanti proprio lei quel giorno quando sono tornata in ufficio, forse sarei riuscita ad arrivare alla fine della giornata senza troppi drammi. Ma c'era proprio lei. E mi si è parata davanti come un ufficiale di frontiera, impedendomi di arrivare alla mia scrivania. « Una pausa pranzo un po' lunghetta, eh? » mi ha detto con quella sua insopportabile voce nasale.

« Rachel Hadley, intende? La donna che ha aggredito? »

« Sì. » Arrossisco. Mi vergogno ancora come una ladra al pensiero di quello che è successo quel giorno.

Io volevo raggiungere la mia scrivania, ma lei mi si è parata davanti, dicendo che forse avevo bisogno di un bel caffè forte visto che non mi reggevo in piedi. Dopodiché mi ha messo una mano sulla spalla e io a quel punto non ci ho visto più. In quel momento, per me lei era solo un ostacolo da abbattere.

La dottoressa guarda i suoi appunti. Sicuramente c'è scritto anche lì quello che è successo quel giorno maledetto. « Le ha dato un pugno in faccia. »

Fisso il tavolo.

« E sono dovuti intervenire i suoi colleghi. »

« Sì, credo sia andata così. Ero fuori di me. » Mi sono accorta degli altri che accorrevano in suo aiuto, ma erano solo delle formichine, dei puntini neri confusi.

« Harry Vine dice che lei è tra i migliori giornalisti che abbiano mai lavorato per lui. »

La guardo. Quindi ha parlato con lui. Con Harry, il mio caporedattore.

« Ha grande stima di lei. Nonostante quello che è successo quel giorno. »

« Sì. È un brav'uomo. Uno dei migliori. » Cerco di riordinare le idee. Harry sa che sono stata arrestata. La mia vita è finita. La mia carriera è finita. Che farò adesso?

« Lo conosce da molto? »

« Circa quindici anni. »

Inarca un sopracciglio « Quindici anni? Quindi da quando ha cominciato a prendere i sonniferi. »

« Già. Non ci avevo pensato. »

« Cosa le ha detto Harry quel giorno dopo la sua scenata? »

Ripenso a Harry mentre mi porta il caffè. Gli tremavano le mani, sembrava quasi che avesse paura di me. « Lui... mi ha chiesto solo se stavo bene. » Non le dico che in realtà ha minacciato di sospendermi e che io l'ho scongiurato di non farlo per via del mio prossimo incarico in Siria. Ho avuto fortuna. Perché aveva le mani legate. Sapeva che ero l'unica adatta per Aleppo. Non aveva scelta.

« Rachel Hadley avrebbe potuto chiamare la polizia. »

Guardo la dottoressa e solo ora mi rendo conto di quanto assomigli a Rachel. Lo stesso caschetto biondo, la stessa vocetta stridula. Potrebbero essere sorelle. « Sì, avrebbe potuto. Ma non l'ha fatto. »

« Harry le ha detto di starsene a casa per il resto della settimana. »

« Sì. Ha gestito molto bene la cosa. Sono molto dispiaciuta per come mi sono comportata con Rachel. Lei non mi piace, ma non avrei dovuto colpirla. Lo so bene. »

« E può dirmi cosa è successo dopo, quando ha lasciato l'ufficio? »

Guardo i fogli che ha davanti, incredula. Non può saperlo. È impossibile.

« Kate? »

« Mi perdoni... Mi gira la testa. Ho bisogno di una pausa... » Mi alzo di scatto, vado alla finestra e poso una mano sul vetro. Dietro di me sento la dottoressa che cambia nervosamente posizione sulla sedia. Guardo la sera che cala sul parcheggio e cerco di scacciare il ricordo di quello che è successo dopo, quel giorno.

« Kate, si sente bene? »

La sua voce si confonde con tutte le altre nella mia testa. E, mentre fisso quella distesa di asfalto e il mare in lontananza, penso a mia madre e a come mi aveva implorato di andarmene da questo posto, di andarmene altrove a crearmi una vita migliore. E io l'ho fatto. Me ne sono andata, il più lontano possibile da Herne Bay. Ma ora mi ritrovo intrappolata tra le sue grinfie. E stavolta so che non avrò scampo.

8

Martedì, 14 aprile 2015

Il cimitero è deserto. Io resto un po' indietro mentre Paul va avanti e supera il cancello in ferro battuto.

« È di qua », mi dice, visto che sono rimasta lì impalata col mio mazzolino di iris stretto al petto.

« Sì, lo so », rispondo. Non appena attraverso il cancello sento un peso sullo stomaco. « Odio questo posto. L'ho sempre detestato. »

Lui sorride e mi mette una mano sulla spalla. « Non dobbiamo restare a lungo. Quando vuoi, ce ne andiamo. »

« È che volevo venire da lei. Volevo venire a trovare mia madre », gli dico mentre camminiamo tra le tombe.

Ce ne sono tantissime. È quasi incredibile pensare che una cittadina tanto piccola possa aver prodotto una tale distesa di tombe, eppure eccola qui, davanti a noi, la crème de la crème di Herne Bay, dal XIX secolo ai giorni nostri.

Passare davanti alla chiesa mi fa venire i brividi. Da bambina l'odore che c'era lì dentro mi faceva star male. Ogni cosa in quel posto brutto e anonimo mi faceva sentire in trappola: dalle acquasantiere all'entrata contaminate da tutte le mani che vi s'immergevano alla passatoia porpora che attraversava l'intera navata fino all'altare. Quando il prete diceva: « La messa è finita, andate in pace», io mi fiondavo verso l'uscita, sollevata, correndo con le mani strette al petto. Stare seduta in quella chiesa per me era la cosa più vicina all'essere sepolta viva. Invece per mia madre era un conforto; in quel luogo leniva il suo dolore con la magia intessuta nei grani del suo rosario bianco. Io non ho mai capito cosa ci trovasse di tanto speciale.

«Ce l'accompagnavo spesso, tua madre, fino a quando non è stata ricoverata nella casa di cura», mi dice Paul, vedendomi imbambolata davanti alla chiesa.

«Adorava venire qui. Quand'eravamo bambine, ci portava ogni settimana. Mai di domenica però, solo il sabato sera. Perché era il sabato che il prete confessava.»

«Sì, è vero, veniva sempre di sabato. Io l'aspettavo in macchina e lei restava lì dentro per ore. A volte mi chiedevo quali peccati avesse mai commesso per sentire il bisogno di andarsi a confessare tutte le settimane. Tua madre era una delle persone più buone e care che io abbia mai conosciuto. Cosa poteva aver fatto da sentirsi così in colpa?»

Scrollo le spalle. «Chi lo sa. Quel che è certo è che ha sofferto molto. Forse parlare col prete l'aiutava.»

«Sì, forse.»

Camminiamo in mezzo a una distesa di lapidi. Le più antiche si notano subito, tutte mezze distrutte e coperte di licheni.

«Non so te, ma quando muoio voglio essere cremato. Una cosa semplice e senza tanti fronzoli», dice Paul guardando le tombe.

«Pure io, l'ho già scritto nel testamento.»

«Dovrei farlo anche io, per non lasciare adito a dubbi.»

In mezzo alle lapidi più antiche ne riconosco una. Vederla mi commuove. Mi fermo. «Alexandra Waits. Ancora qui.»

«Come? Chi è Alexandra Waits?»

«È la ragazzina con le ali d'angelo», rispondo, indicando la scultura sopra la tomba. «Quand'ero piccola giocavo tra le tombe e facevo finta che il cimitero fosse infestato di fantasmi. Questa mi piaceva in particolar modo per via delle ali e per il fatto che la ragazzina aveva la mia età. Mi sedevo qui e ci parlavo, le raccontavo i miei problemi.»

Paul fa una risata un po' impacciata. «Che cosa bizzarra.»

«All'epoca leggevo un sacco di romanzi gotici, sarà stato per quello», rispondo, accarezzando le ali della statua. «Ma, credimi, mi faceva bene venire qui a parlare con Alexandra. Mi sembrava che mi ascoltasse davvero.»

«Come tua madre col confessore.»

«Sì, credo di sì. Venivo a nascondermi tra le lapidi durante la messa. Una volta ci ho persino fumato una sigaretta.»

«Sei sempre stata la ribelle della famiglia.»

«Mica tanto.»

«Quanti anni avevi?»

«Undici, credo. Me ne stavo seduta qui con lei per ore. Provavo a immaginare che tipo di vita avesse avuto e che aspetto avesse. Me la figuravo coi capelli neri e con una passione per la scrittura, come me. Ma, essendo vissuta nell'Ottocento, nessuno aveva preso sul serio la sua aspirazione, anche perché era una ragazza. E allora lei si era gettata in mare: se non poteva scrivere, la vita non aveva senso. Ecco, questa è la storia che mi ero creata in testa.»

«Una bella storia, anche se molto più probabilmente Alexandra è morta di tubercolosi, come quasi tutti in quegli anni.»

«Eh, sì. L'ultima volta che sono venuta a trovarla mi

sono presa un bello spavento. Stavo facendo la stupida e cercavo di evocarla ripetendo il suo nome: 'Alexandra Waits, Alexandra Waits'. A un certo punto però qualcuno ha risposto, iniziando a chiamare il mio nome! »

« Stai scherzando? » È chiaro che questo genere di cose lo mette a disagio.

Scuoto la testa e mi giro a guardare le ali dell'angelo, ricordando lo spavento che mi ero presa e com'ero scappata via, correndo senza mai fermarmi e girandomi di tanto in tanto a guardare se Alexandra mi stesse inseguendo.

« Che paura. Queste storie mi fanno venire i brividi. »

Sorrido. Non credevo fosse così sensibile. « Ma va' là. Anni dopo, Sally mi ha confessato di essere stata lei, per farmi uno scherzo. Mi aveva seguito e si era nascosta dietro un albero. Mi ha fatto prendere un bello spavento! »

« Non mi stupisco. Ci fa ancora prendere dei begli spaventi, non trovi? »

Riprendiamo a camminare, con mille nomi e date che scorrono davanti ai nostri occhi: Helen Stamp, 56 anni; Judy Turner, 78 anni; Morgan Hyatt, 6 mesi; Ian St Clair, 30 anni. Su alcune lapidi ci sono le foto, quelle dei bambini sono circondate di palloncini e d'immagini dei personaggi dei cartoni animati. Un palloncino a forma di Minnie si libra sopra una lapide bianca e sorride in modo un po' sinistro a quella distesa di tombe.

« Guarda, sei mesi. Non si dovrebbe morire a quell'età. Che tristezza », dice Paul.

Scuoto la testa e cerco di non pensare a quel giorno maledetto, ma all'improvviso il vuoto m'inghiotte e precipito. Per non cadere, mi appoggio a Paul. Quando rialzo lo sguardo vedo un gelso e capisco che la mamma è vicina. È venuta in mio aiuto.

« Seppellitemi sotto il gelso », mormoro.

« Come? »

« No, niente. Solo un ricordo della mamma. »

Lo aveva scritto sul retro del suo messale. Non ne avevo mai capito il significato, ma quella frase mi è sempre rimasta impressa. Adesso mi è chiara. Voleva essere seppellita vicino al figlio che aveva perso.

« I cimiteri fanno questo effetto, riportano alla mente i ricordi. »

« Già », rispondo io, andando verso il gelso.

Passo accanto alla tomba di Rita Mathers, che « riposa in pace » in questo luogo dal 1987, e a quella di Jim Carter, che da trent'anni « ha raggiunto gli altri angeli in cielo ». Poi finalmente ci siamo: una semplice lapide rettangolare in granito, discreta e contenuta. Qui riposano i miei genitori e mio fratello.

M'irrigidisco davanti al nome di mio padre. Perché si è voluta far seppellire accanto a lui? Poi però penso al gelso. C'è David, qui. E mia madre non avrebbe trovato pace in nessun altro posto.

Paul si fa da parte perché possa avvicinarmi. « Eccoci. Il marmista l'ha finita giusto in tempo per la tua visita. »

« Già », rispondo io, col mazzo di iris stretto al petto.

I fiori che devono averle portato il giorno del funerale sono tutti appassiti. Li tolgo dai vasi e metto i miei al loro posto. Sento il profumo della terra e dei fiori mentre mi chino a leggere le iscrizioni. Ecco qua, l'intera esistenza di mia madre riassunta in tre righe.

GILLIAN LOUISE RAFTER

14 NOVEMBRE 1945 – 26 MARZO 2015

PER SEMPRE NEI NOSTRI CUORI

Non perdo tempo a leggere quella di mio padre e passo direttamente a quella scritta più sotto.

IN RICORDO DI
DAVID ROBERT RAFTER
18 GENNAIO 1977 – 23 AGOSTO 1978
DORMI TRA LE BRACCIA DI GESÙ, BAMBINO MIO

Chiudo gli occhi e cerco d'immaginare come sarebbe stato mio fratello da grande, che tipo di vita avrebbe avuto. Ma, come Alexandra Waits, lui è solo un nome inciso sulla pietra. Se solo riuscissi a ricordarmelo. Mi siedo sull'erba, mi lascio inebriare dal profumo dei fiori e con un dito accarezzo le lettere che formano il suo nome.

Ma, quando faccio per rialzarmi, sento un grido.

« Cos'è stato? » chiedo a Paul.

Lui è in piedi accanto a me, col sole in faccia.

« Cosa? »

« Quel... rumore. » Mi porto un dito alle labbra. « Ascolta. »

« Non sento niente. Non sarà stata la tua amica come-si-chiama? » Ride, però si vede che è nervoso.

« Scusa... Sarà stato un gabbiano. » Ma so benissimo chi è stato a gridare. La vecchia. Perché non mi lascia in pace?

Paul si avvicina. « Sally mi ha raccontato qualcosina di vostro fratello. »

« Cosa ti ha detto? »

« Non molto. Solo che avevate un fratello che è morto in un incidente prima che lei nascesse. »

« È così. Neanche io me lo ricordo. Avevo solo tre anni quand'è successo. Lui aveva un anno e mezzo. La mamma lo aveva portato in spiaggia e David è entrato in acqua. Lei ha provato a salvarlo ma la corrente gliel'ha portato via. Questo è tutto quello che so. La mamma non amava parlarne.»

«Dev'essere stato devastante per i vostri genitori.»

«Sì, è stata dura. Non hanno mai superato la cosa. Io e Sally abbiamo passato l'infanzia a cercare di farli riavvicinare, ma non ha funzionato.»

«È dura essere un genitore. Adottivo, nel mio caso.»

«Sì, ma è diverso. Perché voi sapete che un giorno rivedrete Hannah. Quando un figlio muore, invece...» Non ce la faccio a continuare. Questo posto comincia a farmi effetto.

«E tu? Tu non hai mai desiderato o pensato di farti una famiglia?»

Scuoto la testa.

«E quindi vuoi farmi credere che non c'è nessun Romeo nei paraggi, al momento? Nessun principe azzurro che aspetta il tuo ritorno nella tua bella casa di Londra?»

«Ma dai, smettila, Paul. Lo sai che sono una single incallita. Dimmi piuttosto del funerale. C'era tanta gente?»

«Abbastanza.»

«Davvero?»

«Certo. Cosa credi? Ci tenevo, a tua madre, e ho fatto le cose a modo.» Poi sospira e si scansa una ciocca di capelli dagli occhi. Improvvisamente sembra esausto.

«Scusami, Paul. Non volevo offenderti. Lo so che queste ultime settimane sono state dure per te e ti sono davvero molto grata per essere stato vicino alla mamma sino alla fine.» Gli poso una mano sulla spalla.

Lui mi sorride. «Sì, è stata dura. Ma alla fine siamo sopravvissuti.» Sistema i fiori nei vasi. «Sono venuti tutti i vecchi del paese. C'era anche tua zia Meg e gli amici del pub di tuo padre.»

« E Sally? Lei c'era? »

Lui appoggia le mani sulla lapide e chiude gli occhi.

« Paul? »

« Non stava bene. E poi... »

« Paul, che c'è? Avanti, puoi dirmelo. »

Alla fine rinuncia a tenersi tutto dentro e cede. « La morte di tua madre le ha fatto perdere la testa. Da allora passa tutto il giorno in veranda a bere. Esce solo per andare a comprare altro vino quando io non ci sono. Non si lava, mangia appena. Non so più che fare, Kate. Ho paura. » Si nasconde il viso tra le mani.

« Stai tranquillo. Non sei solo. Farò il possibile. »

« Davvero? Dici sul serio? Ho provato in tutte le maniere: con le buone e con le cattive, ma non ha funzionato. Ha bisogno di te, Kate. Anche se ti allontana, in realtà ha bisogno di te. »

Guardo il nome di mia madre sulla lapide. Lei vorrebbe così: devo fare il possibile per aiutare mia sorella.

« Ho chiesto che suonassero tutti i suoi canti preferiti. *I Watch the Sunrise*, *Queen of the May* e poi *Abide with Me* quando hanno portato dentro il feretro. »

E, mentre sto qui ad ascoltare Paul che mi racconta del funerale, chiudo gli occhi e immagino la bara di mia madre davanti all'altare; una piccola bara, un uccellino indifeso e smarrito.

Paul intona *Abide with Me*. Io guardo quello stramaledetto gelso e penso a quanto avrei voluto che mia madre non fosse stata costretta a subire tutta quella violenza. Era una brava persona e non se lo meritava.

Paul smette di cantare e mi guarda. « È stata Sally a scegliere la lettura. Non ce l'ha fatta a venire al funerale, ma ha voluto comunque dare il suo contributo. »

« Quale lettura ha scelto? »

« La stessa che i tuoi hanno voluto al loro matrimonio. Aspetta, com'è che dice? 'L'amore tutto ammette, tutto crede, tutto spera, tutto sopporta.' »

M'irrigidisco subito, e la poca compassione che cominciavo a provare per mia sorella scompare del tutto. Perché ha scelto proprio quel passo? È stato come sbeffeggiare mia madre, che per tutta la vita ha dovuto sopportare di tutto a causa di quell'uomo.

« Capito? Tua sorella ci teneva a dare il suo contributo. »

« Paul, sai benissimo che Sally non sopportava nostra madre. »

« Ma no, adesso esageri. È vero, hanno avuto i loro alti e bassi, ma si volevano molto bene. »

« Infatti è per questo che ti sei dovuto occupare tu di trovare una struttura che potesse accogliere la mamma ed è per questo che a messa e a fare la spesa ce l'accompagnavi tu », gli rispondo, con la rabbia che mi fa pulsare le tempie.

« Anche io volevo bene a tua madre. Fare quelle cose non mi pesava, le facevo perché lei era una donna adorabile. Mi ha accolto a braccia aperte nella vostra famiglia, ed è stata molto affettuosa con me, soprattutto dopo la morte di mia madre. Non mi pesava affatto darle una mano. »

« Lo so, e infatti tu sei stato un genero meraviglioso. Ti sei comportato meglio delle sue figlie. Quanto vorrei essere stata più presente negli ultimi anni. » E all'improvviso mi torna in mente Ground Zero, il giorno in cui ho conosciuto Chris. Rivedo gli antropologi forensi che tirano fuori i corpi. Quell'immagine così perversa e assurda dei cadaveri che vengono dissotterrati invece che sepolti mi gela il sangue nelle vene.

« Andiamo, ti riporto a casa », mi dice Paul, che si accorge di quanto sono turbata. Mi prende la mano e mi porta via.

Passiamo davanti al palloncino di Minnie, alla tomba di Alexandra Waits e alla chiesa che custodisce i segreti di mia madre. Ma è davvero troppo per me e, non appena usciamo dal cimitero, gli lascio la mano e mi vado a sedere sull'erba per dare finalmente sfogo a tutte le lacrime che ho trattenuto nelle ultime settimane. Mi prendo la testa tra le mani e piango per la madre che ho perso.

9

Stazione di polizia di Herne Bay,
17,5 ore di detenzione

« Ha assistito a cose terrificanti per via del suo lavoro, non è così, Kate? »

Non voglio risponderle. Sono stanca delle sue domande. Allora guardo il bracciale e lui è con me. Sento il calore delle sue mani sulla pelle, le sue labbra che mi baciano il collo. Lo desidero tanto che fa male. Il contatto umano è un bisogno primordiale, penso mentre osservo la dottoressa che sfoglia i suoi appunti. Non è l'amore di cui sento la mancanza, neanche il sesso; no, ciò che mi manca più di tutto è la sensazione rassicurante del contatto con la pelle di qualcuno. La sua.

Le mani di Chris erano ruvide e segnate da cicatrici, lascito di vent'anni passati a riesumare salme. Eppure quando veniva a mettersi a letto alle prime luci dell'alba e mi stringeva senza dire niente era la cosa più bella del mondo, quella che mi dava il coraggio di fare le valigie e partire per un'altra zona di guerra. Il ricordo della sua pelle, il pensiero di ritrovarla al ritorno, era ciò che mi ha dato la forza di resistere per tutti questi anni. E ora dovrò imparare a vivere senza.

« Ha visto cose che avrebbero fatto perdere il senno a chiunque. »

Le parole della dottoressa mi scaraventano nel presente. Mi sento esposta. Tuttavia so che devo restare concentrata e rispondere alle sue domande. Anche se non mi piacciono. «Ma non l'ho perso, anche perché altrimenti sarei servita a poco. È la prima regola del giornalismo: mantenere il distacco.»

Lei scrive qualcosa e io mi chiedo se nel mio tentativo di restare calma ora non le sembri troppo fredda e distaccata. L'assenza di emozioni può essere un tratto della malattia mentale?

Decido di cambiare tattica, di ammorbidirmi un po' e farmela amica. «Quella che più mi è rimasta impressa è Layla. Una ragazzina che aveva perso entrambe le gambe a causa di una bomba che aveva colpito la sua casa.»

La dottoressa alza la testa, stupita che io abbia cominciato a parlare spontaneamente.

«Una bambina coraggiosissima. Sorrideva nonostante il dolore. A un certo punto mi ha preso la mano e mi ha detto qualcosa che io non ho capito. E ha continuato a ripetermelo. Quand'è arrivato il medico gli ho chiesto se poteva tradurmelo. E lui mi ha spiegato che Layla mi stava chiedendo dove avessi messo le sue gambine e quando gliele avremmo restituite.»

Lei scuote la testa e fa un lungo sospiro, il sospiro di una madre certa che i suoi figli siano al sicuro a casa.

«Aveva solo quattro anni ed era rimasta sola in uno dei posti più pericolosi al mondo. Tutta la sua famiglia era morta. Solo lei era sopravvissuta, nessuno sapeva come. Sono rimasta seduta accanto al suo letto ad ascoltare le sue grida di dolore.» Bevo un sorso d'acqua e mi sforzo di ricompormi, ma i lamenti di Layla riempiono la stanza. «Non c'erano abbastanza antidolorifici, perciò le avevano cauterizzato i monconi senza anestesia. A un certo punto ho tirato fuori dallo zaino quattro confezioni di paracetamolo e le ho date al medico. Mi ha guardato come se avessi appena trovato la cura contro il cancro. Fissavo Layla e mi chiedevo che tipo di futuro potesse esserci per una bambina senza gambe e senza famiglia in un Paese sotto... » Le sue grida diventano sempre più assordanti, non riesco neanche più a sentire la mia voce. Mi copro le orecchie con le mani, per non sentirle più, ma continuano a rimbombare.

« Kate. »

La voce della dottoressa è distante.

« Basta, basta », urlo.

Sento la sua mano sulla spalla. « Che succede, Kate? Me lo dica. »

Scuoto la testa. Non lo deve sapere.

« Si sente bene? »

« Ho solo... ho solo bisogno di una pausa. Possiamo fare una pausa? » Mi tremano le mani.

« Certo. Fermiamoci cinque minuti. » Poi torna alla sedia, prende le sue cose ed esce dalla stanza.

Un secondo dopo, al posto suo entra un poliziotto corpulento. Rimane in piedi accanto alla porta e mi osserva, serio.

Le grida di dolore si fanno sempre più forti e, sotto lo sguardo di quel poliziotto, mi sento più indifesa della piccola Layla che non capiva che fine avessero fatto le sue gambine.

10

Mercoledì, 15 aprile 2015

Stanotte niente voci. Immagino sia un buon segno, ma ormai sono diventate una parte integrante di me, al punto che ci ho fatto l'abitudine. E ho dormito male lo stesso. Ho sognato Aleppo, ed è stato il sogno più intenso fatto finora. Talmente reale che sono ancora scossa, ancora adesso che bevo il caffè guardando il giardino di mia madre dalla finestra. Se chiudo gli occhi, sento l'odore stantio della camera in cui ero e il rumore delle ruote della macchinina che andava avanti e indietro lungo il corridoio.

È Nidal che gioca. Apro la porta e lui mi bombarda di domande non appena mi vede.

« Com'è l'Inghilterra, Kate? Com'è la gente laggiù? »

« Oddio, non saprei. Alcune persone sono carine, altre un po' scontrose. »

« Che vuol dire 'scontrose'? »

Faccio una smorfia e storco la bocca. « Quando uno è così. Quando non sorride mai. »

« Ah! Tristi. E perché sono tristi? » mi chiede, deluso.

« In Inghilterra la gente si lamenta sempre. Spesso di cose che non sono davvero importanti. »

« Per esempio? »

« Per esempio dei treni in ritardo o dei camerieri nei

ristoranti. Ah, e poi del tempo: in Inghilterra si lamentano tutti del tempo. »

« Fa freddo in Inghilterra? »

« A volte. Ma laggiù ci lamentiamo sia quand'è troppo caldo, sia quand'è troppo freddo. »

Sorride. « Gli inglesi sembrano un po' matti. »

« Sì, esatto. Però un giorno li vedrai coi tuoi occhi. Mi verrai a trovare. »

« Forse. » Nidal alza le spalle e si gira dall'altra parte.

« Che c'è, Nidal? Dimmi. » M'inginocchio accanto a lui e gli poso una mano sulla spalla.

Ha il viso rigato di lacrime. « È questo! » grida, indicandomi il corridoio. « Prima andavo a scuola. Giocavo a pallone e andavamo in gita. Facevo cose vere, cose divertenti. E adesso invece sono intrappolato qua dentro con questa stupida cosa. » Prende la sua macchinina e la scaglia contro il muro. « Io voglio tornare a fare cose vere. Non voglio stare più rinchiuso qua dentro come un prigioniero. »

Gli prendo la mano. Trema. « Nidal, lo so che è difficile, ma non sarà così per sempre. »

Tira via la mano. « La zia ha detto che possiamo andare con lei in Turchia. Conosce un signore che ci può portare, ma il papà dice che non vuole, che lui non diventerà un rifugiato. »

Khaled è un uomo orgoglioso, penso, ma spero con tutto il cuore che si convinca a seguire il consiglio della zia di Nidal e si decida ad andare in Turchia con tutta la famiglia.

« La mamma dice che dovremmo andare. Dice che lì saremo al sicuro e che potrò giocare di nuovo a pallone », mi spiega, con voce rotta dal pianto.

Guardo i suoi occhi pieni di speranza e penso al campo profughi sul confine turco che ho visitato sei mesi fa. Gente ammassata in pessime condizioni igieniche. Quei poveri cristi hanno visto cose inimmaginabili. Non è il paradiso che immagina Nidal, ma se non altro laggiù potrebbero trovare un riparo e cominciare a ricostruire le loro vite. Khaled però ha già preso la sua decisione, lo so. « Tuo padre sa cos'è meglio per te », dico a Nidal, cercando di rassicurarlo.

« Lui sa cos'è meglio per me? Io lo odio questo posto, voglio uscire! » urla.

« Uscirai, e allora verrai a trovarmi in Inghilterra e incontrerai tutte le persone imbronciate di cui ti ho parlato. »

Nidal mi guarda. Ha gli occhi pieni di lacrime. « No! Smettila di dire così. Smettila di dire che sono tristi. *Devono* essere felici. Loro vivono in Inghilterra. »

« Nidal, tesoro. Non ti arrabbiare », gli dico, mettendogli un braccio intorno alle spalle.

Ma lui non mi ascolta. Si copre le orecchie con le mani e scuote la testa. « Con te non ci parlo più. Dici cose stupide. Vattene. Lasciami solo. »

Mi alzo e me ne vado. Quando arrivo in fondo al corridoio mi giro e lui è ancora lì che scuote la testa. Solo adesso capisco quanto sono stata insensibile. Perché gli ho detto che in Inghilterra le persone sono tristi? Come ho fatto a non pensare che per lui, un ragazzino intrappolato in una città sotto assedio, sia inconcepibile l'idea che in un posto sicuro come l'Inghilterra la gente possa essere infelice?

Qualcuno bussa alla porta e interrompe i miei pensieri. Mi alzo e vado a mettere la tazza vuota nel lavandino. Sarà Paul, che è venuto a prendermi per andare dall'avvocato.

Non appena gli apro, mi abbraccia. « Stai meglio, stamattina. Hai dormito bene? »

« Sì », mento. « Anche se i gabbiani fanno un po' troppo casino. »

« Eh, lo so. È lo scotto da pagare per vivere vicino al mare », ride. Ma c'è qualcosa che non va. Ha gli occhi molto stanchi e sembra un po' in ansia.

« È tutto a posto, Paul? »

« Sì, tutto bene. È solo che non ho molto tempo. Al lavoro siamo sotto organico e ho detto ai ragazzi che non ci avrei messo più di due ore. »

« Avresti dovuto dirmelo. Potevo prendere un taxi. »

« Non essere sciocca, non te lo avrei mai permesso. Non ti preoccupare, ho fatto talmente tanti straordinari che non possono proprio dirmi niente. »

« Se lo dici tu. »

« Sì, tranquilla. Adesso però andiamo, su. »

Prendo il cappotto ma rovescio la borsa. « Maledizione. »

« Aspetta, ti aiuto. » Paul si china e mi aiuta a raccogliere tutte le cose sparse per terra. Mi passa una confezione di pillole e mi guarda preoccupato mentre io mi sbrigo a rinfilarla in borsa. « Non prenderai davvero quelle pillole, spero. Quella roba fa male. È pericolosa. Potresti finire in overdose. »

« So quello che faccio, Paul. Ormai sono grande. So come prendere le medicine. »

« Be', anche le persone grandi fanno stupidaggini. E quella mi pare roba bella forte. »

« Davvero, non ti devi preoccupare. Sto bene », gli dico, uscendo, ma quando sto per chiudere la porta mi ricordo di una cosa. « Aspetta, torno dentro a prendere la mia penna portafortuna. Ci metto un secondo.» Torno di corsa dentro casa.

«Penna portafortuna? Oh, Signore, le ho sentite proprio tutte, adesso.»

Vado in salotto e la cerco sul tavolino, dove l'ho appoggiata l'ultima volta che l'ho usata. Però non c'è. «Che strano, ero certa di averla lasciata qua stamattina.»

«Avanti, Kate. Faremo tardi. Guarda, ti presto la mia Bic», mi dice raggiungendomi in salotto. Sorride e tira fuori dalla tasca una vecchia biro col cappuccio mangiucchiato.

La prendo e me la infilo in tasca. Eppure ho un brutto presentimento. Dove sarà finita? Ricordo chiaramente di averla messa accanto al quadernino su cui stavo scrivendo. «Spero proprio di non averla persa», dico a Paul mentre usciamo.

«Ma no, salterà fuori», replica lui chiudendo a chiave la porta. «Alla fine salterà fuori.»

Annuisco, anche se in realtà continuo ad avere una strana sensazione.

«Quando capita a me, provo a ricostruire gli ultimi movimenti che ho fatto.» Paul punta il telecomando verso l'auto. «E alla fine funziona sempre.»

E, mentre lui aggiusta lo specchietto retrovisore e si allaccia la cintura, io prendo il cellulare e controllo se mi sono arrivati messaggi. No, non mi ha scritto nessuno. Comincio a scriverne uno io, ma ci sarebbero talmente tante cose da dire che non so neanche da dove iniziare. Allora lo cancello e rimetto il telefono in borsa.

«Qualcosa d'importante?» mi chiede Paul mettendo in moto.

«No, può aspettare.»

Paul accende la radio e la voce gracchiante di un DJ si

diffonde nell'abitacolo. Io continuo a pensare alla mia penna. È un segno, mi dico. Forse vuol dire che la mia fortuna è finita.

Un sole cupo illumina il cielo del tardo pomeriggio, gettando una luce flebile sulla superficie dell'acqua. Seduta su una panchina, guardo le ultime barche di pescatori che rientrano nel porto.

Dopo aver finito con l'avvocato, ho chiesto a Paul di lasciarmi sul lungomare. Siamo rimasti in quello studio per un'ora, a bere tè e a leggere il testamento di mia madre. Dopo aver firmato tutti i documenti, l'avvocato - una giovane di nome Maria - mi ha consegnato una busta: una lettera da parte di mia madre. È stato uno shock. Non me l'aspettavo proprio.

Paul si è offerto di restare con me mentre la leggevo, ma preferisco farlo da sola. Per questo ho deciso di venire a sedermi sulle panchine del lungomare, dove io e mia madre venivamo a guardare le barche prima che nascesse Sally. Credo sia il posto più adatto in cui leggere le sue ultime parole.

L'aria gelida mi sferza la faccia come uno schiaffo. Sotto di me, i pescatori gridano e sbuffano nel tirare su le reti piene di anguille e platesse. Scacciano i gabbiani che hanno fiutato l'odore del pesce e che ora volteggiano sopra le loro teste.

Il verso degli uccelli fa eco a quello del vento. È un suono crudele, feroce. Mi fa pensare alla carestia che è scoppiata in Africa nel 1984 e agli avvoltoi che scendevano in picchiata sui cadaveri, strappando la pochissima carne rimasta dai corpi scheletrici dei bambini. È un ricordo che risale alla mia infanzia. Ero in salotto, sdraiata per terra a guardare questa scena in televisione mentre Sally giocava con le bambole, senza degnare nemmeno di un'occhiata quelle immagini terribili che si sarebbero impresse in maniera indelebile nella mia memoria. A un certo punto però Sally si è girata verso lo schermo e ha visto un bambino con le gambe scheletriche e il ventre gonfio che si scacciava le mosche dalla faccia. « Dov'è la sua mamma? » mi ha chiesto. E io le ho risposto, diretta come sempre, che probabilmente la madre era morta. « E com'è morta? » mi ha domandato allora. Di fame, le ho risposto, perché il sole ha seccato la terra, la pioggia ha smesso di cadere e le cose da mangiare che avevano coltivato sono andate tutte perdute. « È per questo che David è morto? Perché non aveva da mangiare? » A quel punto però l'ho zittita, perché avevo sentito arrivare il papà, che infatti pochi istanti dopo è entrato in salotto e ha cambiato canale per guardare un quiz in cui il presentatore faceva vedere a una concorrente in lacrime tutto quello che avrebbe potuto vincere.

Il mare è agitato e le onde che s'infrangono contro la riva sembrano delle piccole esplosioni. *Bam*, pausa. *Bam*, pausa. Mi lascio cullare per un po' da questo suono, che mi fa sentire al sicuro. Alla fine però apro la busta e tiro fuori la lettera scritta su un foglio color lavanda. Mentre guardo la bella calligrafia di mia madre, il ritmo delle onde si accorda con quello del mio cuore.

30 settembre 1993

Carissima Kate,

ti scrivo questa lettera seduta sulla nostra poltrona preferita. È qui che ti cullavo quand'eri piccola ed è qui che ti mettevi a leggere da ragazzina. Mi pare ancora di vederti: immobile come una statua, completamente immersa in quelle storie. Il tuo silenzio a volte mi faceva preoccupare, e infatti ti chiamavo per controllare che non fossi volata via in qualche terra lontana.

Dopo la morte di tuo padre, ho deciso di sistemare tutte le mie cose e fare testamento. Ma voglio anche lasciarti una lettera, che leggerai solo dopo che me ne sarò andata.

Lui è morto, Kate, e ora che non c'è più voglio chiederti perdono. Hai visto cose che nessun bambino dovrebbe vedere. Non ne abbiamo mai parlato e il tuo silenzio mi ha sempre fatto più paura dei suoi pugni, per il terrore che le scene cui hai assistito ti avessero segnato per sempre.

Kate, lui era un mostro, ma la sua rabbia aveva una causa. Aveva perso un figlio, il suo amato David. E, anche se a te e a Sally abbiamo sempre detto che si è trattato di un tragico incidente, in realtà non è così. La morte del piccolo David è stata colpa mia, e da quel giorno vivo con questo terribile rimorso.

Il vento solleva i lembi del foglio e le parole di mia madre si confondono. Devo stringere le palpebre per riuscire a leggere: di questa antica ferita mai rimarginata, del suo dolore e dei sensi di colpa, degli anni di penitenza che ha deciso di trascrivere su questa pagina.

Eravamo sulla spiaggia, tu, io e David. C'era la barca di un pescatore in mezzo al mare, lui l'aveva visto e aveva cominciato a gridare: « Bacca, bacca! »

« Sì, David, è proprio una bella barca », gli avevo risposto io, ma lui si era già distratto a giocare con la sabbia. Tu raccoglievi conchiglie vicino a me. Ero stanchissima, era stata una giornata pesante, avevo discusso con tuo padre. Faceva caldo e mi ero andata a mettere all'ombra.

Non volevo addormentarmi, giuro, ma è successo, e quando poi ho riaperto gli occhi non ho più visto David. Ho cominciato a chiamarlo e a cercarlo ovunque.

Mi alzo, con la lettera in mano. Guardo il mare spumoso e cerco di digerire quanto ho appena letto mentre il vento mi sferza il viso. Mia madre si era addormentata? Lei, sempre così attenta e protettiva, si era addormentata con due bambini cui badare? Non riesco a crederci.

Tu ti eri spostata più vicina al bagnasciuga, e io ti ho superato di corsa continuando a chiamarlo. Quando ho raggiunto il mare, l'ho visto. Galleggiava a faccia in giù. Sarei voluta correre da lui, ma le gambe non si muovevano e andava tutto al rallentatore. Sentivo la voce di un uomo e le tue grida, eppure non riuscivo a muovermi.

Ero come bloccata. Quando mi sono ripresa, davanti a me c'era un pescatore che si sbracciava. Aveva preso David. Lo aveva tirato fuori dall'acqua. Tu eri con lui. Quell'uomo aveva fatto quello che io non ero riuscita a fare. Aveva salvato i miei bambini. Ma, quando mi sono avvicinata, mi ha guardato e ha scosso la testa. Solo allora le mie gambe hanno ripreso a funzionare e sono corsa verso di voi. Ma era troppo tardi. David era morto.

È stata colpa mia, Kate. Mi sono addormentata quando avrei dovuto badare ai miei bambini. Sono stata una cattiva madre quel giorno e voglio chiederti scusa per tutto il dolore che hai dovuto subire per colpa mia.

Non me lo perdonerò mai.

Leggo l'ultima frase in una specie di stordimento.

Ripiego la lettera e la metto in tasca. Il cielo è coperto e la luce del sole, filtrata dalle nuvole, eclissa temporaneamente i nomi delle barche.

Mi affaccio dal parapetto con le mani strette sulla ringhiera azzurra e guardo l'orizzonte screziato. Ora che ho letto questa lettera, la spiaggia ha assunto tutto un altro significato; quello che un tempo rappresentava per me un luogo di felicità e sollievo è adesso irreparabilmente contaminato. Guardo le torri gemelle di Reculver, resti della fortezza romana che si ergeva sulla scogliera, e mi vengono i brividi al pensiero di quanto insisteva mia madre perché venissimo qui ogni domenica. Credevo fosse per sfuggire ai malumori di mio padre, ma adesso capisco che il motivo era ben altro.

Mi siedo a terra, coi piedi penzoloni nel vuoto. Cosa mi aspettavo di trovare nella lettera di mia madre? Parole di conforto? Un balsamo che lenisse i miei incubi?

Riapro la lettera. Qui sotto, la barca di un pescatore ondeggia sulla superficie dell'acqua. Guardo nello scafo vuoto e penso a mia madre, cercando di recuperare l'immagine della donna dolce e indifesa che mi ha dato la vita. Non ci riesco, però.

Appallottolo la lettera e sollevo il pugno, lascio che il vento se la porti via, su in alto, come un gabbiano che volteggia nel cielo.

Le nuvole si addensano e il cielo si scurisce. Mi ritrovo in una strada deserta, al crepuscolo. Vedo solo le ombre di due soldati che si allungano sull'asfalto. Hanno i fucili in mano. Sono di nuovo ad Aleppo. Mi copro gli occhi con le mani e inizio a contare, per scacciare quell'immagine.

Basta, è ora che vada.

M'incammino, ma poi mi fermo davanti al molo a guardare le barche che rientrano. Un gruppetto di pescatori fuma sul pontile. Uno di loro, un uomo robusto con un maglione blu, si gira e mi vede. Mi fa un cenno di saluto col capo. Lo conosco.

È Ray Morris. Un vecchio amico del papà.

« Ciao, Ray », dico.

Lui getta la sigaretta e viene verso di me. « Sei la figlia di Dennis, vero? La piccola Kate? Come stai? »

Ha la pelle abbronzata e gli occhi grigio chiaro che riflettono gli ultimi raggi del sole. Si toglie il cappello e mi stringe la mano. Ha palmi ruvidi e callosi, come se li avesse tenuti immersi nell'acqua salata per tutta una vita. L'ultima volta che l'ho visto è stata la sera prima che partissi per l'università. Era venuto a portarci del pesce e la mamma lo aveva invitato a fermarsi per cena. Il papà era morto da un anno e da allora avevamo sempre evitato di cenare sedute a tavola. Troppi brutti ricordi. Ma quella sera mia madre aveva fatto uno sforzo e apparecchiato la tavola col servizio buono. Era stata la prima cena come si deve dopo anni. E la mia ultima in quella casa.

« Sto bene », gli rispondo. Improvvisamente mi sento di nuovo bambina.

« Come mai da queste parti? Ti sapevo in giro per il mondo a raccontare guerre. »

« Resto solo qualche giorno. Giusto il tempo di sistemare le ultime cose per la mamma. »

« Mi è dispiaciuto molto. Era una brava donna », mi dice guardando verso l'orizzonte.

« Sì », rispondo, cercando di non pensare alla lettera.

Si rimette il cappello. « Mi spiace di non essere venuto al funerale. Ma il fatto è che io... vedi, non sono il tipo che va in chiesa, ecco. »

« Non preoccuparti. Neanche io c'ero. »

« Ah. »

« Ero in Siria. »

« Tutti quanti leggiamo i tuoi articoli. Ma dev'essere dura, eh? »

Mi sorride, e io devo fare uno sforzo per non mettermi a piangere. Qualcosa nella sua voce mi ricorda la mamma. « È bello potersi prendere una pausa ogni tanto. Tornare alla normalità. »

« E tua sorella come sta? Sally, giusto? Anche lei ha lasciato Herne Bay? »

« No, ma negli ultimi tempi non esce molto. »

« Prima lavorava in banca, vero? In centro. »

« Sì, però ha lasciato qualche tempo fa. Credo avesse bisogno di cambiare un po'. »

« Non la biasimo. Anche io voglio smettere con questa vita. Ormai sono cinquant'anni. Non avrei ottenuto una condanna così lunga nemmeno se avessi ammazzato qualcuno. Ma c'è da dire che questo lavoro mi ha dato da vivere. »

« Qual è la tua? » gli chiedo, guardando le barche capovolte sulla spiaggia.

« Quella vicino agli scogli. » Me ne indica una a strisce bianche e nere.

Cerco di leggere il nome dipinto sul fianco, ma non ci riesco.

« Come si chiama? »

« *Acheronte* », risponde con un sorrisetto.

« Il fiume degli Inferi? Be', un nome un po' tetro. »

« Già, ma appropriato. La gente dimentica quanto possa essere crudele il mare. » Si gira a guardare l'acqua. Ha un fisico massiccio, come se fosse stato scavato dalle rocce di arenaria della scogliera e poi scolpito dal vento salmastro.

« Dev'essere un lavoro molto duro. »

« A volte. La cosa che bisogna ricordare sempre è che la bestia non si può domare. L'ultima parola è sempre la sua. »

Faccio per rispondere, ma il vento inghiotte la mia voce. Uno dei suoi compagni lo chiama e Ray gli fa segno con la mano. « Sì, arrivo! » Poi si gira verso di me. « Devo andare. È stato bello vederti, cara. » Mi dà una pacca sulle spalle e sorride.

« Anche per me, Ray. »

« Mi raccomando, salutami Sally quando la vedi. Prendetevi cura l'una dell'altra. Ora che tua mamma non c'è più, dovete restare unite. La famiglia è la cosa più importante di tutte. » Resta a guardarmi un istante, poi torna dai suoi compagni.

Le parole di Ray continuano a risuonarmi nelle orecchie mentre riprendo a camminare.

La cosa più importante di tutte.

Passo accanto a un gruppetto di ragazzini che pescano granchi gettando delle reti da sopra il molo. Due di loro litigano cercando di sbrigliarne una, finché la più grande non ha la meglio. La cosa giusta da fare è solo una. Prendo il telefono e scrivo un messaggio, breve e conciso.

STO VENENDO DA TE.

Rimetto il telefono in tasca e fermo un taxi. Non sarà facile, ma devo parlarle. Ray ha ragione: Sally è tutto quello che mi resta.

11

Stazione di polizia di Herne Bay,
18 ore di detenzione

« Vuole un bicchiere d'acqua? »

Cerco di ricompormi. « No, grazie. Sto bene così. » Torno a sedermi sulla sedia di plastica, mentre le immagini si susseguono nella mia testa come se qualcuno avesse pigiato il tasto FF. Mi pulsano forte le tempie, ma devo cercare di nasconderle il mio malessere. Devo riuscire a farle credere che sono tranquilla o per me è finita.

« Come vuole. Dunque, abbiamo parlato un po' del suo ultimo giorno in redazione. Due giorni dopo è partita per Aleppo, è corretto? »

Devo restare calma. Sono solo domande e io sono una giornalista. Ce la posso fare. Se resto concentrata riuscirò a gestire la situazione e a non cadere in fallo. « Sì, è corretto. »

« Un incarico molto rischioso. So che è riuscita a entrare in Siria attraverso il confine turco. »

Non ha nessuna intenzione di cambiare argomento. Anche se ogni cellula del mio corpo vorrebbe evitare di parlare della Siria, è chiaro che sarò costretta a farlo. Ma le dirò solo quello che voglio; non una parola di più. « Come fa a saperlo? »

Sta per rispondere, poi però guarda gli appunti. « È

stato Harry Vine a riferirlo agli agenti.» Mi mostra uno dei fogli che ha in mano. È la stampa del mio ultimo comunicato. Deve averglielo dato Harry.

«A quanto pare, Harry si è reso molto utile», commento con una risata amara. Sostengo il suo sguardo finché riesco. Non deve capire che in realtà mi manca la terra sotto i piedi.

«La località in cui si trovava era sotto assedio, se non erro. Si è trovata sotto i bombardamenti.»

Annuisco.

«E ha passato quasi tutte le notti rinchiusa in un seminterrato di proprietà di un negoziante e della sua famiglia.»

«Sì.»

«Il negoziante aveva un figlio.»

Voglio che la smetta. Vorrei urlare, ma devo restare calma. Devo per forza.

«Si era molto affezionata a quel ragazzino, non è vero, Kate?»

Rivedo il suo visino che mi guarda sulla porta. Mi dà un foglio di carta. *È un regalo per te, lo devi portare in Inghilterra e far sorridere tutte quelle persone tristi.*

«Ero lì per lavorare, dottoressa.»

L'ho intitolato Il libro dei sorrisi. *Guarda.*

«Ma i bambini sono diversi. Sono più vulnerabili degli adulti. Hanno bisogno di protezione.»

La mamma dice che anche tu sei triste. Allora ti faccio sorridere io.

Mi schiarisco la gola e la voce di Nidal svanisce. «È così.»

«I bambini sono spesso al centro del suo lavoro, vero?»

«Sì.»

«Come mai?»

« Perché sono loro le vittime, gli spettatori innocenti. Quando incontri bambini che hanno vissuto la guerra, ti rendi conto di quanto sia futile. I bambini non vedono i confini, non vedono le divisioni. Per loro, la politica, le diverse fazioni non significano niente. Vogliono solo giocare, andare a scuola e sentirsi al sicuro. »

La dottoressa resta in silenzio qualche secondo e poi mi sorride. « Lei ha figli? »

« No. Ma di certo lo sa già. »

« Sebbene non sia madre, ha un'empatia incredibile coi bambini. »

« Qui il fatto di essere madre o no c'entra ben poco. Qui il punto è essere umani. »

« Le piacerebbe diventare madre? »

« No. » La mia voce è calma, ma in realtà vorrei urlare, perché fa male. *Falla smettere. Ti prego, falla smettere.*

« Non è sposata? »

Scuoto la testa.

« Ha una relazione? »

« Ma che diavolo c'entra questo adesso col motivo per cui mi trovo qui? » sbotto. Poi però mi calmo e abbasso la voce: « Perché non mi prende sul serio? Io so di avere qualche... problema. Ma voi dovete perquisire quella casa ».

« La prego, si limiti a rispondere alla mia domanda, Kate. Ha una relazione in questo momento? »

Infilo le mani sotto le gambe per farle smettere di tremare. « No, dottoressa, non ho una relazione. »

12

Mercoledì, 15 aprile 2015

Sally abita in uno di quei nuovi complessi residenziali in cui le case sono tutte identiche, proprio in fondo alla curva del cul de sac, in mezzo ad altre due. Quando arrivo, la strada è deserta. Mentre busso alla porta, mi sento come se avessi mille occhi addosso.

Non risponde nessuno, ma so per certo che è in casa: stando a quanto dice Paul, non esce mai. Busso di nuovo, più forte, senza successo. Alla fine mi chino sulla fessura della posta. «Sally, sono Kate. Mi apri?»

L'ingresso è deserto. Mi tiro su e vedo una donna sul vialetto della casa accanto.

«Tanto non le apre. Può continuare a bussare e a urlare quanto vuole, ma è inutile», mi dice avvicinandosi.

La guardo. È una signora coi capelli cortissimi e grigi. Indossa una camicia un po' chiassosa. La mamma ne aveva una simile, ma questa donnona non ha neanche un grammo della sua grazia. Incrocia le braccia al petto e resta lì a fissarmi.

«Sono la sorella. Sapeva che sarei venuta. Posso aspettare.»

«Esce solo quand'è buio.» Scuote la testa e sospira, come se uscire di sera fosse un peccato mortale. «Solo quando pensa che nessuno la veda. Ma io la vedo eccome. Combinata malissimo. Coi vestiti sporchi e coi capelli spettinati. Prende la macchina e si mette al volante, anche se in quelle condizioni le assicuro che non sarebbe proprio il caso. Dicono che passi tutto il giorno a bere. Ne ho parlato col marito, com'è che si chiama? »

« Paul », le rispondo, senza mai staccare gli occhi dalla porta.

« Esatto, Paul. Ma lui non c'è quasi mai, per cui non si accorge di niente. Dice che è depressa, poi però la vedi scendere dalla macchina coi sacchetti di carta pieni di bottiglie. Depressa? Ai miei tempi si chiamava in un altro modo. Lei sarebbe la sorella? E come mai non l'ho mai vista prima? »

« Vivo a Londra », le spiego, cercando di tenere a bada il disprezzo. « E sono spesso in trasferta. Guardi, mi dispiace di averla disturbata, ma è tutto sotto controllo. Adesso vado sul retro a vedere se è in giardino. »

Però la donna non ha ancora finito. « Anche quello è in pessimo stato », si lamenta.

« Mi scusi, devo proprio andare. Mia sorella ha bisogno di me. » Le volto le spalle e mi allontano, mentre quella continua a borbottare.

Apro il cancelletto del giardino sul retro e resto senza parole. La donna aveva ragione, è ridotto malissimo, pieno di erbacce e con pezzi di mobili gettati un po' ovunque. Come mai Paul non lo sistema? Ci vive anche lui, qui, in fondo. Sicuramente avere un giardino ridotto così non gli fa piacere. È anche vero che Paul mi ha fatto capire che ormai cerca di stare a casa il meno possibile. Ripenso alla faccia che aveva quand'è passato a prendermi per accompagnarmi dall'avvocato. Era stanco e teso. E adesso capisco meglio perché. Non si sente a casa qui.

Il vialetto è talmente infestato di erbacce che quasi non

si distingue più. Arrivo davanti alla veranda ed eccola, seduta a guardare il prato.

Resto basita. Sono diversi anni che non la vedo. È peggiorata. Tantissimo.

Alzo una mano.

Quando finalmente si accorge di me, sgrana gli occhi, incredula.

«Sally», la chiamo, bussando sul vetro. Le faccio segno di venirmi ad aprire ma non si muove.

Resta lì a fissarmi, come se non credesse ai suoi occhi. Continuo a bussare sul vetro, finché lei non dice: «È aperto».

Entrando, vengo investita da un odore rivoltante, un misto di mele marce e sudore. Sally ha i capelli lunghi e unti. Indossa una vestaglia rosa tutta sporca, e quando mi avvicino capisco che è lei a emanare quel cattivo odore.

«Che ci fai qui?» mi chiede.

«Sono venuta a trovarti. Sono appena stata dall'avvocato... per la mamma.»

«La mamma è morta. Ti ci ha portato lui, vero?»

Immagino si riferisca a Paul, per cui le dico di sì. «Mi ha portato anche al cimitero e mi ha raccontato del funerale.»

«Ha sempre avuto un debole per la mamma. Vai a capire perché. Lei non lo poteva vedere, invece. Ma sai che novità: odiava tutto ciò che amavo io.»

«Non direi, Sally. La mamma adorava Hannah.»

Scuote la testa e si stringe le ginocchia al petto. «Ah, ecco, ci risiamo. Ricominci con la storia di Hannah? È per questo che sei venuta, allora? Per farmi un'altra lezione su come si fa il genitore? Sei proprio un'illusa, Kate. Lo sei sempre stata, anche quand'eravamo bambine.»

Scelgo d'ignorare la sua frecciatina e mi guardo intorno per cercare qualcosa per sedermi, ma c'è solo un vecchio tavolino. Faccio per sedermici sopra, ma mi viene un attacco di nausea: non mi sono ancora ripresa e la puzza che c'è qua dentro mi dà il voltastomaco. « Sapevi che alla mamma non restava molto tempo. Perché non mi hai avvisato prima, Sally? Perché ti sei limitata a mandarmi quell'e-mail? Se mi avessi chiamato prima, sarei potuta tornare in tempo. »

Sally alza le spalle.

Restiamo in silenzio per qualche secondo.

« Non ti ho chiamato perché eri a Timbuctu o chissà dove. Avevo solo il tuo indirizzo e-mail », biascica, sicuramente per via di tutto quello che ha bevuto a pranzo.

« In Siria. Ero in Siria », rispondo, con tutto il risentimento che comincia a tornare a galla.

« In Siria. Certo, scusami tanto. E comunque, no, non avevo idea che stesse per tirare le cuoia, per cui non avrei potuto avvisarti per tempo. Tanto non ci saresti venuta lo stesso, al funerale, per cui che senso avrebbe avuto stare a scriverti tutti i particolari? Sono anni che non ti fai vedere. Le uniche notizie che ho di te, le leggo nei tuoi articoli. »

« Non è vero, Sally. Sì, il mio lavoro mi porta a stare via per lunghi periodi ma, se avessi saputo che la mamma stava per lasciarci, avrei mollato tutto per venire da lei. Lo sai che è così. »

Annuisce. Le leggo negli occhi che sa di aver esagerato. L'alcol la rende cattiva, però la sbronza le sta passando e tra un po' le verranno mille rimorsi. Funziona così.

« Va be', ma tu come stai? » mi chiede alla fine. Ha capito che ci sono rimasta male e cerca di farsi perdonare. Molto probabilmente tra poco mi chiederà di andare a comprarle da bere. « Non mi sembri in grandissima forma. »

E allora la guardo, la mia sorellina, la persona che ho sempre cercato di proteggere, e per un istante sono tentata di dirglielo. Vorrei tanto raccontarle tutto, ma poi vedo che le tremano le mani e cambio idea. « Sto bene. È solo che ho appena fatto l'influenza. »

« Vedi come ti conci, ad andare in quei postacci? Chissà quali malattie rischi di beccarti. Hai visto che dicono i giornali? Come si chiama adesso l'ultima che è uscita? L'ebola. Dovresti stare più attenta. »

Faccio un respiro profondo e cerco di non innervosirmi. La puzza è davvero asfissiante. « Non ho nessuna malattia. Sono solo un po' stanca. »

Sally risponde con un'alzata di spalle. Dopo un po' si alza. « Ho bisogno di bere. Vuoi qualcosa? »

« Un bicchiere d'acqua, se non è troppo disturbo. » Anche se cerco di mantenere un tono gentile, le mie parole tradiscono comunque il fastidio che provo.

Sally però non se ne è neanche accorta. « Vieni. »

La seguo in salotto. Qui è tutto molto più ordinato; ci sono persino vasi di fiori freschi sul camino e documenti di lavoro sul bracciolo della poltrona. Evidentemente la veranda è diventata il suo rifugio, mentre il resto è il regno di Paul. Mi piange il cuore per lui. Chissà quanto si sente solo in questa grande casa con una moglie ridotta a una larva e senza neanche più la figlia.

« Hai notizie di Hannah? » le chiedo quando torna dalla cucina. Conosco già la risposta, ma sento comunque il bisogno di domandarglielo.

Dopo avermi portato il mio bicchiere d'acqua, si accomoda sul divano davanti alla poltrona su cui mi sono seduta io. Ha in mano una tazza; a giudicare dall'odore, è piena di vino. Se la porta alle labbra e prende un bel sorso. Le tremano le mani. « Hannah chiamerebbe o tornerebbe solo per un motivo: la mamma. E, adesso che lei è morta, sicuramente non si farà più sentire. »

« Ma lei neanche lo sa che la mamma non c'è più. Nessuno gliel'ha detto. »

Sally però m'ignora. « È la prima cosa che mi ha domandato la volta in cui ha chiamato: 'Come sta la nonna?' Mica si è preoccupata di sapere come stavo io o di chiedermi scusa per avermi fatto preoccupare. No, l'unica persona di cui si è interessata è stata quella stronza di sua nonna. »

« Erano molto legate. Dovresti farle sapere quello che è successo. La mamma vorrebbe che lo sapesse. »

Sally scuote la testa. « Quanto vorrei che avessi conosciuto anche tu la donna con cui ho avuto a che fare io. A volte mi sembra che abbiamo avuto due madri diverse. Mi ha reso la vita un inferno. Non le è mai andato bene niente di quello che facevo, mentre tu eri la pupilla dei suoi occhi, quella che andava bene a scuola, che ha fatto carriera. Io invece sono stata capace solo di farmi mettere incinta per poi dimostrarmi una madre inadeguata. »

« Almeno tu hai Paul. È un brav'uomo. »

« Ma tu che ne sai? Tra me e Paul è bella e finita. Non è mai a casa. Meno mi vede, meglio sta, quello. »

Che adesso si debba anche autocommiserare mi sembra un po' troppo. « Puoi biasimarlo? Vivere con un'alcolista non è facile. E tu dovresti saperlo meglio di chiunque altro. Ci sono posti in cui potresti farti aiutare, lo sai? »

Si alza di scatto. « Falla finita, Kate. Ti presenti qui dopo anni che non ti fai vedere e hai anche la faccia tosta di dirmi cosa devo fare? Non siamo più bambine, cara.

Adesso le mie decisioni le prendo da sola.» Torna in cucina, sicuramente per riempirsi la tazza. Provo una gran pena per lei.

«E di Hannah che mi dici?» le chiedo quando torna in salotto. «Se provassi a ricontattarla, se le porgessi un ramo di ulivo, forse potreste riuscire a risolvere i vostri problemi.»

«Perché tu pensi che ad Hannah importi qualcosa di me?» risponde con un ghigno che mi ricorda troppo quello di nostro padre. «Be', ti sbagli. Quella non mi sopporta. Dice che le ho rovinato la vita. E l'ultima cosa di cui ho bisogno adesso è che torni qui a creare problemi. Voglio solo essere lasciata in pace.»

«Ma è tua figlia. Avrai bisogno di sapere se sta bene», le dico, bevendo un sorso d'acqua per calmarmi.

Sally sferra un pugno sul bracciolo del divano. «Ricominci? Hannah sta benissimo. Starà sdraiata a prendere il sole in qualche bella isoletta. E, se sappiamo che sta bene, lo dobbiamo proprio a te e alle tue doti investigative. Sei un'impicciona del cazzo.»

Ha ragione, mi sono data da fare per scoprire dove fosse perché, a differenza sua, ero preoccupata. Hannah sarà pure stata una ragazza difficile, ma aveva solo sedici anni quand'è scappata di casa. Non avrei avuto pace finché non avessi scoperto dove fosse. Tuttavia, visto che Sally non ne voleva sapere, mi ero rivolta a Paul perché facesse un po' di domande agli amici di Hannah, per capire se loro sapessero dove fosse andata. All'inizio nessuno ci aveva voluto dire niente - perché avevano paura di metterla nei casini -, ma alla fine uno di loro si era fatto avanti e ci aveva dato il suo nuovo indirizzo, una casa occupata a Brixton. Ero andata a trovarla, per verificare che stesse bene. Era sciupata e aveva perso parecchi chili, ma mi aveva assicurato che era felice lì coi suoi amici e che fondamentalmente aveva bisogno di stare lontana da Sally. Non potevo darle torto. Perciò le avevo dato cento sterline e le avevo chiesto di farsi sentire, anche se poi alla fine quella è stata l'ultima volta in cui l'ho vista. Ci sono tornata un altro paio di volte, in quella casa occupata, ma non ho più trovato nessuno. E, proprio quando stavo per ricominciare a preoccuparmi, mi ha mandato una lettera in cui mi diceva che si era trasferita a Ibiza e che faceva la commessa.

« Quanto ti piace rigirare il coltello nella piaga, vero? »

La guardo. Il vino comincia a fare effetto.

« Sempre a ripetermi che è stata colpa mia, che se n'è andata perché bevo. Sei proprio uguale a nostra madre: ipocrita e moralista. » Torna in cucina.

Forse dovrei andarmene. Guardo l'ora. Sono quasi le cinque. Paul sarà a casa a breve.

Sally torna in salotto con la tazza piena. « Secondo la mamma la colpa era stata mia. Era per causa mia se la sua nipotina adorata era scappata, perché io non avevo saputo fare la madre. Da che pulpito, eh? Si è permessa di dirmi certe cose, lei che aveva lasciato affogare il figlio. E lo sai io allora che le ho risposto? Che la sciagura di questa famiglia era *lei* e che non le avrei mai più parlato. E infatti così è stato. »

« Come hai potuto? La morte di David l'ha tormentata tutta la vita. Nella lettera... »

« Quale lettera? »

« La lettera che mi ha lasciato la mamma. Me l'ha data l'avvocato. »

« Ah, davvero? Ma che carina. E ne ha lasciata una anche per me? »

« Non lo so. Immagino di no, se non te l'hanno ancora

data.» Certo che la mamma avrebbe potuto sforzarsi un po' e lasciare qualcosa anche per Sally.

«Chissà come mai la cosa non mi sorprende. Persino da morta continua a importarle solo di te.» Prende un altro sorso. «E quindi cos'è che ti ha scritto in questa lettera?»

«Che è stata colpa sua se David è morto. Ma non riesco a capire per quale motivo abbia voluto dirlo solo a me. Perché non ha scritto una lettera a tutte e due?»

«Perché tu eri la sua preferita. E voleva la tua compassione. Non le importava niente di quello che pensavo io. Io sono stata solo una delusione, per lei. Tu invece eri la luce dei suoi occhi, quella perfetta. Tutto il contrario di lei. Perché la sua preziosissima Kate non avrebbe mai lasciato morire un bambino.» Mi guarda in un modo che mi fa pensare che sappia tutto. «Oltre a essere una bugiarda, quella donna era anche una madre inadeguata e negligente.»

Lei beve ancora e io mi prendo la testa tra le mani. Non ce la faccio più a sentirla.

«Oh, scusami tanto, sai. Non volevo turbarti.»

«Trovo solo che sia gratuito, Sally. Tutto questo veleno, questo livore. Sì, è vero, la mamma ha fatto un errore, ma lo ha pagato caro. Per anni ha dovuto sopportare le botte di nostro padre mentre tu te ne stavi lì zitta a guardare.»

Sally si tira in avanti di scatto e scuote la testa.

«Che hai da scuotere la testa? È la verità. Ero io quella che cercava di difenderla, io quella che si ribellava. Tu, invece? Tu non facevi niente, te ne stavi zitta e buona. E non te lo perdonerò mai.»

«Sai una cosa?» dice, con voce fredda e minacciosa. «Ti piace tanto fare la parte di quella perfetta, della santarellina che va in giro per il mondo a salvare la gente. A me però non la dai a bere, cara. Io ti conosco bene. So di cosa sei capace. »

« Ma di che parli? »

Sally siributta indietro sul divano e chiude gli occhi.

« Dimmi a cosa ti riferisci. »

« Esci da questa casa », sibila, senza neanche guardarmi.

« Ma... »

« Lasciami in pace. Hai sentito? Togliti dal cazzo. »

Vado verso la porta. « D'accordo. Ci rinuncio. Almeno adesso posso dire a Paul di averci provato. » Esco e attraverso il vialetto con la borsa stretta davanti al petto, come uno scudo. Non riesco a respirare. Devo andarmene da qui, scappare via, lontano da Sally e dal suo veleno. Cerco di cancellarla dalla testa, di pensare a cose belle, ma le sue parole mi risuonano nelle orecchie, sempre più forte. Mi sembra che stia per esplodermi la testa e l'unica cosa che riesco a sentire è quella frase: *Kate non avrebbe mai lasciato morire un bambino.*

13

Più tardi, quel giorno

Quando arrivo a casa, trovo un mucchio di posta ad aspettarmi sullo zerbino: una copia del *Rider's Digest*, una lettera dalla Protezione Animali, una di un'assicurazione che regala una penna d'argento a chiunque sottoscriva una polizza vita con loro. Ecco cosa resta della vita di mia madre.

Mentre vado verso la cucina, cerco di non pensare a Sally e alla discussione che abbiamo avuto, ma non riesco a togliermi dalla testa le cose terribili che mi ha detto. *Illusa.* Così mi ha chiamato. Lo sono davvero? Guardo la posta che ho in mano e penso alla mia penna portafortuna e a Chris, a quando diceva di amarmi. Io credevo a entrambe le cose. Che una penna potesse proteggermi e che io e Chris fossimo anime gemelle, destinati a rimanere insieme per sempre. Mi aggrappavo a queste illusioni a discapito del buon senso, perché non volevo affrontare la realtà. Forse Sally ha ragione, forse sono davvero un'illusa, penso, gettando la posta nella pattumiera.

Mi fa male la testa. Tolgo il cappotto e apro il pensile in cerca di antidolorifici. La vecchia è tornata. Per ora le sue urla sono attutite, ma so benissimo che peggioreranno. Devo fare gli esercizi di respirazione di cui ho letto, quelli che aiutano a gestire l'ansia, ma sono troppo tesa.

Voglio solo andare a dormire prima che le sue urla peggiorino, però è ancora presto; dovrò aspettare parecchio prima di poter prendere i sonniferi. Allora riempio il bollitore e butto giù un paio di antidolorifici. Le pastiglie mi si fermano in gola, per cui infilo la testa sotto il rubinetto e bevo un po' d'acqua. Quando mi tiro su, avverto una presenza, qualcuno che passa davanti alla finestra. Guardo meglio e intravedo una persona vicino allo steccato. C'è qualcuno in giardino.

Scrollo le mani e corro alla porta. Resto pietrificata. Non è chiusa a chiave. Com'è possibile? Sono certa di aver dato una mandata prima di uscire, ma è anche vero che ero un po' distratta perché non riuscivo a trovare la mia penna portafortuna.

Esco in giardino e c'è uno strano silenzio, come quello che precede lo scoppio di una bomba. Attraverso il vialetto e guardo tra le erbacce, col cuore in gola.

« C'è qualcuno? » Arrivo fino in fondo, dove ci sono dei vasi rotti accatastati accanto allo steccato. « C'è qualcuno? »

Ma non c'è nessuno. Chiunque ci fosse ormai se n'è andato. Salgo su un vecchio mattone buttato lì per terra e sbircio oltre il muro. Il vialetto che passa dietro la casa è completamente deserto, ci sono solo un paio di bidoni della spazzatura un po' più in là.

Scendo e torno indietro, valutando se sia il caso di chiamare la polizia. Il problema però è che non ho visto praticamente niente. Non saprei neanche dire se fosse una donna o un uomo.

No, meglio lasciar perdere la polizia, mi dico, meglio rientrare e assicurarmi che porte e finestre siano chiuse. Probabilmente erano solo dei ragazzini. Quando arrivo davanti alla porta, inciampo su qualcosa. Una biglia. Come quelle con cui giocavamo io e Sally da bambine. Ricordo che ne avevamo un barattolo pieno. Mi chino a raccoglierla. È molto bella, e per un attimo la bambina che è in me resta incantata da quell'occhio azzurro incastonato nel vetro. Mentre la guardo, sento il cellulare che vibra nella tasca.

Lo tiro fuori e vedo il nome di Paul sullo schermo. È un messaggio.

HO SAPUTO CHE SEI ANDATA A FAR VISITA ALLA PAZIENTE. :(HO PENSATO CHE AVESSI BISOGNO DI BERE QUALCOSA. IO ALLE OTTO VADO ALLO SHIP, PUOI RAGGIUNGERMI LÌ, SE TI VA. GRAZIE PER AVERCI PROVATO, KATE. SIGNIFICA TANTO PER SAL, ANCHE SE NON LO DÀ A VEDERE. BACIO P

Rientro in casa con la biglia e il cellulare e faccio attenzione a chiudere bene la porta. Non so se mi va di andare a bere una cosa con Paul. Di sicuro vorrà parlare di Sally e sinceramente non credo ci sia più niente da dire. Ma, se penso che l'alternativa è passare un'interminabile serata da sola in questa casa che detesto, uscire un po' mi sembra un'idea magnifica. Allora infilo la biglia in borsa e vado di sopra a cercare qualcosa da mettermi. Basta fantasmi per oggi. Un bel bicchiere di vino fresco, una faccia amica e qualche ora di normalità non potranno che farmi bene.

Nel pub fa caldo e le luci sono fioche. Seduto a un tavolino basso, Paul è chino sulla sua pinta di birra, con le spalle all'ingresso. Attraverso il locale e lo raggiungo. Gli tocco una spalla.

« Ciao », dice lui girandosi sullo sgabellino. Si alza e mi dà un bacio sulla guancia. « Che ti prendo? »

« No, questo giro lo pago io. »

Allora lui sorride e torna a sedersi, ma lo so che continua a guardarmi mentre vado verso il bancone a prendere da bere. Starà pensando a Sally, si starà chiedendo di cosa abbiamo parlato. È preoccupato, ne sono certa.

Quando torno al tavolo, ha un'espressione strana.

« Tranquillo, mica me la scolo tutta in una volta », gli dico, posando sul tavolo una bottiglia di vino. « È solo che conviene comprare direttamente una bottiglia, se pensi di bere più di un bicchiere. » Gli metto davanti la sua pinta di birra.

« Tranquilla, Kate. Non devi giustificarti. Ci sono persone che sanno come si beve e altre, senza fare nomi, che esagerano e basta. Ma non ci pensiamo, dai. Salute. »

« Salute. »

Prende un sorso di birra. « Si sta bene, qui. » Si rimbocca le maniche, sporgendosi sul tavolino.

« Già. » Mi formicolano le gambe, forse per via dell'aria di mare.

Paul alza il bicchiere e noto una cosa sul suo braccio. Dei segnacci rossi, frastagliati, come se qualcuno lo avesse aggredito con un coltello. Si accorge che lo sto guardando e ritira subito giù la manica.

Faccio finta di niente e mi guardo intorno. « Fa un po' strano essere qui. Questo posto non è cambiato di una virgola. »

Il soffitto basso e le travi scure mi danno l'impressione di trovarmi in una specie di eremo sotto terra. Lo Ship è uno dei posti più antichi di Herne Bay; risale alle guerre napoleoniche, quando offriva rifugio ai marinai che scappavano dai francesi. Me li immagino nascosti qua dentro, a cercare scampo dal loro mondo fatto solo di grog e violenza. Anche mio padre veniva a bere qui, tutte le domeniche. Mi pare di vederlo, seduto al bancone, che solleva il bicchiere col suo braccio muscoloso, frutto di anni passati a trasportare carcasse di animali. Noi andavamo sulla spiaggia con la mamma e lui veniva qui. Era il suo nascondiglio, penso, mentre la cameriera viene ad accendere una candela e la mette sul davanzale della finestra. Il suo mausoleo.

E poi vedo Ray. È seduto dove si metteva sempre il papà, in fondo al bancone, spalle al muro. Mi fa un cenno col capo e solleva la sua pinta di birra. Io gli sorrido e lo saluto con la mano.

Paul osserva la scena. «Chi è?»

«Un vecchio amico di mio padre.»

«Mai visto prima. È di queste parti?»

«Sì, fa il pescatore. Viene qui da anni.»

Ray adesso ci dà le spalle. Guardarlo parlare col barista mi fa venire una tristezza infinita. Ma perché mio padre non mi voleva bene? Perché mi odiava tanto?

«Ti va di parlarne?» mi chiede Paul, interrompendo i miei pensieri. «Di com'è andata con Sally? Era terribilmente agitata quando sono tornato a casa.»

«Non c'è niente da dire. Ho provato a portare il discorso sul problema che ha con l'alcol, ma non c'è stato verso. È piena di rabbia e rancore. Non credo di essere la persona giusta per farla ragionare.»

Paul sospira, è deluso. Mi dispiace per lui. Davvero. Non è stato un grande affare per quest'uomo imparentarsi con noi: una famiglia che ha da offrire solo dolore, segreti e dipendenze.

Sorride. «Quando l'ho conosciuta era fantastica. Era piena di energia, sempre allegra. Mi piaceva tanto perché era estroversa. Io invece ero molto timido, e lei era riuscita a tirarmi fuori dal mio guscio.»

Ripenso al baccano che faceva ogni volta che tornava da scuola. «È vero, un tempo era una forza della natura. Un'inguaribile ottimista, sempre pronta a vedere il lato buono nelle persone, persino in mio padre. Anzi, soprattutto in mio padre.»

Paul annuisce. «Eppure non ne parla molto. Anzi, non lo fa mai. Ogni volta che provo a tirar fuori l'argomento lei si chiude a riccio.»

«Erano molto legati. E la sua morte l'ha sconvolta. È stato allora che ha cominciato ad andare fuori dai binari. Il papà era morto da pochi mesi quando lei è rimasta incinta.»

«Quella è stata una bella mazzata per lei. Si è ritrovata a dover fare la madre quando lei stessa era ancora una bambina. Sally fa tanto la dura, ma io la conosco meglio di chiunque altro, e so benissimo che è a pezzi. Mia madre mi raccontava che, quand'ero ragazzino, volevo sempre aggiustare le cose, gli oggetti rotti. E la stessa cosa mi succedeva con le donne: ho sempre avuto un debole per quelle che avevano bisogno di qualcuno che le aiutasse a raccogliere i cocci.»

Cade un bicchiere a terra e fa un gran fracasso. Paul si porta una mano al petto, si è spaventato. Per una volta non sono io quella troppo sensibile.

Gli poso una mano sul braccio. «Tranquillo, è solo caduto un bicchiere.»

Lui lo ritrae subito. «Devi scusarmi, ma ultimamente sono un fascio di nervi.»

«Non devi scusarti. Capisco benissimo cosa stai attraversando», gli dico, prendendo un altro sorso di vino.

« Grazie. Grazie per essere tornata. Ormai tu sei tutto quello che le resta. »

« C'è anche Hannah. E Sally non può rinunciarci così. È per questo che deve riprendersi: non per me o per te, ma perché deve riuscire a riconciliarsi con sua figlia. »

Paul impallidisce.

« Mi dispiace, Paul. Lo so che è dura e che pure tu vuoi molto bene ad Hannah. »

« Già. Nonostante il suo caratteraccio. » Fa una risata amara. « Aveva tredici anni quando io e Sal ci siamo messi insieme. Te lo ricordi? Vivevano con tua madre. »

« Sì, certo. Sally mi ha chiamato apposta per dirmi che aveva conosciuto un tipo pazzesco che viveva nella casa accanto. Al che io ho pensato che avesse dato di matto, perché per quel che ne sapevo nella casa accanto ci viveva Mr Matthews, un vecchietto di novant'anni. »

Paul si mette a ridere.

« I tuoi avevano comprato casa da Mr Matthews, giusto? »

« Sì. In realtà, è stato il figlio a venderla, dopo che Mr Matthews era andato a stare in una casa di riposo. Era il 1994, poco dopo che te ne eri andata tu. Hanno trascorso anni felici in quella casa. Sono morti a qualche settimana di distanza. »

« Mi dispiace. »

« Ma no, hanno avuto una vita lunga e serena. Per me, ereditare quella casa è stato insieme una benedizione e una maledizione. Herne Bay non mi piaceva. La trovavo deprimente. I miei mi trascinavano qui durante le vacanze, quando io avrei preferito restarmene a Bethnal Green e uscire coi miei amici. Loro invece la adoravano. E dicevano sempre che, quando fossero andati in pensione, si sarebbero ritirati qui. E così è stato. »

Mi verso un altro bicchiere di vino. «Se odiavi tanto questo posto, perché sei rimasto? Avresti potuto vendere la casa e andartene. Cosa ti ha fatto cambiare idea?»

Si appoggia al tavolino e sorride, con gli occhi un po' lucidi per via della birra. «Sally. È stata Sally a cambiare tutto. Il piano era quello di affittare la casa e tornare a Londra ma, quando stavo facendo vedere il giardino all'agente immobiliare, ho sentito un fischio. Mi sono girato e l'ho vista. E così tutti i miei piani sono andati a farsi benedire.» Prende un sorso di birra. Si vede che non è per niente facile per lui.

«Sally era fuori di sé. Diceva che assomigliavi a Liam Neeson, però un po' più basso.»

Paul per poco non si strozza con la birra. «Liam Neeson? Era ubriaca?»

«Solo felice, credo.»

«Già, eravamo felici. Ma me ne sono accorto subito che con Hannah aveva qualche problema. Cavolo, quella ragazzina le rispondeva sempre male. La prima volta che sono andato a pranzo da loro, non siamo neanche arrivati al secondo. Si sono messe a litigare per non so più quale motivo – forse Sally le aveva messo troppo sughetto sulle patate –, ma ricordo di essermi sorpreso moltissimo. Se mi fossi permesso io di dire certe cose a mia madre, mi sarei beccato una punizione coi fiocchi. Ma Hannah non era mia figlia: non stava a me decidere come educarla.»

«Credi che parte dei loro problemi sia dovuta alla dipendenza di Sally dall'alcol?»

«Probabile. Ma in quella fase era più che altro una questione d'incompatibilità di carattere.»

«Sì, però quando uno beve spesso diventa irascibile», osservo, pensando a mio padre e a quanto i suoi eccessi d'ira peggiorassero a dismisura quando si ubriacava.

« All'epoca io ero un po' accecato dall'amore. Volevo solo vedere le cose belle in Sally. »

« Come tutti noi. » Scolo il bicchiere e senza rendermene neanche conto me ne verso un altro.

« È stata vostra madre a parlarmi del problema di Sally. Credo ritenesse giusto che lo sapessi. Mi ha raccontato di quando Hannah era piccola e Sally la portava al pub con lei: la lasciava fuori mentre lei andava a ubriacarsi. »

Annuisco e ripenso a quando mia madre mi chiamava in preda al panico per dirmi che Sally e Hannah erano sparite di nuovo. Qualche ora dopo però mi ritelefonava per avvertirmi che le avevano trovate e che Sally non si era sentita tanto bene.

« Tutto questo però succedeva prima che conoscesse me. Io mi ero convinto di averla cambiata e che non sarebbe mai più ricaduta in quelle cattive abitudini. E almeno per Hannah credo di essere stato d'aiuto. Dopo aver scoperto quello che aveva dovuto subire da bambina, ho convinto Sally a non stressarla troppo e a darle un po' più di libertà. E infatti le cose sono andate meglio. Io e Hannah andavamo d'accordo e abbiamo iniziato a comportarci e a fare cose come una vera famiglia. Eravamo felici. » Gli trema la voce e si torce le mani. « Abbiamo comprato la casa di Willow Estate e siamo andati a vivere tutti insieme. Sally lavorava ancora in banca all'epoca, per cui i soldi non ci mancavano. Poi però le cose hanno cominciato ad andare a rotoli. »

« Perché? Cos'è successo? » gli domando. Solo ora mi rendo conto di non aver mai chiesto la sua versione. Ho sempre avuto solo quella della mamma.

« Be', Hannah ha cominciato a fare domande sul suo vero padre, ma Sally non gliene voleva parlare. Aveva paura di far soffrire la figlia. Io le ho detto che era normale che Hannah fosse curiosa, che se fossi stato al posto suo anch'io avrei voluto sapere chi era il mio padre biologico. E, proprio quando credevo che la situazione si fosse normalizzata, una sera sono tornato a casa e ho trovato Hannah sconvolta. Sal l'aveva beccata a cercare notizie del padre su Internet e aveva dato di matto. »

« In che senso? »

« Eh, sai com'è Sally quando va su tutte le furie. Le aveva detto che quel coglione, il padre di Hannah, le aveva chiesto di abortire. Il che probabilmente sarà stato anche vero, ma certo non lo doveva dire ad Hannah. Perché, dai, nessuno vorrebbe venire a sapere che uno dei tuoi genitori non ti voleva. »

« Anche lui era solo un ragazzino. Aveva la stessa età di Sal quand'è successo. I genitori hanno deciso di trasferirsi, e credo che fossero loro in realtà a spingere per l'aborto. »

« Una bella famigliola, insomma. Che pezzi di merda. »

« Probabilmente pensavano che quella fosse la cosa più giusta da fare. Ripeto: era solo un ragazzino. Comunque sia, quando se ne sono andati non hanno lasciato indirizzo né niente, per cui, quando poi è nata Hannah, Sal non aveva modo di mettersi in contatto con lui. Non credo proprio che Hannah sarebbe riuscita a trovarlo tramite Internet. »

« Sì, ma Sally era preoccupatissima. Era convinta che Hannah lo avrebbe trovato e se ne sarebbe andata da lui. Così ha ricominciato a bere e allora è venuta fuori anche l'altra Sally. »

« Che intendi? »

« Era come se fosse due persone diverse. Un secondo

prima mi diceva che mi amava da morire e il secondo dopo dava di matto.»

«Diventava violenta?»

«Cosa? No, no...»

«Paul, devi dirmi la verità. Su Sally e su quello che le sta succedendo. Senti, ho visto cos'hai sul braccio: è stata lei a fartelo?»

Lui si prende la testa tra le mani e sospira.

«Paul, ti prego.»

«E va bene: sì, è stata lei. Sei contenta adesso?»

«No che non sono contenta. Sono sconvolta.»

«E come pensi che mi senta io? Sono un uomo. Dovrei essere capace di difendermi», mi dice senza guardarmi negli occhi.

«Cos'è successo?»

Abbassa la voce, per non farsi sentire: «Non è stata colpa sua. È stato qualche settimana fa. Aveva finito il vino e l'ho beccata che era appena tornata dal negozio. Le ho strappato di mano le chiavi della macchina e le ho detto che era pazza, che non avrebbe dovuto guidare nello stato in cui era, che avrebbe potuto uccidere qualcuno. Era talmente ubriaca che le sono cadute le bottiglie ed è andata fuori di testa. Ha raccolto un pezzo di vetro e si è scagliata contro di me. Se non mi fossi parato col braccio, mi avrebbe preso in faccia».

«Santo cielo. Perché non me lo hai detto?»

«Credevo di essere in grado di gestire la cosa. Ma la verità è che da quel momento ho paura di lei. Non so più di cosa è capace quand'è ubriaca.»

Ripenso alla mia visita di qualche ora fa. Ripenso a tutto l'odio che Sally aveva negli occhi mentre parlava della mamma. Quel ghigno tremendo sulle labbra.

Paul scola il bicchiere e non posso evitare di guardargli il braccio e chiedermi cos'altro mi stia tacendo.

«Credi che abbia mai fatto del male ad Hannah? Fisicamente, intendo.»

Paul mette giù il bicchiere e mi guarda un istante.

«Onestamente.»

«Non lo so. Se mi avessi fatto questa stessa domanda un anno fa, ti avrei riso in faccia. Ti avrei risposto che Sally non sarebbe mai stata capace di sfiorare la figlia neanche con un dito. Ma dopo quello che è successo... Kate, devi credermi, si è trasformata. Era un'altra persona in quel momento. Non avevo mai visto tanta rabbia in vita mia.»

Annuisco. Forse lui no, ma io sì. Nel suo racconto, riconosco mio padre. Ripenso a tutte le sere in cui andavo a nascondermi in cameretta dopo che mi aveva picchiato e da lì lo sentivo sfogare la sua rabbia anche su mia madre. Andava avanti per ore. E, quando il giorno dopo chiedevo a Sally se li aveva sentiti, lei mi guardava come se fossi pazza.

«Vado a prenderti un'altra birra. Ti porto la stessa?» gli chiedo.

Quando ritorno al tavolo, lui non c'è, ma il suo giaccone sì. Poso la pinta e prendo un altro sorso di vino. La bottiglia è quasi finita. Assurdo come uno possa riabituarsi all'alcol così in fretta, persino dopo anni di astinenza. Penso a Sally e mi dico che è solo per stasera, che da domani mi rimetto in carreggiata. Poi vedo Paul che torna al tavolo.

«Scusa, un bisogno improrogabile.»

Sollevo il calice. «Salute.»

«Salute. E grazie per la birra.»

Scolo il bicchiere e me ne verso un altro. Mi gira un po'

la testa. Domani smetto, ma stasera voglio godermi questa piacevole sensazione di leggerezza. Mi sembra di essere avvolta in una specie di bozzolo dove niente può ferirmi. Niente incubi, niente voci, niente ricordi.

Paul parla del suo lavoro, ma io in realtà non lo ascolto più. Ogni tanto colgo qualche parola - Calais, documenti, migranti - e annuisco quando mi parla dello sciopero di ventiquattro ore degli autotrasportatori francesi.

Tracanno il vino che ho nel bicchiere e mi gira tutto. Non mi dispiace come sensazione.

« Sarà un gran casino... e mi toccherà lavorare fino a tardi quella settimana. »

Mentre lui continua a parlare, io prendo un altro sorso, poi un altro e un altro ancora, fino a che la sua voce non diventa una specie di spirale velenosa che mi stringe la testa e m'incatena nel passato. C'è Ray che mi guarda dal bancone, e io mi sento come quando avevo diciassette anni e bevevo di nascosto. Poi a un certo punto mi rendo conto di sapere perché sto bevendo. Sto pensando a lui.

« Dove sei, Chris? » mormoro alla stanza che gira. E per un attimo mi sembra di vederlo al bancone, vicino a Ray, solo che quest'immagine fugace si disintegra subito e mi ritrovo davanti Paul che continua a parlare dello sciopero e mi dice che forse gli toccherà restare a dormire a Dover chissà dove.

« Ahah! Dover-dove! Fa rima. A Dover chissà dove. Fa troppo ridere! » esclamo, con le parole che mi s'impastano in bocca. Faccio per prendere il bicchiere e fare un brindisi a Paul, allo sciopero degli autotrasportatori, a Dover e alle sue bellezze, ma lo manco e mi rovescio il vino addosso.

« Ehi, attenta! Mi sa che è ora di chiamare un taxi. »

Sento la voce di Paul e una campanella che suona, ma

è tutto confuso. Poi delle mani mi prendono per la vita e una folata di vento mi sferza la faccia. Mi ritrovo giù, ventre a terra, che striscio verso quegli uomini. Sento il sangue in bocca, si raggruma e non mi fa respirare. Poi uno sparo squarcia l'aria. Metto giù la testa, chiudo gli occhi e comincio a contare. Poi li riapro e vedo lui.

14

Stazione di polizia di Herne Bay,
30,5 ore di detenzione

« Ha dormito bene? »

La guardo mentre lei aspetta che le risponda. Sembra riposata. Al posto del tailleur blu di ieri ha una gonna color panna e un maglioncino nero a collo alto. Avrà dormito nel suo letto, accanto a suo marito. Avrà fatto colazione nella sua cucina, fatto la doccia nel bagno di casa sua. È una donna libera. Io invece me ne sto qui seduta con gli stessi vestiti di ieri e la puzza della cella che m'impregna i capelli e la pelle, con la schiena che mi fa male per via del materasso scomodo su cui ho passato la notte, e cerco di ricordare come ci si sente a essere liberi. Mi sembra di essere chiusa qua dentro da tutta la vita. « Lei che ne pensa? Non è proprio il Ritz, questo, no? » le rispondo in tono acido.

La dottoressa sorride un po' imbarazzata e poi ricomincia con le sue domande: « Può parlarmi di quello che è successo a Soho? » Ha dei nuovi appunti davanti.

« A cosa si riferisce? »

« A quello che è successo davanti allo Star Cafe di Great Chapel Street. »

M'irrigidisco: sa anche questo. « Cosa vuole che le dica? »

«Era il giorno dopo l'aggressione a Rachel Hadley, giusto?» Il suo viso è una maschera impassibile.

«Sì», rispondo con un filo di voce. E, mentre lei prepara la prossima domanda, io ripenso a quella sera. Mi avevano da poco dimesso dall'ospedale, ero imbottita di antidolorifici e continuavo a vagare per le strade di Soho come uno zombie.

«Potrebbe raccontarmi cos'è successo?»

«Volevo andare a prendere un caffè.»

«Ma non è mai entrata in quel bar, vero?»

Abbasso lo sguardo sul pavimento di linoleum e ripenso alla voragine che avevo visto aprirsi fuori dallo Star Cafe. Pareva un enorme mostro marino.

«Come mai non è entrata?»

«Perché mi sono fermata a guardare i cartelli.»

La dottoressa pare confusa.

«Stanno facendo degli interventi di ampliamento della metropolitana nella stazione di Tottenham Court Road e Soho è disseminata di lavori in corso. C'è un cantiere con una voragine enorme proprio davanti a quel bar.»

«E i cartelli?»

«I cartelli servono a coprire il cantiere e a rendere i lavori accettabili agli occhi della gente. Ci sono riprodotti il progetto e le tempistiche di realizzazione.»

«Come mai si è fermata a guardarli?»

«Non saprei, credo sia stato l'osso di mammut ad attirare la mia attenzione.»

La dottoressa aggrotta la fronte.

«C'era la foto dell'osso di mammut ritrovato un mese prima durante gli scavi. Un modo per dire alla gente che stavano lavorando per il bene comune. Insomma, non stiamo solo distruggendo le strade e il quartiere, stiamo anche riportando alla luce qualcosa d'interesse storico. Ecco, guardate che bell'osso di mammut.»

È chiaro che la dottoressa non abbia idea di cosa stia parlando. Non credo sia mai stata a Soho.

«Deve scusarmi, ma queste cose mi fanno innervosire.»

Lei annuisce e si appunta qualcosa. «Insomma, stava guardando questi cartelli. Poi cos'è successo?»

Chiudo gli occhi e ricordo la sensazione provata quella sera. Mi pareva che il terreno mi tremasse sotto i piedi e mi volesse inghiottire. E poi sono iniziati i rumori. Urla. All'inizio attutite, poi sempre più forti, fino a che non mi sono dovuta coprire le orecchie con le mani. E a un certo punto ho sentito un botto, un'esplosione, e ho visto volare in aria una testa, un piede, un braccio, un torace. Mi sono ricaduti addosso, in una pioggia di sangue.

«Kate. Cos'è successo?» mi chiede di nuovo la dottoressa, ridestandomi dai miei ricordi.

«Sono caduta. E... una ragazza è venuta ad aiutarmi.»

«Rosa Dunajski?»

Come fa a sapere il suo nome? «Sì, mi pare di sì.»

«Fa la cameriera allo Star Cafe?»

Annuisco.

«È uscita dal bar perché lei stava facendo parecchia confusione. Urlava alla gente di correre a mettersi al riparo.»

«No, questo non è vero. Sono solo caduta e lei è venuta ad aiutarmi», rispondo, con voce tremante.

«E lei allora cos'ha fatto?»

«Io... l'ho spinta via.»

La dottoressa prende gli appunti e comincia a leggere. «L'ha spinta così forte che la ragazza è caduta all'indietro e ha battuto la testa sul marciapiede.»

« Non era mia intenzione, come poi ho avuto modo di spiegare. È che mi ero sentita mettere le mani addosso e ho reagito male. »

« Questo è quello che ha detto anche alla polizia. Il responsabile del bar infatti ha chiamato le forze dell'ordine e lei è stata interrogata. Ma Rosa non ha voluto sporgere denuncia. Pare che le stia particolarmente simpatica. »

« Non c'era nessun bisogno di chiamare la polizia. Quell'uomo ha un po' esagerato. Rosa sapeva benissimo che non lo avevo fatto apposta. E la polizia ha capito che si era trattato solo di un qui pro quo. Santo cielo, hanno cose ben più importanti di cui occuparsi. Neanche a loro andava di stare a perdere tempo con una sciocchezza come quella. »

La dottoressa posa gli appunti per terra. « Io invece credo che lei abbia reagito in quella maniera perché era terrorizzata. È così, vero? Lei non è caduta, ha avuto un'allucinazione. Sbaglio? »

Perché mi sta facendo questo? Perché non la smette? « È stata una cosa di un attimo. Un ricordo. Niente di serio. »

La dottoressa annuisce. « E non le è mai più successo da allora? Non ha più avuto allucinazioni? »

« No », le rispondo, stando bene attenta a guardarla negli occhi. « Glielo assicuro. Non ho più avuto allucinazioni. »

« Mi sta dicendo la verità? »

« Sì. »

La dottoressa Shaw prende il suo taccuino e lo apre su una pagina bianca. Io guardo l'ora e mi chiedo quante altre domande vorrà farmi; quante altre cose dovrò rivelarle della mia vita. L'importante è che non mi chieda di parlarle della Siria, penso. Qualsiasi altra cosa va bene, tranne la Siria.

15

Giovedì, 16 aprile 2015

Sento caldo, ho le lenzuola incollate addosso. La stanza è buia. È ancora notte. Tento di ricordare come sono tornata a casa, ma ho il cervello in pappa e l'ultima immagine che ho è di me seduta al pub che ascolto Paul parlare di uno sciopero degli autotrasportatori. Dopodiché buio completo.

Mi fanno male gli occhi e ho una sete tremenda, ma non riesco ad alzare la testa dal cuscino. E, mentre me ne sto qui sdraiata, immobile, dei frammenti sparsi della serata cominciano a tornarmi in mente. Un bicchiere di vino tracannato in un colpo solo, una bottiglia vuota... Com'è possibile che mi sia presa una sbronza simile con solo una bottiglia di vino? Forse erano due? Cerco di ricordare meglio, ma niente.

Mi gira la testa e quando provo a tirarmi su sento un dolore fortissimo alle tempie. Devo prendere qualcosa. Mi alzo dal letto e vado a tentoni verso la porta. Metto il piede su qualcosa di appuntito. Guardo giù e vedo la mia borsa, con la chiusura di metallo aperta e il contenuto sparpagliato per terra. Accendo la luce e m'inginocchio per controllare che ci sia tutto. Cellulare, pillole, portafoglio, che è aperto, eppure non credo di aver preso soldi. Trovo anche un fogliettino accartocciato. È la ricevuta di un taxi, dice che ho speso tre sterline e mezzo. Sebbene fossero solo cinque minuti di strada, Paul deve comunque aver preferito farmi accompagnare a casa. Mi sforzo di ricordare, però i pensieri mi sfuggono, è tutto confuso. Comunque, sì: dev'essere stato Paul a mettermi sul taxi.

Forse dovrei chiamarlo, penso, rimettendo in borsa il portafoglio. Per spiegargli che di solito non bevo così tanto, che si è trattato solo di un episodio. Ero molto stanca e forse è per questo che ho un po' esagerato, perché di solito bevo al massimo un bicchiere. Poi però cambio idea. Quel poveraccio ne avrà avuto già abbastanza di me.

Quando mi rialzo il dolore alle tempie aumenta. Scendo in cucina, prendo due sonniferi dalla scatola nel pensile e li butto giù con un bicchiere d'acqua. Mentre sono in piedi davanti al lavandino, vedo una donna dal viso smunto e scheletrico che mi fissa dalla finestra. Mi prende un colpo, ma poi mi accorgo che sono io, che è la mia immagine riflessa. Dio santo, sono ridotta uno schifo. Devo riposare un po' se non voglio rischiare di ammalarmi.

Torno di sopra e prendo anche due analgesici. Poi spengo la luce e mi rimetto a letto.

Ma, non appena la testa tocca il cuscino, un urlo acutissimo mi fa trasalire. Sembra il verso che fanno i gatti quando gli pestano una zampa. Mi tiro su e mi metto in ascolto. Lo sento di nuovo, però stavolta è più un lamento sommesso che si dissolve in una serie di mugolii. Forse sono volpi?

Mi alzo e vado alla finestra. Apro le tende: il cielo è una distesa di nuvole lanose. Le luci che vengono dal molo le attraversano come arterie dorate. Non si sente più niente, adesso. *Vai a dormire, Kate,* mi dico. Ma quando sto per chiudere la tenda vedo qualcosa.

C'è qualcuno rannicchiato in una delle aiuole in giardino.

Non può essere. Non sto dormendo. Gli incubi non si hanno da svegli.

Batto le palpebre. No, è ancora lì, proprio davanti a me. Non è un'allucinazione: c'è un bambino nel giardino di mia madre.

Resto impalata alla finestra. Non so cosa fare. Il bambino non si muove e, per un momento, temo sia morto. Poi però alza la testa, guarda su, verso la finestra e la luce della luna gli illumina il viso: è proprio un bambino.

Raccolgo il cellulare da terra. «Sì, salve», rispondo quando finalmente riesco a prendere la linea. Mi tremano le mani. «Chiamo per segnalare un caso di violenza su minore. Si tratta del figlio dei miei vicini, si trova... si trova nel mio giardino. È proprio qui fuori. Starà morendo di freddo. Poco fa ho sentito urlare, allora mi sono affacciata e... Mi scusi? Come mi chiamo? Kate Rafter, abito al 46 di Smythley Road. Come le dicevo, si tratta del figlio dei miei vicini, che abitano al 44 di Smythley Road. Sì, è solo, a quanto mi pare di vedere. Dove mi trovo? Davanti alla finestra della mia camera da letto. E lui è lì fuori al gelo. Grazie, sì. Come? Guardi, mi dispiace ma non ricordo quale sia il CAP... è casa di mia madre questa, lei è morta e io... ehm, sì, grazie, comunque è Smythley Road, vicino a... Va bene, grazie. Mi scusi? Come mai le serve la mia data di nascita? D'accordo, sì. 16 giugno 1975. Esatto. E, la prego, fate in fretta. Il bambino non si muove...» Non posso più aspettare. Metto giù il telefono e corro di sotto. Mi fermo a prendere una coperta in un armadio. Odora di polvere e naftalina, ma se non altro è calda. Avrà freddissimo, là fuori.

Non sono ancora riuscita a uscire che sento un rumore.

Corro alla finestra. La polizia è arrivata. Apro ai due agenti. Uno è un uomo tarchiato di mezza età e l'altra è una giovane col viso appuntito e con la frangetta che le copre quasi completamente gli occhi.

« Mrs Rafter? » esordisce la poliziotta. Sembra sconvolta, evidentemente a Herne Bay non capita spesso di ricevere segnalazioni del genere.

« Sì, venite, svelti. È lì fuori... stavo proprio per... è in una delle aiuole... » Li faccio entrare. Mi sento leggermente frastornata e ci metto un po' a infilare la chiave nella serratura della porta sul retro. Sento la poliziotta che sospira. Alla fine riesco ad aprire. « È da questa parte », gli dico tenendo la voce bassa per non rischiare di spaventarlo. « È... »

Per poco non mi cedono le gambe. L'aiuola è vuota. Il bambino non c'è più.

Mi giro verso gli agenti. « Era qui. Non capisco. Era qui un attimo fa. »

« Mrs Rafter », inizia a dire l'uomo.

« Miss », lo correggo io mentre continuo a fissare l'aiuola. « Non sono sposata. »

« Miss Rafter, ha detto all'operatore che il bambino che ha visto è il figlio dei suoi vicini, giusto? »

« Sì. Sì, è il figlio dei vicini. Non so il nome però... La madre si chiama Fida... Vengono dall'Iraq. Dovete andare da loro e perquisire la casa. Il bambino voleva chiedermi aiuto. Vi prego, dovete trovarlo. »

I due agenti si scambiano un'occhiata e poi annuiscono. Mi stanno prendendo sul serio, penso, mentre li guido di nuovo in corridoio. Forse hanno già ricevuto altre segnalazioni; forse sanno già che il bambino è un caso a rischio. Dio, fa' che lo trovino.

« Va bene, Miss Rafter. Adesso andiamo a controllare », mi dice il poliziotto quando gli apro la porta.

« Ho sentito delle urla. Lo sento gridare tutte le notti. È tremendo. Dovete fermarli. »

La poliziotta annuisce e poi se ne vanno.

« Ti prego. Ti prego, Dio, fa' che stia bene. » Vado in salotto ad aspettare.

Alla fine, dopo un'attesa che mi è sembrata durare ore ma che in realtà è stata solo di pochi minuti, sento suonare il campanello. Salto in piedi e corro ad aprire.

Vedere le loro facce serissime mi fa spaventare. « Oddio. Lui è... Vi prego, ditemi che è... »

« Miss Rafter, possiamo entrare? » chiede il poliziotto, facendomi segno di calmarmi, come si farebbe con un cavallo imbizzarrito.

« Sì, certo. Ma, vi prego, ditemi che sta bene. »

Li accompagno in cucina. Dalle loro ricetrasmittenti arrivano suoni e voci metalliche. Gli dico di accomodarsi ma loro restano in piedi. La donna si guarda intorno. I suoi occhi si posano sulla scatola di sonniferi che ho lasciato sul lavandino. Mi guarda e poi inizia a parlare. È del Kent, si sente dall'accento. « Mrs Rafter, siamo stati dai suoi vicini, ma la donna che abita in quella casa ci ha detto di non avere figli. »

« Cosa? Mente! Mente per forza. » Poi però mi accorgo del forte odore di vino che emano. Faccio un passo indietro e prego che i poliziotti non se ne siano accorti. « Vi ha detto una bugia. L'ho sentito diverse volte da quando sono qui. Era qui fuori rannicchiato nell'aiuola di mia madre. L'ho visto. Avete cercato in casa? E in soffitta? Potrebbero averlo nascosto in soffitta. » Mi gira la testa, ma devo dirgli tutto; devono capire che il fatto è serio. « La donna che abita qui accanto è sempre molto carina. Chiacchiera, ride, però nasconde qualcosa. Io l'ho visto, agenti. Era un bambino... »

I due poliziotti si guardano un po' imbarazzati e poi è l'uomo a prendere la parola. « Mrs Rafter... »

« Miss, le ho detto. »

« Sì, è vero, mi scusi. Miss Rafter, siamo tornati solo per rassicurarla. Non abbiamo trovato nulla di strano dai suoi vicini. Non c'è nessun bambino né giocattoli o lettini che ne segnalino la presenza... »

« Le assicuro che il bambino c'è eccome, agente. » Le parole mi s'impastano in bocca per via di tutto il vino che ho bevuto. « L'ho sentito, quell'urlo. Talmente forte che mi ha svegliato. Era un urlo disperato... Allora mi sono alzata di corsa e sono andata alla finestra. C'era un bambino rannicchiato nell'aiuola e l'ho visto coi miei occhi, chiaro e limpido come ora vedo voi due qui davanti a me. »

« Quindi si era appena svegliata quando l'ha visto? » La poliziotta alza lo sguardo dal taccuino su cui sta appuntando tutto quello che dico.

Sento il cervello che cigola mentre cerco di pensare. « Sì, mi ero appena svegliata. Ma l'ho sentito urlare anche un paio di notti fa e l'altro giorno, in giardino, sono certa ci fosse un bambino che rideva, anche se non sono riuscita a vederlo. Dovreste far diramare la cosa via radio anche ai vostri colleghi, per avvisarli di tenere gli occhi aperti, casomai dovessero vedere in giro un bambino coi capelli neri. Sapete benissimo che le prime ore sono cruciali nei casi di sparizioni di minori. So di cosa parlo, sono una giornalista. » L'ho detto tutto d'un fiato, tanto che adesso mi manca il respiro. Mi appoggio al lavandino per riprendermi un attimo.

« A che ora è andata a letto, Miss Rafter? » mi chiede l'uomo. Il suo tono paternalistico mi fa arrabbiare. Cosa credono? Di avere a che fare con una vecchietta confusa?

« Non ricordo esattamente, ma sono tornata a casa verso mezzanotte. »

« Quindi era stata fuori? »

« Sì. »

« E ha bevuto alcolici? » mi chiede la poliziotta. La sua espressione è impassibile.

« Un paio di bicchieri di vino, sì. Ma non c'entra nulla con quello che ho visto. »

La donna inarca il sopracciglio e lancia un'occhiata al collega. Vorrei mettermi a urlare. Io li chiamo per segnalare un fatto gravissimo e loro mi fanno il terzo grado?

« Va bene, Miss Rafter. Direi che non c'è nient'altro che possiamo fare stasera. Siamo felici che non ci sia nessun bambino in pericolo dai suoi vicini, ma apprezziamo il fatto che si sia preoccupata e per questo ci abbia chiamati », dice il poliziotto.

Scuoto la testa. « Mi state trattando come se fossi una specie di... pazza. E sinceramente la cosa mi disturba. So di cosa sto parlando, credetemi, ho esperienza in queste faccende. Io... io... » Non riesco a trovare le parole. Mi colpisco la tempia con la mano per sbloccare il cervello, ma non c'è niente da fare.

« Come le dicevo, ha fatto la cosa giusta a chiamarci. Nessuno sta mettendo in dubbio la sua lucidità. Però, se fossi in lei, mi berrei qualcosa di caldo e tornerei a dormire », ribadisce il poliziotto alzando un po' la voce per coprire il rumore che viene dalla ricetrasmittente.

Vorrei mettermi a urlare, dire loro che non sono matta, che il bambino c'è davvero. Ma preferisco ricompormi e sorridergli. Tanto che altro posso fare? « Vi accompagno alla porta. »

« Buonanotte, Miss Rafter. Tutto quello che ci ha detto è stato messo a verbale. Ci ricontatti pure se avesse altro da segnalarci, ma io le consiglierei di riposare. Ha avuto una lunga nottata.» Il poliziotto sorride e poi si gira, e io lo guardo andare verso la macchina insieme con la collega.

Non ho nessuna intenzione di lasciar perdere la cosa, comunque. Adesso ci vado io da quella. Le chiederò delle urla. Le dirò quello che ho detto alla polizia: sento gridare tutte le sere.

Faccio per prendere il cappotto, ma in corridoio mi ritrovo davanti alla mia immagine riflessa nello specchio. La stessa che ha accolto in casa i due agenti. Ho il rimmel tutto colato sotto gli occhi, i capelli arruffati, con alcune ciocche appiccicate alla fronte. Il vestito a fiori e il cardigan sono gli stessi che avevo messo per andare al pub, e infatti puzzano di vino.

Mi vedo come mi hanno visto loro: un'ubriacona strafatta di sonniferi. Al posto loro, neanche io mi sarei creduta.

Esco e guardo la casa dei vicini. Luci spente e tende tirate. Ma cosa mi è saltato in mente? Se la polizia non ha trovato niente, vuol dire che non c'è niente. Rientro in casa e chiudo la porta.

Tornata in camera, mi tolgo i vestiti e m'infilo a letto. Ripenso a quello che è successo. Il bambino c'era davvero, non me lo sono sognato. Era piccolo e coi capelli neri. Solo che poi è sparito. E lo so che la cosa non ha senso.

Mi fa male la testa dal troppo pensare e sento salire una rabbia feroce. Cosa mi sta succedendo? Perché? Ripenso alla lettera di mia madre e alle parole di Sally. Ha ragione lei? È vero che sono solo un'impicciona? Non lo so. Non riesco a essere abbastanza lucida. So solo che rivoglio la mia vita di prima, il mio letto e Chris, l'uomo che amo. Prendo il telefono e provo a chiamarlo. Ma scatta subito la segreteria. Mi dice che Chris O'Brien non è al momento raggiungibile. Getto via il telefono e affondo la testa nel cuscino. Mentre cerco di addormentarmi penso a tutto quello che ho perso. La mia vita sarà così d'ora in poi. Perché questo è ciò che mi rimane: un incubo infinito pieno di voci e grida.

16

Giovedì, 16 aprile 2015

Sto lavando i piatti quando sento bussare. Col cuore in gola, mi asciugo le mani e corro alla porta. Forse è la polizia. Magari hanno scoperto qualcosa.

Con la testa che ancora mi fa male dopo la sbronza di ieri sera, ho qualche problema a sbloccare la serratura. Mai più, mi dico, quando finalmente riesco ad aprire la porta. « Ah. Ciao », dico, stupita.

« Ciao, cara. Posso entrare? » mi domanda Ray.

« Sì... sì, certo. Vieni », rispondo, un po' sorpresa di questa visita inaspettata.

Lo porto in cucina. Mi fa male la testa, devo assolutamente prendere degli analgesici. Indico il tavolo. « Accomodati. Posso offrirti un tè? »

Lui prende una sedia. « Sì, grazie. Con un po' di latte e due cucchiaini di zucchero. »

« Be', che bella sorpresa mi hai fatto. Come mai qui? » Prendo una tazza dalla credenza e gli verso del tè.

Lui si toglie il cappello e lo posa sul tavolo. Sembra preoccupato.

« Che c'è? » Gli metto la tazza davanti.

« Volevo solo assicurarmi che stessi bene. Ieri sera... al pub non stavi un granché. »

Ieri sera? Al pub? Cerco di riordinare i pensieri. E allora ricordo: c'era anche lui. Cosa avrà visto? « Ah, figurati. Ero solo un po' sbronza, tutto qui. Niente di preoccupante. » Sorrido.

Ray prende un sorso di tè e aggrotta la fronte. « Quando sono uscito per tornare a casa ho visto il marito di tua sorella che ti metteva su un taxi. Strillavi e ti agitavi. All'inizio ho creduto che il problema fosse lui, ma poi ho capito. E allora ho pensato di passare a vedere se stavi bene, se era tutto a posto. »

Mi gira un po' la testa. Mi siedo di fronte a lui. « Si è trattato di un episodio sporadico, Ray. Di solito non bevo. Come hai visto, non lo reggo, l'alcol. » Mi metto a ridere, ma mi sento in imbarazzo.

« Bere fa male. Ho visto un sacco di brave persone rovinarsi per colpa dell'alcol. »

« Anche io. Ma non definirei mio padre una brava persona. »

« Non essere ingiusta. Ha sofferto molto. »

« Anche noi abbiamo sofferto, se è per questo. Lo sai che ci picchiava, no? »

Ray è in difficoltà. « Girava questa voce, sì. Però non stava a noi... »

« Intervenire? Fermarlo? Come dice quel detto? 'Perché il male trionfi, è sufficiente che la gente perbene non faccia nulla.' » L'ho ferito, e mi pento immediatamente di essere stata così dura. « Perdonami, Ray. Non è colpa tua se mio padre ci picchiava. Ma ogni volta che ci penso mi arrabbio. Soprattutto per quello che faceva alla mamma. »

« Lo capisco. Però io vedevo anche l'altro lato di tuo padre. Quello più fragile. »

« Ah, sì? Faccio fatica a crederci. »

« Sai come ci siamo conosciuti? » Ray mi fissa con occhi grigi e lucidi.

Scuoto la testa. Non so come si siano conosciuti lui e i miei, in effetti. Io Ray me lo ricordo da sempre nella nostra famiglia, da quand'ero piccolissima.

« È stato il giorno in cui hanno perso il tuo fratellino. C'ero anch'io quand'è successo », mi dice, con voce tremante.

« Tu... quel pescatore eri tu? » balbetto, ripensando alla lettera di mia madre.

Annuisce.

« Oh, Ray. »

« È stata una cosa straziante. Vedere quella creaturina che galleggiava nell'acqua... Ho tentato. Ho fatto tutto quello che potevo. Gli ho praticato la respirazione bocca a bocca e ho provato a rianimarlo con quel poco che sapevo di primo soccorso. Ma non è servito a niente, perché era già morto. » Ho gli occhi pieni di lacrime.

Ci sarebbero talmente tante cose che vorrei chiedergli, ma non so da dove iniziare.

« Se quello che è successo quel giorno ha sconvolto me, pensa a quanto possa aver segnato tuo padre. »

« Lui neanche c'era », gli rispondo, asciugandomi gli occhi col dorso della mano.

« Appunto. E la sai una cosa? Ogni volta che ci ritrovavamo allo Ship a bere una birra, lui non faceva altro che chiedermi di raccontargli cos'era successo. Voleva sapere com'era andata, voleva conoscere ogni piccolo dettaglio. Si sentiva terribilmente in colpa, perché non c'era, perché non era lì per aiutarlo. »

« Sì, ma questo non giustifica quello che ha fatto a me e alla mamma. Perché se la prendeva con noi? »

« Era colpa dell'alcol. Mi capitava spesso di arrivare al pub e trovarlo già lì. Non erano neanche le sei e lui aveva già cominciato a bere. Io mi facevo una birra e poi me ne andavo. Chissà quante altre se ne scolava lui, invece. »

Faccio una smorfia, ricordando il terrore che provavamo quando sapevamo che stava per rientrare.

Posa una mano sulla mia. « Era per questo, capisci? Era colpa dell'alcol se diventava violento. Se solo avesse fatto qualcosa per risolvere il suo problema, forse le cose sarebbero andate diversamente. »

« Forse. » Non ci credo. Il papà mi odiava anche quand'era sobrio. « Mi dispiace, lo so che voi due eravate amici, ma ti assicuro che, il giorno in cui quell'uomo ha avuto l'infarto che se l'è portato via, le nostre vite sono cambiate in meglio. Può sembrare brutto da dire, ma è la verità. »

Ray annuisce.

« Lo sai che anche mia sorella beve? Questa è un'altra bella eredità che ci ha lasciato nostro padre. »

« Sì. Ho saputo che non se la passa troppo bene. Che peccato. Era una ragazzina dolcissima. Aveva l'argento vivo addosso. E poi era così carina. Mi sembra ancora di vedervi in spiaggia con vostra madre. Vi portava sempre a fare picnic al mare. »

E, mentre lui parla, mi torna in mente un ricordo. Siamo sulla spiaggia di Reculver. Io cerco denti di squalo tra la sabbia e Sally gioca a fare castelli. La mamma è seduta su un asciugamano a leggere un libro.

Scavando nella sabbia, trovo qualcosa. Mi siedo sul bagnasciuga a esaminare quell'oggetto. È nero e ha una serie di croci intagliate sulla superficie. Lo accarezzo. È il mio tesoro prezioso e me lo stringo forte al petto come fosse un bambolotto.

« Che fai? » urla mia madre strappandomelo dalle mani. Poi lo porta via e corre verso l'acqua.

« Ridammelo », le urlo, ma lei non mi ascolta e lo getta

tra le onde. « Potevi morire », mi dice quando torna a sedersi sull'asciugamano. Era una bomba, mi spiega, molto probabilmente una delle tante bombe rimbalzanti testate sulla spiaggia di Reculver durante la guerra. « Le bombe esplodono, e devi solo pregare di non trovarti mai nelle vicinanze quando succede. » Dopodiché si rimette a leggere il suo libro.

Sally continua a fare castelli di sabbia. L'incidente per loro è già dimenticato. Io invece riesco solo a pensare a quella bomba. E ancora oggi mi chiedo come sia possibile che un oggetto così piccolo e bello possa essere tanto pericoloso.

« Mi dispiace tanto. Ma perché non si fa aiutare? » mi chiede Ray, ridestandomi dai miei ricordi.

È di Sally che parla.

« Abbiamo provato a convincerla, però lei non ne vuole sapere. Sono andata a trovarla ieri e l'ho trovata in pessima forma. Ho provato a parlarle, ma non ha voluto ascoltarmi. Mi ha riempito d'insulti, sostenendo di sapere delle cose su di me. »

« Ah, sì? Che genere di cose? »

« Non me lo ha detto. Sarà stato un modo per cambiare argomento e non parlare dei suoi problemi. Anche mio padre faceva così. Quando beveva diventava cattivo e cominciava a insultarci a tutto spiano. »

« Non prendertela, Kate. Sally non pensa veramente le cose che ti ha detto. Quanto mi dispiace. » Poi finisce il suo tè e si alza, prendendo il cappello. « Adesso però è meglio che vada. Non voglio farti perdere tempo. Sono contento che stai bene, però. Sai come siamo noi vecchi, ci preoccupiamo. »

« Sto bene, Ray. Ma grazie per essere passato. Da

quando mia madre se n'è andata, non c'è più nessuno che si preoccupi per me.» Lo accompagno alla porta.

«Grazie per il tè. E salutami tanto Sally, d'accordo?»

«Va bene, ma non so se la rivedrò prima che parta.»

Ray mi prende le mani. «No, Kate. Ti prego, vai a trovarla. È tua sorella. Non rinunciarci, o non te lo perdonerai mai.»

Annuisco.

«Ciao, cara. Stai bene.»

«Ciao, Ray.»

Quando mi giro per tornare in casa vedo Fida. Torna dalla spesa e ha le mani piene di borse. Sembra la persona più serena del mondo. Suo figlio sta soffrendo le pene dell'inferno e lei è tranquillissima. Ma com'è possibile? Mi sale una rabbia tale che non riesco a contenerla: devo andarle a dire qualcosa.

«Perché lo ha fatto? Perché ha mentito alla polizia?» le urlo andando verso di lei.

Lei prova a scansarmi, ma io non mollo. «Fida, risponda. Non sia sciocca.»

«No, qui l'unica sciocca è lei», risponde marciando imperterrita verso casa con le borse in mano. Apre la porta e appoggia dentro la spesa.

«Fida, parli con me. Di cos'è che ha così tanta paura?»

Allora lei sbatte la porta e torna verso di me. È furiosa. «È questo?» urla, indicando il suo hijab. «È questo che le fa credere che io sia una criminale? Be', non è la sola. Ci sono un mucchio di persone qui che non mi possono vedere.»

«Non dica stupidaggini.» Inorridisco al pensiero che possa credere una cosa del genere di me. «È una vita che lavoro in Medio Oriente. L'ho indossato anche io, quello. E non c'entra proprio niente. Deve dirmi dov'è suo figlio! »

Fida chiude gli occhi e alza le braccia al cielo. « Non so di cosa parli. Gliel'ho già detto che non ho figli. L'ho detto anche alla polizia. Ma cosa crede? Che se avessi un bambino lo nasconderei? Crede che io sia pazza? »

« No, non penso che lei sia pazza. Penso che abbia paura. Di chi? Di suo marito, forse? È lui che la costringe a farlo? »

« Mio marito! Adesso se la prende anche con mio marito? »

Mi scoppia la testa, devo assolutamente prendere un analgesico. « Sto solo dicendo che capisco. Perché anche mia madre ha vissuto tutta la vita accanto a un uomo violento. »

« Sua madre era una cara donna. Una signora gentile. Mi chiedeva sempre di raccontarle della mia terra. »

Vorrei rispondere, ma non mi escono le parole. Riesco solo a sentire la voce di Nidal. Negli ultimi minuti è diventata sempre più insistente. Mi chiama. Mi chiede aiuto. « Sstt. Sstt. »

« Non mi dica di star zitta », urla Fida. « Sua madre non avrebbe mai fatto una cosa del genere. Non avrebbe mai accusato mio marito di certe cose e non avrebbe mai chiamato la polizia. Lo sa cosa ho passato in Iraq per colpa di quelli che chiamano poliziotti? Ne ha la minima idea? »

« Posso solo immaginarlo. » Provo pena per lei e vorrei dirle che conosco l'Iraq, che la capisco. Ma riesco solo ad alzare il braccio e appoggiarmi al muretto.

« Non si sente bene? Dovrebbe rientrare in casa. » Fida si avvicina per sorreggermi.

« Sì. » Lascio che mi accompagni dentro.

Mi fa sedere sul divano, sistemandomi i cuscini tutto intorno. Mi scoppia la testa.

« Le vado a preparare qualcosa di caldo », mi dice andando in cucina.

Poi ritorna con una tazza colma di tè zuccherato.

Lo bevo a piccoli sorsi e sembra funzionare.

« Lo zucchero fa bene quando si è... » Non si ricorda come si dice.

« Reduci da una sbornia? »

« Sì. Meno male che io non bevo. »

« Già. Una scelta molto saggia. »

La guardo mentre si sistema il velo. È una donna molto bella e gentile. Mi ricorda mia madre, sempre piena di premure e sorrisi. Sono così le mogli maltrattate. Ma perché dovrebbe mentire sul fatto di avere un figlio? La guardo e mi rendo conto di dovermi muovere con circospezione se voglio arrivare alla verità. « Fida è un bel nome », le dico, posando la testa sui cuscini.

« Grazie. Mia nonna si chiamava così. »

« Anche io porto il nome della mia, ma non l'ho mai conosciuta. »

Mi sorride, però mi accorgo che le tremano le mani.

« Fida, c'è qualcosa che vorrebbe dirmi? Può farlo. Può fidarsi di me. »

« Miss Rafter, non c'è niente che devo dirle », risponde, con un sorriso che è solo di circostanza. « Adesso la lascio riposare. Cerchi di dormire e non chiami più la polizia, va bene? Non parli più di bambini. »

C'è qualcosa nella sua espressione... Cos'è? Rassegnazione? Devo provarci un'ultima volta. « Sono cresciuta con un padre violento, Fida. So cosa vuol dire. Ti distruggono, qui dentro. » Porto un dito alla tempia e lei mi fissa. « Deve essere forte per suo figlio, Fida. Glielo deve. Mia madre, che Dio l'abbia in gloria, avrebbe dovuto lasciare mio padre, ma non l'ha fatto. E col suo silenzio gli ha permesso di continuare a fare quello che faceva.» Mi si ferma la voce in gola. Sento la puzza dell'ospedale, l'odore soffocante di sangue e candeggina.

«Miss Rafter, la prego. La smetta.»

«No che non la smetto!» urlo. Alzandomi, rovescio il tè. «Non posso smetterla, è mio dovere capire cosa succede. Sento suo figlio che urla *tutte* le sere.» Abbasso la voce, devo farlo se non voglio farla scappare: «Lo so che è dura ammetterlo, ma può farsi aiutare. *Io* la posso aiutare. Ci sono delle persone che potrebbero portarla via da lui, in posti in cui aiutano le donne come lei. Deve farlo, Fida. Per il bene di suo figlio, deve farlo». Mi è costato talmente tanto sforzo dire quello che ho detto che ricado sul divano.

«Tutto questo è assurdo», commenta Fida mentre affondo la testa tra i cuscini. «Lei non sta bene. La lascio in pace. Ma anche lei, per favore, lasci in pace me.» La sua voce è piena di malcelato disprezzo.

La sento allontanarsi e poi sbattere la porta. Ora sono sola in questo silenzio assordante.

«Sei morta?»

È lui. Riconosco la sua voce nonostante il cervello annebbiato dal sonno.

«Ah, meno male. Sei viva», dice quando apro gli occhi.

Nidal è seduto sul pavimento. Ha i capelli impiastricciati di polvere e sporcizia.

«Ciao. Che ore sono?» gli chiedo.

«È tardi, ma non riesco a dormire. Ci sono di nuovo le bombe.» È pallido e ha occhiaie profonde. Se non dorme si ammalerà.

« Dove sono gli altri? »

« Dormono. Io però non ci riesco. »

« Dovresti provare a riposare, Nidal. Non puoi continuare così. Devi dormire. »

Scuote la testa. « Non ci riesco. Raccontami una storia. Sull'Inghilterra. »

« Non ce la faccio, Nidal. Ho sonno. Raccontamela tu, una storia. »

« Ma tu sei adulta, io sono un bambino. Gli adulti non hanno bisogno delle storie. »

« Tutti ne abbiamo bisogno, Nidal. »

« Va bene. Allora ti racconto di Aleppo. Di com'era prima. » Nidal si avvicina e mi mette una mano sulla testa. È fresca e morbida, come quella di Fida. Chiudo gli occhi e lui comincia a raccontare, portandomi a passeggio in una bellissima città che non esiste più.

17

Quando mi sveglio, due ore dopo, con la schiena dolorante per colpa delle molle del divano di mia madre, mi sento ancora addosso l'odore di Aleppo.

«Nidal?» mormoro. Poi però ricordo dove sono.

Il sogno è stato talmente vivido e reale che mentre vado verso la cucina mi sembra ancora di sentire la sua voce nella testa. Mi dice la frase che mi ripeteva ogni sera.

«*Tusbih 'ala khayr,* Kate.»

Buonanotte, Nidal.

Ho bisogno di aria. Se resto in casa continuerò a pensare a Nidal e ad Aleppo e torneranno gli incubi. Devo uscire.

Prendo un bicchiere d'acqua e me lo porto in giardino. Mi siedo in veranda e guardo il tramonto. Fa freddino e mi strofino le braccia per scaldarmi. Poi vedo qualcosa: un triangolo di luce attraverso lo steccato.

Mi alzo e vado a dare un'occhiata. Uno dei listelli di legno è storto.

«Un'altra cosa da sistemare», borbotto, tornando alla sedia. Ma qualcosa mi trattiene.

Una voce. Una voce lontana.

«Kate?»

La paura m'immobilizza. La voce arriva da una direzione inaspettata. Arriva da un luogo silenzioso, da uno spazio vuoto. Arriva dalla casa. Non quella accanto, la mia.

C'è qualcuno dentro e io sono sola qui fuori. Sento dei passi che si avvicinano.

« Ah, eccoti! »

Tiro un sospiro di sollievo. « Paul! Che ci fai qui? »

« Hai lasciato la porta aperta. Mi sono preoccupato. »

È in controluce. La cucina alle sue spalle è buia e per un istante Paul sembra una fotografia non ancora sviluppata. Mi avvicino per salutarlo e lentamente i suoi contorni diventano più nitidi. « La porta era aperta? Ma non può essere... »

Non finisco la frase perché non saprei come spiegarlo. Ho sentito Fida che la chiudeva. Ho dormito un paio d'ore e poi sono uscita in giardino. Non sono andata da nessun'altra parte. O sì?

« Devi stare più attenta. Ci sono stati diversi furti con scasso ultimamente in questa zona. Anche se qui dentro c'è poco da rubare. »

Mi accorgo che ha con sé dei sacchetti. « Che hai portato? »

« Cibo! Ho pensato che ti avrebbe fatto bene mangiare qualcosa. Dimmi di andare a quel paese, però, se non ti va. Lo capirei. »

Vorrei tanto che non si sentisse in dovere di passare a vedere come sto cinquanta volte al giorno. Ho bisogno di spazio per pensare, per capire quello che sta succedendo. Poi però ripenso a ieri sera, a come mi sono comportata, e lo faccio entrare. « No, sei tu che dovresti mandarmi a quel paese. Mi dispiace tanto per ieri sera. Non ho dormito molto ultimamente e di solito non bevo. Temo che il vino mi abbia dato alla testa. »

Lui posa i sacchetti sul tavolo. « Tranquilla. Capita a

tutti di bere un bicchiere di troppo. E poi in realtà mi hai fatto un sacco ridere, soprattutto per quello che hai detto di Dover. »

« Cos'ho detto di Dover? Anzi, no, lascia stare. Preferisco non saperlo. Davvero, Paul, sono mortificata. »

« Non essere sciocca. Eri solo un po' allegrotta, tutto qui. » Apre i sacchetti e tira fuori un pollo arrosto, una busta d'insalata, dei pomodorini, limoni, aceto balsamico, olio d'oliva, pane e due bottiglie di vino.

« Oh, no, basta vino », gli dico.

« Dai, solo un bicchiere », risponde lui, stappando la bottiglia.

Sorrido, non proprio convinta. Volevo restare da sola, chiarirmi le idee, magari fare uno squillo a Harry. Non ho voglia di passare un'altra serata a parlare di Sally con Paul. Tanto è inutile. Ma non voglio neanche offenderlo.

« Ah, ho portato anche questo. Ho pensato che ti facesse piacere aggiornarti sulle ultime novità. » Getta un giornale sul bancone.

Lo riconosco subito, è quello per cui lavoro io. E penso che questa era l'ultima cosa che avrei voluto, ma sorrido e lo ringrazio.

« E adesso beviamoci un bicchiere. » Paul prende due vecchi calici dall'armadietto.

Mentre versa il vino, ripenso alla visita di Ray. Devo sapere cos'è successo ieri sera. « Paul... ieri sera, quando siamo usciti dal pub... ho fatto qualche scenata? »

Paul mi passa un bicchiere. « Eri un po' brilla, tutto qui. Niente di cui preoccuparsi », mi dice con un sorriso impacciato.

Sta cercando di proteggermi, ma devo sapere. « Dimmelo, ti prego. »

Il sorriso svanisce e lui prende un lungo sorso di vino prima di rispondere: «Stavamo aspettando il taxi e tu a un certo punto hai cambiato faccia. Ho pensato che stessi per svenire. Hai rovesciato gli occhi e hai cominciato a tremare. Non mi sentivi. Era come se fossi da un'altra parte».

Mi gelo. Sta descrivendo quello che mi succede tutte le notti. È come se avesse infilato le mani nella mia testa e tirato fuori gli incubi che mi tormentano. Prendo un sorso di vino. Ecco, meno male che avevo detto basta.

«Poi è arrivato il taxi. All'inizio volevo accompagnarti, ma poi ho pensato che era meglio se tornavo a casa a vedere come stava Sally. Così ho parlato col tassista. Era una donna, il che mi ha rassicurato. È stata gentile e mi ha detto che ti avrebbe portato a casa sana e salva.»

Cominciano a tremarmi le mani. Adesso voglio che smetta.

«Ma... è stato quello che hai detto quando sei salita sul taxi che mi ha fatto preoccupare.»

Lo guardo, sperando che non continui. Un'altra parte di me invece vuole sapere. «Cosa ho detto?»

Paul posa il bicchiere e comincia a tamburellare le dita sul tavolo.

«Cosa ho detto? Dimmelo, ti prego!» Mi sento soffocare.

Paul smette di tamburellare le dita e riprende a parlare: «È stata colpa del vino, sicuramente. Comunque, quando hai chiuso la portiera, mi hai guardato dritto negli occhi e mi hai detto...»

«Paul! Dimmi cosa ho detto!»

Abbassa lo sguardo. «Hai detto: 'L'ho ucciso io'. E hai continuato a ripeterlo.»

Guardo il liquido scuro nel bicchiere e vorrei svanirci

dentro. Qual era quel principe che aveva scelto di essere giustiziato facendosi annegare in una tinozza di vino? Non ricordo, adesso. Ma, se si potesse, vorrei morire così. Prendo un altro sorso. È dolce. Sento l'alcol che entra in circolo e mi rilassa i nervi, uno per uno.

«Che succede, Kate? Ti va di parlarne?»

La risposta è no. Non ne parlerò mai. «Sto bene.» Mi verso altro vino. «E avevi ragione, non c'è niente di meglio dell'alcol per far passare i postumi della sbronza. Adesso, però, hai intenzione di cominciare a tagliare quel pollo o ci devo pensare io?»

«Lo faccio subito. Prima volevo dirti una cosa e giuro che con questo chiudiamo l'argomento. Lo sai vero che con me ti puoi confidare? Che se hai bisogno io sono qui?»

«Lo so, grazie. Adesso però cerchiamo un coltello come si deve in questa cavolo di cucina.»

Un'ora dopo siamo seduti sul vecchio divano verde in finta pelle in salotto a bere vino. Abbiamo un po' esagerato e siamo tutti e due un po' brilli.

«Non so tu, ma io non vedo l'ora che qualcuno si compri questa casa», mi dice Paul guardandosi intorno. «Stare qui dentro mi ha sempre fatto venire i brividi. Ma sentimi, tra poco mi metterò anch'io a parlare con la tua amica come-si-chiama.»

«Alexandra Waits», rispondo, e gli solletico la nuca con le dita. «Guarda, è qui. Credo che tu le piaccia.»

«Smettila! Fallo un'altra volta e ti lascio qui da sola con Alexandra», ride lui, scacciando la mia mano.

«Scusa, non ho resistito. Comunque ho capito a cosa ti riferisci. È come se le mura di questa casa avessero assorbito tutto il dolore e la violenza cui hanno assistito per anni.»

« Ah, se queste mura potessero parlare... »

« Avrebbero detto: 'Scusa, puoi dire a tuo padre di smetterla di colpirci con la testa di tua madre? Ci sta rovinando tutto l'intonaco'. » Ci rido su, ma è una risata amara.

Paul mi accarezza la spalla. « Mi dispiace. Dev'essere stato un inferno per te. »

Ha il viso fin troppo vicino al mio e non mi sento a mio agio, per cui mi allungo a prendere il vino. Riempio di nuovo i bicchieri. « Adesso però basta parlare di me. Raccontami della tua infanzia. Com'è stata? Andavi d'accordo coi tuoi? »

« Abbastanza. Con mio padre non mi prendevo molto, ma non sono tipo da mettersi ad analizzare queste cose. Sono cose che capitano, e tanto poi si cresce e si va avanti. »

Sorrido. « Mi piace la tua filosofia. Dovrei adottarla anche io. »

« Be', per me ha sempre funzionato. »

« Ah, a proposito dei tuoi genitori: cosa sai delle persone che hanno preso in affitto la casa? Fida e il marito. »

« Come mai me lo chiedi? »

« Sono solo curiosa, tutto qua. »

« Gente a posto. Sono riservati e pagano sempre in tempo. »

« Hanno figli? »

« Non credo. Però non li conosco molto, se la vedono direttamente con l'agenzia immobiliare. Se non sbaglio, la donna è del Medio Oriente. »

« Sì, viene dall'Iraq. »

« E tu che ne sai? Ci hai parlato? »

« Sì, l'ho incontrata in giardino. A quanto pare, lei e la mamma erano amiche. »

« Ah, sì? Non lo sapevo. Ma non me ne stupisco: tua madre parlava anche coi muri. »

« È vero. Senti, Paul. Credo che succeda qualcosa di strano, in quella casa. »

« Che intendi? » mi chiede, aggrottando la fronte.

« Be', l'altro giorno, prima che ci mettessimo a parlare, ho sentito un bambino che rideva in giardino. Ma, quando gliel'ho chiesto, lei mi ha detto di non avere figli. »

« Strano. Sicura che fosse un bambino? Magari era un cane che abbaiava o una radio? »

« Avanti, Paul. So riconoscere una risata. Sono sicura che c'era un bambino. »

« In effetti un po' strano sembra. Ma è anche vero che ci sono un sacco di case qui intorno e magari la risata che hai sentito non veniva dalla loro. »

« Sì, forse », rispondo, trattenendo uno sbadiglio. So benissimo cosa ho sentito, ma sono anche troppo stanca per insistere. E poi non avrebbe senso, perché tanto Paul ne sa meno di me.

« Lo sai di cosa avresti bisogno? »

« Di cosa? »

« Di prendere un po' d'aria. Guardati. Sei esausta. Sono giorni che stai tappata qui dentro. E prima ancora sei stata rintanata non so per quanto in un seminterrato in Siria. Ti devi tirare un po' su. Che ne dici se organizziamo una gita in un posto carino? Dai, andiamo dove vuoi. »

È gentile a volermi tirare su il morale. Ho bevuto troppo di nuovo, ma la sensazione di leggero stordimento è piacevole.

« Avanti, dove vorresti andare? »

Chiudo gli occhi e sento la voce di mia madre. *Ragazze, è l'ora del picnic*. E non so se è per il vino o per le mie tendenze masochiste, ma per un momento ho voglia di tornare su quella spiaggia.

« Kate? »

Apro gli occhi e guardo Paul. Sembra diverso stasera, meno spossato del solito, più attraente. Evidentemente il vino mi sta dando alla testa. « Mi piacerebbe andare a Reculver », gli dico, guardandolo negli occhi.

« La spiaggia o le torri? »

« Entrambe. »

« Perfetto, si va. Sono anni che non vado alle torri, da quand'ero bambino. A mio padre piacevano non so bene per quale motivo. Ma del resto lui è sempre stato un sentimentale. Sono infestate dai fantasmi, vero? »

« Così dicono. » Prendo un altro sorso di vino e chiudo gli occhi. Sono stanchissima.

« Reculver sia », dice lui, ma la sua voce adesso è ovattata. « Facciamo un picnic. Kate? Dormi? »

Mi dà un colpetto col gomito e riapro gli occhi. « Che ore sono? » brontolo stirando le gambe.

« Quasi mezzanotte. »

« Scusami, ma adesso devo andare a dormire. » Mi alzo.

« Sì, hai ragione. È deciso, allora, no? »

« Deciso cosa? » gli chiedo trascinandomi fino alla porta. Sento la testa un po' strana, speriamo non mi stia venendo qualcosa. Quand'è stata l'ultima volta che ho preso i sonniferi?

« Reculver, questo fine settimana », dice Paul venendomi dietro.

« Ah, non lo so. » Quanto vorrei non aver mai nominato quel posto del cavolo. « Certe cose sarebbe meglio lasciarle nel passato. »

« Dai, sarà divertente. Solo qualche ora. Farà bene a entrambi », dice, cercando di chiudere la zip della giacca.

Lo guardo e penso che in effetti prendere un po' d'aria non gli farebbe male, probabilmente ne ha più bisogno di me. I fine settimana non devono essere un gran divertimento a casa Cheverell. Si merita una pausa. « D'accordo. Ci andiamo. Adesso però vattene e lasciami andare a dormire. » Apro la porta.

Lui si mette a ridere e mi abbraccia. « Grazie, Kate », mi sussurra all'orecchio.

« Buonanotte, Paul. Guida piano, hai bevuto un po' troppo. »

« Tranquilla. È vicino. Ah, domani poi chiamo l'agenzia immobiliare e gli chiedo degli affittuari. Adesso però vatti a riposare, eh? »

« Ci provo. Ce la metto tutta. »

Chiudo la porta e torno in cucina. Il tavolo è ancora ingombro di piatti sporchi. Riempio la vasca del lavandino d'acqua calda e detersivo e c'infilo i piatti dentro. Li lavo domattina, mi dico. Il vino mi ha messo talmente tanto sonno che forse non ci sarebbe bisogno di prendere un sonnifero. Ma preferisco non rischiare. Prendo due pillole dal blister e le butto giù con un po' d'acqua. Mentre esco dalla cucina, vedo il giornale sul bancone. Lo apro e un secondo dopo mi pento di averlo fatto.

GLI ORFANI DELLA SIRIA

L'ESCLUSIVO REPORTAGE DI RACHEL HADLEY
DAL CAMPO PROFUGHI DI KAHRAMANMARAŞ

Ogni singola parola è una pugnalata. Ci è riuscita, quella stronzetta ce l'ha fatta, alla fine. Dopo mesi e mesi di tentativi, è riuscita a farsi dare un incarico importante. Guardo le foto che accompagnano l'articolo. C'è lei che guarda l'obiettivo col suo sorrisetto falso e con un bambino in braccio. Si vede che il bimbo non è a suo agio. È uno scatto cercato e studiato. *Santo cielo, ma che razza di giornalista sei?* Leggo le prime due righe dell'articolo e resto basita della sua totale mancanza d'imparzialità. «Sono talmente arrabbiata che riesco a stento a parlare», dice nel secondo paragrafo. Giro la pagina e vedo che in fondo all'articolo c'è un link alla sua pagina Twitter. Per maggiori aggiornamenti sulle sue storie, seguite Rachel su @rachely88.

Ripenso a Harry e a tutte le volte che mi aveva pregato di aprirmi un account Twitter perché così la gente poteva seguirmi. Io però gli avevo sempre risposto senza mezzi termini che non ero tipo da social network e che i miei lettori potevano seguirmi attraverso i miei articoli. E poi, voglio dire, come diavolo avrei fatto a twittare in una città sotto assedio in cui non c'è nemmeno l'acqua corrente, figuriamoci il wi-fi?

«Stronzate», dico facendo il giornale e la faccia insipida di Rachel in mille pezzi. «Tutte stronzate.»

Devo tornare a Londra. Devo parlare con Harry e dirgli che mi sono ripresa da quello che è successo ad Aleppo. Che sono pronta a ripartire.

Il cuore mi pulsa talmente forte che temo stia arrivando un altro attacco di panico. Mi siedo, coi pezzi di giornale ancora in mano. Provo a respirare. Guardo davanti a me e la vedo. Sullo scaffale. Caro, premuroso Paul. Mi alzo, prendo un bicchiere e me lo porto di sopra insieme con la bottiglia.

18

Piove sangue dal cielo e io striscio tra i corpi. Da dove vengono? Solo pochi minuti fa era tutto tranquillo, si sentivano solo il ronzio costante dei frigoriferi e il ticchettare dell'orologio.

Esplosioni squarciano l'aria e dopo ogni detonazione mi piove sangue sui capelli, sui vestiti, sulla pelle. E insieme col sangue mi cadono tutto intorno membra umane, come pezzi di carne gettati nella gabbia dei leoni. Non riesco a vederlo, eppure so che è qui da qualche parte, col suo album dei disegni in mano, che aspetta di mostrarmi il suo preferito. Devo trovarlo prima che resti soffocato in mezzo a tutti questi corpi.

E allora proseguo, facendomi strada tra i cadaveri, per riuscire a raggiungerlo.

« Kate. »

Ecco. Lo sento. La sua voce è solo un lamento impercettibile nel frastuono di bombe che infuriano intorno. Ma come faccio a individuarlo in questo cumulo di membra? Mi pulisco la faccia mentre la puzza di corpi in decomposizione satura l'aria.

« Kate. »

Mi sto avvicinando, lo so. Ma so pure di non avere molto tempo. I frigoriferi continuano a ronzare mentre io scavo tra i corpi. Poi sento un gemito e capisco di esserci quasi. « Arrivo, Nidal. Resta dove sei, sono quasi da te », grido. Continuo a scavare finché non vedo dei capelli neri e la sua faccia, piena di speranza e terrore al contempo. « Ti vedo, Nidal. Ti vedo. Prendi la mia mano. »

Lui la afferra e la stringe.

« E adesso tira, tira con tutta la forza che hai », grido, ma la mia voce viene coperta da un'altra esplosione, e un attimo dopo arriva un'altra pioggia di sangue.

« Kate. »

La sua voce è più forte adesso, anche se so che è impossibile, perché è sepolto là sotto.

« Kate. »

La porta del negozio si spalanca e appare un soldato tutto sporco di sangue, sudore ed escrementi, con un cadavere tra le braccia da cui penzolano le budella. « È questo che cerchi? » ringhia avvicinandosi a me e gettando quel corpo a terra. L'impatto violento mi fa schizzare addosso il sangue rosso scuro.

« Kate. »

La sua voce è sempre più debole mentre mi schermo gli occhi da quella pioggia viscida e mi raggomitolo a terra, facendomi più piccola che posso. « No, no, no! » urlo.

Apro gli occhi e torno a distendermi lentamente. Mi tremano le mani e ho un sapore tremendo in bocca. Quando finalmente riconosco la camera da letto, comincio a fare respiri lenti e profondi per scacciare la nausea.

Due bottiglie di rosso. Perché l'ho fatto? Mi alzo dal letto in cerca di acqua e sonniferi.

Quando bevo il vino rosso, faccio sempre sogni violenti e pieni di sangue. Sono quelli che temo di più, perché non finiscono mai e non c'è modo di uscirne.

Fa freddo, qui dentro. Tiro fuori la valigia da sotto il letto e prendo un cardigan di lana pesante. Me lo metto addosso ed esco dalla stanza. Mentre scendo le scale sento una specie di ticchettio. Mi fermo ad ascoltare. Eccolo di nuovo: un ticchettio ovattato. Come bombe lontane.

Scendo di sotto e tendo l'orecchio. Il rumore si è fermato. Probabilmente erano i termosifoni. Un'altra cosa che bisognerà cambiare, mi dico trascinandomi in cucina.

L'acqua è una manna dal cielo, e ne bevo bicchiere dopo bicchiere per mandare via il sapore di sangue di quell'incubo e per buttare giù un paio di sonniferi, che mi regaleranno qualche ora di sonno e incoscienza. Chiudo il rubinetto e rimango un momento lì in piedi davanti al lavandino. Mi fanno male gli occhi dalla stanchezza. Il rumore, quando torna, è più forte, più insistente. Sono colpi adesso, non più un ticchettio. Viene da fuori. Cos'è? Viene dal giardino dei vicini.

Prendo il mattarello che mia madre aveva messo nella credenza per sostenere uno degli scaffali. Tenerlo in mano mi fa venire i brividi. Mio padre, il poliziotto di casa, lo utilizzava come manganello per tenerci buone.

Apro la porta sul retro ed esco in giardino. Fa freddissimo fuori, mi stringo nel cardigan e salgo in piedi sulla sedia di plastica che avevo lasciato accanto allo steccato. Il rumore si è fermato e non si vede niente se non uno stendino vuoto e un paio di stivali di gomma abbandonato accanto a un'aiuola. La rimessa è buia. Anche in casa sembra tutto tranquillo: le luci sono spente e le tende tirate.

«Sono ricominciate le allucinazioni», mi dico, scendendo dalla sedia. Ma, non appena tocco terra col piede, il rumore ricomincia, stavolta più forte, più insistente.

Risalgo sulla sedia e guardo oltre lo steccato. Mi si ferma il cuore.

Dietro la finestrella della rimessa c'è un viso, il viso di un bambino.

È pallidissimo, opalescente. Ha i capelli neri. Sembra terrorizzato. Continua a battere i pugni contro il vetro.

Devo farlo uscire.

Facendo forza sulle braccia, mi tiro su e mi siedo sullo steccato, come se montassi un cavallo scheletrico. Poi mi giro di scatto e salto giù. Finisco sull'erba con un tonfo e il mattarello che tenevo stretto sotto il braccio mi cade proprio sul ginocchio, facendomi vedere le stelle.

Mi alzo e mi guardo intorno, alla ricerca di qualcosa da poter utilizzare per riarrampicarmi. Dovremo fare in fretta. C'è una sedia di legno abbandonata sulla veranda. Sarebbe perfetta, ma è troppo vicina alla porta e rischierei di svegliare Fida. Mentre io sto qui a perdere tempo, il bambino continua a battere sul vetro. Dovrò correre il rischio. Attraverso il giardino di corsa, cercando di tenermi bassa, e porto la sedia vicino allo steccato.

Finalmente mi giro e agito le braccia in aria, per far capire al bambino che sto andando ad aiutarlo. Sembra terrorizzato. Una nuvola oscura la luna, facendo piombare il giardino nel buio più totale. Mi avvicino alla rimessa, ma il vetro è opaco e non vedo più il bambino. Abbasso la maniglia, tenendo il mattarello davanti a me. La porta è chiusa a chiave, ma è leggera: con una bella spallata si aprirà. La colpisco con tutta la forza che ho e si spalanca, mentre io finisco a terra dentro la rimessa. È buio pesto.

«Ciao», dico, e la mia eco rimbomba. «Non avere paura, sono qui per aiutarti.»

Mi fa male la schiena quando mi alzo e mi guardo intorno. La nuvola si è spostata e la luce della luna rivela una serie di oggetti: una scala appoggiata alla finestra, un grosso tosaerba, un paio di cesoie e, sulla parete opposta, una serie di scaffali con barattoli di vernice e attrezzi da giardinaggio tutti perfettamente ordinati. Del bambino non c'è traccia.

«Senti, lo so che hai paura, però di me ti puoi fidare. Mi chiamo Kate. Abito nella casa accanto.»

Dov'è?

Sposto gli scatoloni. Sbircio dietro la scala a pioli, ma niente.

Era qui, mi dico. Era proprio qui. Resto un momento alla finestra, dove un ragno ha tessuto la sua tela. Da qui si vede abbastanza bene la mia camera da letto, anche se le tende sono tirate. Si vede anche uno spicchio di cucina e persino i vasi sul davanzale che dà sul retro. Mi ha visto. Mi ha visto e ha cercato di attirare la mia attenzione.

E io ho avvertito la sua presenza. È da quando ho rimesso piede in quella casa che ho la sensazione di essere osservata.

Un bambino non può mica svanire nel nulla, mi dico rimettendomi a spostare scatoloni e attrezzi da giardino. Non è possibile. Non me lo sono immaginato. Lo so per certo. Era qui che batteva sul vetro.

«Ti prego, vieni fuori. Non ti devi nascondere da me», gli chiedo, continuando a spostare roba.

E poi con la coda dell'occhio mi accorgo di una luce. Mi si stringe lo stomaco. Vado alla finestra e vedo la lampadina accesa in cucina. Se Fida o suo marito mi trovano qui, sarò in guai molto seri.

Mi guardo intorno un'ultima volta. Niente. Mentre vado ad aprire la porta sento delle voci. Stanno arrivando, sono in giardino. Merda. Mi nascondo in un angolo.

Sento i passi che si avvicinano e mi si ferma il cuore. Sono davanti alla porta. Stanno per entrare. Mi troveranno.

Dopo un paio di secondi di terrificante silenzio, sento i passi che si allontanano e tornano verso casa. Mi copro la bocca con le mani e tiro un lungo sospiro di sollievo. Stavano per scoprirmi. Cosa avrebbero detto se mi avessero trovato qui dentro?

Aspetto un paio di minuti e poi torno alla finestra e guardo fuori. La luce della cucina è spenta. Devono essere tornati a letto.

Attendo ancora e poi esco dalla rimessa e corro allo steccato. Non c'è nessuno. Eppure non posso non pensare a quel bambino. Al suo viso terrorizzato.

Mi arrampico sulla sedia, che traballa sotto il mio peso. « Era lì dentro. Era proprio lì dentro. »

Con un salto atterro nell'aiuola di mia madre e i piedi sprofondano nel terreno. Chissà per quale motivo, mentre mi rialzo e attraverso il giardino penso a Chris e al nostro ultimo viaggio a Venezia. Stavamo facendo un giro al mercato, quando uno degli ambulanti aveva cominciato a gridare. Il suo banco aveva preso fuoco. Tutta la gente era scappata, Chris invece era andato ad aiutarlo a spegnere il fuoco. Sapeva sempre cosa fare. Era una delle cose che amavo di lui. La sua resilienza e la sua forza. Se solo fosse qui adesso, troverebbe un modo per aiutare quel bambino. Saprebbe cosa fare. Ma lui non c'è e tutto quello che ho è il mio istinto. Devo fidarmi del mio istinto, mi dico mentre rientro in casa. Devo essere coraggiosa.

19

Stazione di polizia di Herne Bay,
33,5 ore di detenzione

La dottoressa Shaw rientra nella stanza. Abbiamo fatto dieci minuti di pausa, durante i quali mi sono stati offerti un caffè e un panino con dentro delle sottilette arancioni. Ho bevuto il caffè e lasciato il panino senza neanche assaggiarlo, e adesso è sul tavolo accanto a me ad aspettare di essere gettato via. La dottoressa riprende posto e apre la sua valigetta. Ha qualcosa di diverso. Sembra quasi triste. Tira fuori un foglio di carta e se lo mette sulle ginocchia. Mi basta intravedere la scritta UNIVERSITY COLLEGE HOSPITAL per capire cosa sta per succedere ancora prima che lei apra bocca.

«Possiamo parlare del bambino, Kate?»

Mi sento come se la stanza mi stesse ingoiando: quelli sono gli ultimi momenti di mio figlio; poche righe su un pezzo di carta. «Cosa vuole sapere? Perché sembrerebbe che abbia già tutto scritto lì sopra.»

«Mi dispiace. Dev'essere stato devastante.»

Non c'è empatia nella sua voce e questo mi mette in guardia. «Perché? Sono cose che succedono tutti i giorni, no?»

La dottoressa non risponde. Deve pensare che io sia una donna senza cuore.

Prendo la borsa e comincio a rovistarci dentro. Cerco la foto. Questa donna crede che io sia una specie di psicopatica. Devo dimostrarle che ho dei sentimenti, che sono un essere umano. Prendo il portafoglio e la tiro fuori. «Guardi, la mia prima ecografia.»

Lei la prende e la scruta, cercando di distinguere qualcosa.

Rimetto la foto nella borsa. «Era un maschietto.»

«So che è incredibilmente difficile», mi dice, recitando queste parole come fosse un automa. «Ma aiuterebbe molto se riuscisse a raccontarmi quello che è successo. Mi sembra di capire che l'aborto sia avvenuto lo stesso giorno dell'alterco con Rachel Hadley.»

«Sì. Aveva appena lasciato l'ufficio quando...» Sono di nuovo in quell'ascensore, coi pantaloni sporchi di sangue. Non sono riuscita a salvare neanche lui.

«L'ha accompagnata qualcuno all'ospedale?»

«No.»

«Quindi ha affrontato la cosa da sola?»

Annuisco. Sento ancora l'odore di asettico dell'ospedale. Ma i ricordi sono confusi. Perché il dolore era talmente forte che non riuscivo a distinguere le persone. I medici e gli infermieri erano solo fuochi fatui che si muovevano intorno a me.

«Di quanti mesi era?»

«Quattro. Ma, secondo il medico, il bambino era morto già da due settimane.» I sensi di colpa mi consumano ancora esattamente come il giorno in cui è successo. Anche se so che non l'ho perso per colpa di Chris o della bottiglia di vino, il fatto che io non sia riuscita a proteggere mio figlio mi distrugge. Avrei dovuto essere forte per lui, ma non ce l'ho fatta.

«Ha trascorso la notte in ospedale?»

«Sì.» Svio lo sguardo e ripenso a quella stanzetta di ospedale, chiusa solo da un paravento. Mi avevano dato un vasino di cartone in cui urinare in modo tale che i medici potessero monitorare gli stadi dell'aborto. Totale assenza di dignità, insomma. Ma ero talmente imbottita di analgesici che nemmeno me ne accorgevo quando gli infermieri venivano a prendere il vasino.

Ho dato alla luce il bambino ormai morto che era quasi mattino. Nel parcheggio cominciava ad albeggiare. Ero alla finestra quando ho sentito qualcosa di strano. Sono corsa in bagno col vasino e ho visto uscire questo minuscolo esserino grigiastro. Mio figlio.

Mi sforzo di ricacciare indietro le lacrime mentre la dottoressa prepara la sua prossima domanda. «E il padre del bambino? È venuta a trovarla?»

«No. Non sapeva fossi incinta.»

«Come mai?»

«Non ho fatto in tempo a dirglielo. Avrei voluto dirglielo quel giorno, a pranzo, ma lui mi ha lasciato prima che potessi parlargliene.» Lo rivedo seduto al tavolo che mi aspetta. Ha le mani giunte e fissa un quadro sul muro: una stampa di Chagall in cui è ritratta una donna nuda appesa a un albero a forma di cuore come fosse un frutto.

«Dev'essere stata dura.»

«Sì. Ma del resto una parte di me sapeva che prima o poi sarebbe successo.»

«Perché?»

«Era sposato.» Lo avevo raggiunto al tavolo. Lui mi aveva guardato e mi era parso tristissimo. Si era alzato per salutarmi e, imbarazzato, mi aveva dato un bacio sulla guancia. Io avevo provato a baciarlo sulle labbra ma lui aveva girato la testa. Sarà stanco, mi ero detta. Non avrei mai immaginato...

«Sposato», ripete la dottoressa ridestandomi dai miei pensieri. «E da quanto vi vedevate?»

Da quanto tempo *ci vedevamo*. Il termine che ha usato m'irrita, la fa sembrare una storiella da niente, quando invece il nostro era un rapporto serio.

«Dieci anni. Ma ci conoscevamo da molto più tempo.» Voglio farle capire che era una cosa seria. Voglio che sappia che sono capace di amare e di essere amata; che non sono una pazza psicopatica. E allora comincio a raccontarle di lui, del mio Chris, del mio amore, dell'uomo senza il quale non posso vivere. Dell'uomo senza il quale dovrò vivere. «Ci siamo conosciuti a New York poco dopo l'attentato alle Torri Gemelle. Lui è un antropologo forense, riesumava corpi da Ground Zero. Io dovevo fare un servizio sul loro lavoro.»

Ero lì impalata che lo guardavo, quest'uomo bellissimo coi capelli neri coperti di polvere e con una pala in mano. Alto più di un metro e novanta e forte, nonostante la figura snella e slanciata. Con quella mascella pronunciata e la barba folta, sembrava un pioniere del Midwest. Non riuscivo a staccargli gli occhi di dosso. Avevo solo ventisei anni e quello era il mio primo servizio importante. Ero nervosa, ma quando lui si è presentato, con quel suo accento dello Yorkshire, mi sono subito sentita a mio agio. Era come se ci conoscessimo già. Abbiamo parlato per più di un'ora. Ha risposto a tutte le mie domande meglio che poteva. È stato gentile e professionale, ma sapeva, sapevamo entrambi, che era nato qualcosa tra noi.

Fisso la parete alle spalle della dottoressa e ci rivedo seduti ai tavolini all'aperto di quell'enoteca a Victoria. Era la prima volta che uscivamo dopo tre anni che ci conoscevamo. Era a Londra per una conferenza e ci eravamo incontrati per caso per strada. Mi aveva chiesto se mi andava di andare a bere qualcosa insieme e io gli avevo risposto di sì. Rivedo i suoi occhi azzurro chiaro che brillano mentre mi sussurra quello che vorrà farmi dopo, quando saremo andati a casa mia. *Voglio baciare ogni centimetro del tuo corpo,* mi dice languido, accarezzandomi la mano.

«Sapeva che era sposato quando avete cominciato a vedervi?»

La dottoressa mi ridesta dai ricordi e mi riporta al presente. La guardo, vedo la fede che le luccica al dito e all'improvviso capisco che la penna che stringe in mano può diventare un'arma. «Sì, lo sapevo.»

«E la cosa non la disturbava?»

Si è irrigidita. Ma io non posso permettermi d'inimicarmela. Non posso dirle quello che penso del matrimonio. Non posso dirle che io non ho mai voluto finire come i miei genitori, che da Chris non volevo niente, se non la sicurezza che sarebbe sempre tornato da me. L'unica cosa che volevo era sapere che mi amava più della moglie. Ora però so che non era così. E allora le dico quello che vuole sentirsi dire: «Sì, certo che mi disturbava».

«Come si è sentita quando ha saputo di essere incinta?»

«All'inizio è stato uno shock. Non ero preparata. Ma poi ho cominciato ad abituarmi all'idea. Forse era solo merito degli ormoni.»

La dottoressa annuisce e guarda i suoi appunti.

Mi odia, lo so. Io sono «l'altra», l'incubo di tutte le donne sposate. Ma in questo momento darei tutto per poter stare al suo posto, per poter avere la sua vita tranquilla col marito e coi figli. Invece sono qui ad aspettare la sua prossima domanda, e mi sento così sola da star male.

« Mi ha detto che aveva intenzione di parlare a Chris della gravidanza durante questo pranzo, giusto? »

« Sì. » Il ricordo delle sue labbra sulla mia pelle quando si è alzato per salutarmi mi fa correre un brivido lungo la schiena.

« Ma lui l'ha lasciata prima che lei potesse dirgli del bambino? »

« Esatto. »

« Le ha dato una motivazione? »

« La moglie aveva letto un mio messaggio. E l'aveva obbligato a raccontarle tutto. E lui lo aveva fatto. » Mi trema la voce. È come se Chris fosse qui davanti a me. Sento il profumo della sua colonia al legno di cedro, vedo i suoi occhi che mi fissano mentre mi prende la mano e mi dice: *Helen l'ha scoperto. Sa tutto.*

E allora ho capito che era finita. Sapevo che, dovendo scegliere tra la sicurezza di una moglie e l'incertezza di un'amante, non sarei stata io la fortunata.

« Così ha deciso di dare un taglio alla nostra relazione e dare un'altra chance al loro matrimonio. »

« Dev'essere stato uno shock », mi dice la dottoressa, fissandomi negli occhi.

« A dire la verità ero solo stordita. » Ed è così. Mi sentivo stordita. Dicono che lo shock non arrivi subito dopo un evento traumatico e infatti, mentre lo ascoltavo parlare, sorridevo. Gli ho persino dato ragione. Non me ne sono andata via arrabbiata, non gli ho tirato in faccia il mio bicchiere di vino, non gli ho detto che era un bastardo, no. Ho mangiato il mio risotto e gli ho detto che, sì, era la scelta migliore da fare.

« Perché non gli ha parlato del bambino? »

« Non potevo più, ormai. » Se ci ripenso adesso, credo che sia stato il dolore a impedirmelo. Sì, avrei potuto dirgli del bambino, ma sembrava così ingiusto, così sbagliato. Non mi voleva. Non avrebbe voluto neanche nostro figlio.

«E dopo quel pranzo cos'ha fatto?»

Qualcosa mi dice che conosce già la risposta. «Sono andata in un pub in Greek Street.»

«È lì che ha bevuto il vino?»

«Sì.»

«Quanto ne ha bevuto?»

«Un paio di bicchieri. Ma era un po' che... non bevevo più.»

Ci guardiamo per un istante, dottoressa e paziente, riflettendo entrambe sulla serietà di quell'ammissione. Non è il momento di stare a sottolineare i rischi che si corrono bevendo in gravidanza.

«E quando poi è tornata in ufficio ha avuto quell'eccesso d'ira con Rachel Hadley?»

«Sì. Adesso capisce perché?»

La dottoressa non risponde. «Quanto è rimasta ricoverata in ospedale?»

«Una notte sola. L'emorragia si è gradualmente attenuata nella mattinata e ora di mezzogiorno era ormai chiaro che stavo solo occupando il letto. Mi hanno prescritto degli analgesici parecchio forti e mi hanno dimesso.»

«E poi?»

«Mi sono incamminata verso casa. Avevo bisogno di pensare.»

«Ed è passata dallo Star Cafe, che non era di strada?»

«Sì, ma in realtà non sapevo bene dove stavo andando. Avevo solo bisogno di pensare.»

«Dopo aver parlato con la polizia, è tornata a casa?»

«Sì.» Ripenso a quella sera. Salendo le scale, mi sentivo ancora l'odore di ospedale addosso. E lo sento tuttora.

Gli ospedali e le celle delle centrali di polizia hanno lo stesso odore: un misto di candeggina e angoscia. Quando ho aperto la porta di casa, mi è squillato il telefono. Era Graham, voleva sapere se mi era arrivato l'itinerario. E io ho fatto finta di star bene, dissimulando il fatto che la mia vita era appena andata in pezzi. L'ho salutato dicendogli che ci saremmo visti la mattina seguente e poi mi sono raggomitolata nel letto, piangendo fino a che non ho esaurito le forze e mi sono addormentata. « Il giorno dopo sono partita per la Siria. Con Graham, il mio fotografo. »

La dottoressa è esterrefatta. « Il giorno dopo aver avuto un aborto? »

« Le donne abortiscono tutti i giorni, dottoressa Shaw. Il mio lavoro è così. E c'erano persone che contavano sul fatto che io andassi in Siria. »

« Chi ci contava? »

« La mattina in cui ho avuto l'aborto, ho ricevuto un messaggio di un mio caro amico. Fa l'interprete e ci conosciamo da anni. Nel suo messaggio mi raccontava delle cose terribili che stavano succedendo ad Aleppo. E io ho sentito il bisogno di tornarci e vedere la situazione coi miei occhi. Non me lo sarei mai perdonato se non l'avessi fatto. »

« Quindi, a parte l'interprete, avrebbe attraversato il confine siriano solo col fotografo? »

« Sì. »

« E la cosa la preoccupava? »

« No. L'avevamo già fatto tante altre volte. Graham è un esperto e abbiamo lavorato spesso insieme. »

« E Chris? Sapeva che sarebbe partita? »

« No, non gliel'ho detto. Perché mai avrei dovuto? Ormai non stavamo più insieme. »

« E come descriverebbe il suo stato mentale in quel momento, alla vigilia della partenza per la Siria? »

« Il mio stato mentale? »

« Come si sentiva? Era felice? Nervosa? Aveva paura? »

Scuoto la testa. « Non sentivo più niente. Niente di niente. »

20

Venerdì, 17 aprile 2015

Paul sta preparando il pranzo e io lo osservo seduta al tavolo della cucina. Non gli ho detto niente di ieri notte. Una parte di me non è ancora sicura che sia successo davvero. Anche se la terra che ho trovato sul pavimento della cucina stamattina prova che non me lo sono solo immaginato. E ancora adesso sento l'odore di sangue del sogno terribile che ho fatto: un flebile sussurro di morte.

« Ho salvato dei link per farti dare un'occhiata », mi dice Paul mentre frulla la vellutata. Si è preso la mattina libera e ha pensato che sarebbe stato carino passarla a scegliere insieme i nuovi sanitari. Non è esattamente quello che io definirei un gran divertimento, ma secondo lui rinnovare il bagno farà la differenza quando decideremo di vendere la casa della mamma.

Guardo il portatile nero davanti a me. Paul ha già aperto tutte le pagine coi vari modelli e adesso sta a me scegliere tra Sorrel, di un bianco brillante; Myriad, bianco sporco esagonale; Bartley, grigio perla; oppure osare con Sienna, che è color ruggine. A me andrebbero bene un po' tutti e anche come prezzo non c'è grande differenza. Ho già detto a Paul che a pagare stavolta ci penso io. Lui si è già occupato di tanto, il minimo che possa fare è accollarmi questa spesa.

« A me piace la serie Myriad », gli dico, spostando un po' il computer mentre lui porta a tavola la vellutata e me ne serve una bella ciotola. Ha un profumo delizioso e il mio stomaco sembra risvegliarsi. Non sono riuscita a fare colazione e, per quanto abbia strofinato sotto la doccia, comunque mi sembra ancora di sentirmi addosso l'odore di sangue.

« Sicura che non abbiano una forma troppo strana? » mi domanda Paul mettendosi a sedere davanti a me. Taglia una fetta di pane e me la passa. « Tieni. L'ho preso al forno apposta per te. »

« Grazie. Sei stato molto carino. » Puccio il pane nella ciotola e ne prendo un morso. « È proprio la forma, che mi piace. Molto moderna. A casa mia è tutto così. »

« Non mi sorprende. Me la immagino: sarà tutta bianca e minimalista. »

« Esatto. Sarà la reazione a tutto il kitsch da cui ero circondata da ragazzina. »

« Mi piacerebbe venire a casa tua una volta. Ci porterei anche Sally. Sarebbe bellissimo. »

« Saresti il benvenuto. Ma dubito che riusciresti a convincere Sally. Sono quasi quindici anni che abito in quella casa e lei non è venuta a trovarmi neanche una volta. »

« Be', io ci verrei volentieri. Mi fai vedere casa e mi porti un po' in giro per Soho. » Fa una risata un po' imbarazzata, dopodiché restiamo tutti e due un po' a disagio e in silenzio per qualche istante.

Mangio un altro po' di vellutata. Si è già raffreddata, e le cose tiepide mi fanno venire sempre un po' di nausea, per non dir di peggio. Metto giù il cucchiaio e comincio a giocherellare con una mollica di pane.

Paul prende il computer. « Comunque, cos'è che stavamo dicendo? I Myriad. Se piacciono a te, per me vanno bene, mi fido del tuo giudizio. Li ordino oggi pomeriggio. All'installazione ci pensiamo poi.»

«Fantastico. Allora ti faccio un assegno prima che vai via.»

«Hai finito?» mi chiede, indicando la ciotola mezza piena.

«Sì, grazie. Era deliziosa.»

«Ti va un caffè?» mi domanda mentre sparecchia e porta tutto nel lavandino.

«Sì, grazie.» Poi prendo il portatile e approfitto per dare un'altra occhiata ai sanitari che abbiamo scelto. Provo a immaginarmeli nel bagno di mia madre. Ripenso a stamattina e alla vasca rosa e vecchia in cui mi sono fatta la doccia. Dovevo tenere il doccino con una mano e insaponarmi con l'altra. Sì, mi dico mentre Paul torna al tavolo, i Myriad andranno benissimo.

Paul si prende il portatile e apre Facebook. «Solo un attimo, voglio controllare i messaggi.»

«Non sapevo che fossi su Facebook.»

«Mi hanno convinto i colleghi. È divertente. Mi mandano un mucchio di video scemi. Tu probabilmente li troveresti un po' immaturi, ma a me fanno ridere.» Paul si alza di nuovo per portare fuori la spazzatura e io mi domando cosa ci trovi la gente a mettere i propri fatti personali su Internet. Penso a Rachel Hadley e alla sua importantissima pagina Twitter e mi viene il mal di stomaco.

Sullo schermo c'è una scritta che dice *Persone che potresti conoscere* e mi metto a guardare le varie facce, contenta di non riconoscerne nessuna. Senza neanche rendermene conto, mi ritrovo a digitare un nome, sicurissima del fatto che l'uomo che amo non accetterebbe mai di mettersi in mostra in quel modo. E invece lo trovo. Appare il suo nome e io - seppur riluttante - ci clicco sopra, ritrovandomi davanti la vita che ha preferito a me.

La foto del profilo, scattata a qualche cena di famiglia, lo ritrae tutto vestito elegante col braccio intorno alle spalle di una bella donna acqua e sapone, coi capelli biondi e corti. La guardo meglio. Quanto è sofisticata con quei suoi denti bianchissimi, le guance incipriate e la pashmina lilla. Assomiglia a Lady D da giovane. Clicco sulla foto e si apre una pagina con una serie di altre immagini, che illustrano una storia che lui non ha mai avuto il coraggio di raccontarmi.

Le guardo a una a una, mentre Paul litiga col bidone della spazzatura. A forza di cliccare, mi fa male il dito. In una delle foto festeggia l'anniversario di matrimonio nello stesso ristorante di Mayfair in cui aveva portato me dopo essere tornato da un lungo periodo in Uganda. Mi viene l'orticaria a guardare sua moglie, con lo sguardo velato dall'alcol, seduta su quella stessa poltroncina verde. Mi trema la mano quando apro lo scatto in cui c'è lei sdraiata su una spiaggia deserta che sorride con un calice di champagne in mano.

« Non sono un amante delle vacanze », mi aveva detto una volta, mentre eravamo avvinghiati a letto in un albergo in Iraq. « Come potremmo mai tornare a viaggiare per piacere dopo tutte le cose che abbiamo visto? »

Le sue bugie mi perforano il timpano. Vorrei poterle prendere, farle in mille pezzi e saltarci sopra fino a ridurle in poltiglia, proprio qui, sul pavimento di mia madre. Mi ha mentito, per anni mi ha fatto credere che non amava la moglie, che vivevano vite separate, che solo io lo capivo. Invece, quando io ero sola e mi mancava, lui se la spassava con la sua Helen nel paradiso shabby chic che avevano costruito insieme.

Quasi senza rendermene conto, clicco sul nome della moglie, scritto in blu sotto la fotografia. La foto del suo profilo è un'immagine in bianco e nero in cui lei finge il broncio. Un po' più giù sulla pagina c'è il link a un sito che si chiama Carrington & Miller. Ci clicco sopra e scopro che Helen ha un negozio di articoli di arredamento per la casa insieme con Della, la sua migliore amica. Il sito è pieno di foto di bandierine rosa, cuscini per divano con la stampa della Union Jack e poster imbarazzanti con varie versioni della scritta KEEP CALM AND CARRY ON. È tutto talmente finto e sdolcinato che mi fa venire il vomito.

Chiudo la pagina e torno su Facebook. Nell'immagine di copertina di Helen c'è anche lui. Sono a una specie di festa di piazza con un calice di champagne in mano. Sotto la foto c'è scritto: *Harrogate festeggia il Royal Wedding*. Cosa? Ma com'è possibile che questo tizio nella foto – con in testa un orrendo cappellino rosa e un sorrisetto idiota stampato in faccia – sia lo stesso uomo con cui ho passato notti intere a criticare l'establishment e a brindare alla repubblica del futuro? Continuo a guardare le foto e ne trovo alcune in cui si vede la loro bella casa; poi le figlie a cavallo, coi sorrisi a trentadue denti e coi capelli cotonati. Guardo la sua vita attraverso gli occhi della moglie e mi rendo conto di aver trascorso gli ultimi dieci anni a fare l'amore con uno sconosciuto.

« Scusami, ma il bidone qua fuori strabordava », mi dice Paul rientrando in casa. « Il caffè sarà pronto, ormai. »

Il profumo di caffè cozza col sapore amaro che sento in bocca: ancora quel sogno pieno di sangue. Sento le budella che si contorcono, mi gira la testa. Spingo indietro la sedia e corro su per le scale. Arrivo in bagno appena in tempo.

« Kate? »

La voce di Paul mi raggiunge quando sono inginocchiata per terra a vomitare tutto: il profumo, il caffè, la vellutata, il calice di champagne in mano a Helen, le figlie a cavallo e l'amore incondizionato che si legge sul volto di Chris quando la guarda. Continuo a vomitare fino a che non mi è rimasto più niente in corpo, se non il sapore amaro della disperazione.

« Kate? Stai bene? » Entra in bagno e mi appoggia una mano sulla schiena.

Mi rialzo subito, prima che mi venga da piangere. Ho bisogno di aria, di rumore, di vuoto per arginare il dolore che mi stritola il petto. Mi pulisco la bocca con la carta igienica che mi ha offerto. « È tutto a posto. Ho solo bisogno di riposare. »

« Perché non ti vai a sdraiare un po'? Adesso scendo e ti prendo un bicchiere d'acqua », dice, guardandomi preoccupato.

Vorrei tanto dirgli di smetterla di essere così carino con me. In questo momento posso sopportare tutto tranne la gentilezza. Quella mi uccide. « No, Paul, non c'è bisogno. Sinceramente vorrei solo stare un po' da sola. » Esco dal bagno e scendo. Prendo la borsa e tiro fuori il libretto degli assegni.

« Non essere sciocca. Ai soldi ci pensiamo dopo », dice lui raggiungendomi in cucina.

« No, davvero. Se non lo faccio adesso, poi mi dimentico. » Gli do l'assegno.

Lui lo infila in tasca. « Sicura di star bene? Se vuoi posso restare e parliamo un po'. »

« Non ti preoccupare, Paul. Sto benissimo », ribadisco, accompagnandolo all'ingresso.

« Be', sai dove trovarmi. Non farti problemi. »

« Grazie. » Apro la porta.

« Ah! E, se non hai cambiato idea, domani passo a prenderti alle undici e partiamo, va bene? »

Non ho la minima idea di cosa stia parlando. In questo momento voglio solo che se ne vada.

« La nostra gita a Reculver? »

« Ah! Me ne ero completamente dimenticata », rispondo, seguendolo fuori.

Paul mi guarda e aggrotta la fronte. « Ma sei proprio sicura di star bene? Sei pallida. Spero solo di non averti avvelenato con la vellutata. Ma la ricetta l'ho sentita in televisione. »

« No, Paul. La vellutata era buonissima. Sono solo... io », gli dico, cercando di trattenere le lacrime.

« Va bene, vado. Riposati, eh! »

Lo guardo attraversare il vialetto, salire in macchina e poi andarsene passando davanti ai giardini recintati delle villette a schiera. Questa è la vita, mi dico chiudendo la porta. Non la guerra, le malattie, i bombardamenti, ma uomini e donne che vivono nelle loro casette coi figlioletti, che bevono una tazza di caffè e vanno in vacanza. Questa dovrebbe essere la vita. E questa è la vita di Chris, di cui io non faccio parte. Io sono un fantasma, senza fondamenta e senza radici. Rientro in casa, in questa casa in penombra, e mi sento sola come l'ultima persona rimasta sulla terra.

Il cellulare è a terra accanto a me. Lo schermo si spegne. L'ennesimo messaggio che alla fine non ho mandato. Tanto lui non risponde, e io devo tenermi l'amaro in bocca e tutto il livore che vorrei gridargli. Ho passato la serata a cercare di condensarlo in un messaggio, ma non trovo le parole giuste. Nella prima versione lo insultavo dicendogli che era un ipocrita, un codardo, un bugiardo con un pessimo gusto per i cappellini. Poi ho cambiato idea, ho cancellato tutto e ho ricominciato daccapo. Ora, dopo il terzo tentativo fallito, ci ho rinunciato. Non è possibile condensare in un messaggio tutto quello che vorrei dire a Chris. E c'è dignità nel silenzio, penso mentre prendo il cellulare e cancello anche l'ultimo tentativo.

È tardi, ma non ce la faccio ad andare a letto, dove c'è la vecchia che mi aspetta. Allora prendo il mio maglione più caldo, me lo butto sulle spalle e vado di sotto. Dopo aver preso una manciata di sonniferi, mi vado a mettere sulla poltrona verde. Quando mi siedo qui, mi sento più vicina a mia madre. Se mi rannicchio qui al buio, mi sembra di stare tra le sue braccia.

Non voglio pensare a Chris, ma lui è ovunque. Sento persino l'odore della sua pelle, un misto di cedro e sudore.

Provenivamo da mondi totalmente diversi. Lui era cresciuto nello Yorkshire, in una bella famiglia borghese. I suoi genitori erano insegnanti e avevano cresciuto i quattro figli in una grande fattoria nel Dales. Era stato lì che Chris aveva scoperto il suo amore per la scienza forense. Una volta mi ha raccontato com'era andata, e me lo ricordo come fosse oggi. Quando aveva otto anni, aveva trovato un osso che spuntava dal terreno. Lo aveva tirato fuori: era enorme. Il giorno dopo era tornato sul posto con la pala di suo padre e aveva cominciato a scavare. Era andato avanti per ore e alla fine si era reso conto di aver dissotterrato uno scheletro intero. Poi era stato appurato che quello scheletro apparteneva a un cavallo Clydesdale disperso durante una tormenta circa cinquant'anni prima. Col tempo il corpo era sprofondato nel terreno. Chris era rimasto affascinato da come delle ossa potessero rivelare un mistero rimasto irrisolto per anni, e così quella scoperta gli ha cambiato la vita. Ha capito cosa voleva diventare da grande e da quel momento si è impegnato per riuscire a realizzare il suo sogno. I genitori lo hanno supportato negli studi e lo hanno sempre incoraggiato. Come credo facciano ancora adesso. Per quanto ne sappia io, vivono sempre in quella vecchia fattoria. Ovviamente non li ho mai conosciuti. Loro non sanno della mia esistenza. Ma io m'immagino casa loro, piena di foto dei figli e dei nipoti, con un grande tavolo di legno intorno al quale si riuniscono a Natale e un bel camino acceso per tenersi caldi.

Questa è stata l'infanzia di Chris. Piena d'amore e serenità. Tutto il contrario della mia.

E lui ha cercato di dare le stesse cose alle sue figlie. Ma poi ha incontrato me ed è cambiato tutto. Io ero il suo segreto, il mistero da risolvere.

Sento gli occhi pesanti, ma quando li chiudo vedo Nidal che stringe il suo album dei disegni. «*Tusbih 'ala khayr*, Kate.»

«*Tusbih 'ala khayr, Nidal.* Che fai oggi?»

«Un libro.»

«Che bello. E come s'intitola?»

«Si intitola *Il libro dei sorrisi.*»

E, mentre sprofondo nel sonno, ritagli di carta fluttuano davanti a me: vedo un ragazzino felice che mi saluta da un ponticello, vedo le torri di zucchero filato di Disneyland sotto un sole in Technicolor e Topolino che saltella in mezzo a un prato verde.

«Voglio questo.»

Sento la voce di Nidal ma non lo vedo. Vedo solo i suoi disegni.

«Vuoi Disneyland?»

«No, voglio questo. Il ragazzino sul ponte. Aiutami.»

«Non riesco a vederti, Nidal.»

«Aiutami.»

«Nidal, dove sei?»

La sua voce è più vicina. È proprio accanto a me. Se allungo il braccio, posso toccarlo.

«Aiutami.»

Allungo le braccia verso la voce e mi sento precipitare. Sento un gran rumore e quando apro gli occhi mi ritrovo a terra, sul pavimento del salotto.

«Solo un sogno. È stato solo un altro cazzo di sogno», mi dico mentre mi rialzo.

Ho la fronte imperlata di sudore. La asciugo col dorso della mano e vado in corridoio. Un'arietta mi soffia sui piedi scalzi. Poi, man mano che mi riprendo, sento un rumore.

Bang, bang.

«Chi è?»

Lo chiedo d'istinto. Il corpo umano sa quand'è solo e, se un altro essere si avvicina, ogni nervo, ogni muscolo reagisce di conseguenza. Attraverso il corridoio in punta di piedi, cercando qualcosa da usare come arma. Sul cassettone, trovo il vecchio orologio di legno di mia madre. È la prima cosa che ho a tiro.

Se davvero c'è un intruso, una bella botta in testa con questo lo metterà fuori uso. Stringendo l'orologio in mano, mi avvicino alla cucina. Quel rumore diventa sempre più forte. *Bang, bang, bang.* Va a ritmo col battito del mio cuore mentre arrivo davanti alla porta e mi preparo a lanciarmi addosso a chiunque ci sia dall'altra parte. Faccio un respiro profondo e conto piano fino a tre. Uno, due, tre...

Mi scaravento in cucina, pronta a lottare. Con l'orologio sollevato sopra la testa, lancio un grido di paura e di sollievo. Non c'è nessuno. È tutto come l'ho lasciato. Tranne la porta, che è spalancata. È il vento che la fa sbattere. *Bang, bang, bang.*

Mi affaccio in giardino. « Chi c'è? »

Esco. Il cielo è senza luna e in quel buio mi sento vulnerabile. Mi scosto i capelli dal viso. Mi sarei dovuta portare dietro la torcia. Harry mi prendeva sempre in giro per questo. « Se ti dovesse mai servire una torcia, chiedila a Kate. Ne ha a sufficienza per un esercito intero », diceva. Ed era vero. Nel mio lavoro avere una torcia è fondamentale. E io infatti ne ho tantissime. Però, adesso che mi servirebbe, me ne sto al buio con in mano un orologio di legno.

Lo metto giù e vado verso lo steccato. Mi tremano le mani mentre salgo sulla sedia e mi affaccio nel giardino dei vicini. È tutto calmo e tranquillo. Le luci della casa sono spente e la rimessa è solo una normalissima rimessa. Non ci sono rumori, né movimenti né bambini che mi guardano dal vetro della finestra.

Cosa mi sta succedendo?

Resto così qualche altro secondo, ma è tutto tranquillo. Devo dormire. Forse è lo stress che mi fa questi scherzi.

Rientro in casa e chiudo la porta a chiave a doppia mandata.

Mentre vado verso le scale, intravedo la mia immagine riflessa nello specchio in corridoio. Ho qualcosa sulla faccia. Mi avvicino per vedere meglio. Ho dei segni rossi sulle guance. Cosa sono? Faccio per pulirmi ma mi accorgo che ho qualcosa anche sulle mani. Annuso. È sangue. Sangue rappreso. Il cuore comincia a battere forte. Mi guardo ovunque, per vedere se ho tagli o ferite. Magari mi sono graffiata con lo steccato. Ma non c'è niente.

Ho il cervello in tilt. Com'è possibile? Ho addosso il sangue di qualcun altro.

21

Stazione di polizia di Herne Bay,
35 ore di detenzione

« Mi dispiace, Kate, ma vorrei proprio che mi parlasse del suo ultimo viaggio in Siria. Ritengo sia importante », spiega la dottoressa in tono calmo.

M'irrigidisco subito. Niente, non molla. Solo adesso mi rendo conto che, da quand'è iniziato, trenta e passa ore fa, il nostro colloquio ha sempre avuto questo scopo. Non le interessa niente delle pillole che prendo per dormire. Né di quello che è successo con quella cameriera polacca. Lei vuole solo sapere della Siria. Perché è colpa della Siria se sono andata fuori di testa. O almeno è quello che pensa lei.
« Gliel'ho già detto. Non voglio parlare della Siria. »

La dottoressa si sporge sulla sedia e mi guarda. « Kate, *dobbiamo* parlarne. È necessario perché io possa redigere una valutazione completa. Lo capisce? »

La guardo. Il suo viso è inespressivo. Non ha la minima idea di quanto sia difficile per me.

« Ascolti, Kate. Se non riesco a redigere una valutazione completa, vorrà dire che... »

« Che mi terranno qui dentro a vita? »

« No. Però la dovremo portare in ospedale per fare ulteriori accertamenti. Senta, lo so che per lei è terribilmente doloroso, ma per me è cruciale farle queste domande. »

Ha ragione. E lo so benissimo. Tuttavia non rende più semplice dover parlare di quello che è successo. « D'accordo. Cominciamo. Le chiedo almeno di non dilungarci troppo sull'argomento. »

« Possiamo fare una pausa in qualsiasi momento. Se sente di volersi fermare un attimo, me lo dice e ci prendiamo qualche minuto. »

Annuisco.

« Bene. » Adesso il tono è più pacato. « Posso cominciare col chiederle perché ha deciso di tornare in Siria? Nello stato fisico e mentale in cui si trovava, appare strano che abbia voluto affrontare un viaggio del genere. »

« Cosa intende dire? » le chiedo, cercando di restare concentrata.

« Be', abbiamo già parlato di quello che è successo con Rachel Hadley e Rosa Dunajski. In aggiunta a questo, tra l'altro, stava prendendo degli antipsicotici parecchio forti. Certamente, in uno stato di tale fragilità psicofisica, affrontare un viaggio del genere in un posto pericoloso come la Siria non era consigliabile. »

« Lo fa sembrare come se si trattasse di prenotare una vacanza, dottoressa. Nessuno mi ha consigliato o sconsigliato di andare, perché sono una reporter di guerra di grande esperienza. So da sola quello che devo fare perché è il mio lavoro, un lavoro che ho fatto per vent'anni senza mai avere problemi. »

La dottoressa appunta qualcosa sul suo taccuino.

Lo so bene, pensa che io sia una squilibrata. Ma devo essere brava; devo dimostrarle che non sono come pensa lei.

« Potrebbe dirmi cos'è successo il 29 marzo? » mi chiede senza neanche alzare lo sguardo. « Se non sbaglio quello è stato il suo ultimo giorno ad Aleppo, giusto? »

« Sì, è esatto. »

« E c'è stato un incidente? »

« È così che lo definirebbe lei? »

« Cos'è successo quel giorno, Kate? »

« Senta, ma che me lo chiede a fare? Sa benissimo cos'è successo. Lo sanno tutti. »

« Vorrei che me lo dicesse lei », risponde la dottoressa, perfettamente calma, ignorando il mio accesso di rabbia. « Come le ho già spiegato, ho bisogno che sia lei a parlarmene per completare la mia valutazione. »

« Ah, certo, sì: la sua valutazione. Che importa se un bambino si trova in grave pericolo? Noi dobbiamo continuare a mettere delle crocette su un foglio di carta per farmi sembrare una pazza fuori di testa. »

« Kate, parlare così serve a poco. »

Guardo l'orologio sopra la sua testa. Sono chiusa qui dentro da quasi due giorni. Chi può sapere cosa gli hanno fatto nel frattempo?

« Kate? »

Mi arrendo. « D'accordo. Da dove vuole che cominci? »

« Che ne dice di parlarmi della mattina del 29? »

Cerco di raccogliere le idee. Non c'è via di scampo. Sono costretta a parlargliene, anche se ho trascorso le ultime settimane a cercare di cancellare dalla testa quello che è successo. Mi sporgo sul tavolo, faccio un respiro profondo e poi comincio: « E va bene. Come già ha saputo da Harry, alloggiavamo in un seminterrato sotto la drogheria di una famiglia siriana ».

« Khaled e Zaynah Safar? »

« Esatto. Con loro e con Nidal, il figlio. »

Tremo. Non riesco a fermarmi. Devo aggrapparmi alla sedia con entrambe le mani. « Eravamo lì da una settimana. La città era distrutta. Nei mesi che erano trascorsi dalla mia ultima visita, Aleppo era stata ridotta a un cumulo di macerie. Mancavano acqua ed elettricità e il cibo scarseggiava. Non si poteva uscire in strada. Un inferno.»

«Una situazione terribile in cui trovarsi», commenta la dottoressa, con gli occhi sgranati.

«Sì, ma i siriani sono costretti a conviverci quotidianamente. In quanto giornalista, era mio dovere raccontare al mondo quello che stava succedendo laggiù.»

«Alla luce dei problemi che aveva avuto, forse non era nelle condizioni mentali adatte per accettare un incarico così rischioso...»

«Le ho già detto che stavo bene. Non possiamo mettere tutti la testa sotto la sabbia e nasconderci dietro uno stupido taccuino.»

Non risponde. Continua solo a rigirarsi la penna tra le dita.

Mi fa male il petto. Comincio a massaggiarlo e vado alla finestra. Mi giro verso di lei. Ha chiuso il taccuino. «Mi ha chiesto di parlarle del mio ultimo giorno ad Aleppo. Posso iniziare?»

«Certo.» Mi sembra di avvertire un fremito nella sua voce.

Torno a sedermi. «Grazie. Io e Graham, il fotografo, avevamo passato la mattinata nel centro di Aleppo, a parlare con una famiglia la cui casa era stata bombardata la notte prima. Le foto di Graham dovevano uscire sull'edizione domenicale del giornale, per cui non appena siamo rientrati mi sono messa a scrivere l'articolo. A un certo punto ho sentito dei colpi in corridoio. Sono uscita a vedere ed era Nidal. Stava giocando a pallone contro il muro.» Chiudo gli occhi e me lo vedo davanti: quel ragazzino magrissimo che prende a calci il pallone con indosso una maglietta del Brasile troppo grande per lui.

Cerco di scacciare l'immagine e andare avanti. «Stavo per richiudere la porta quando ho sentito la voce del padre. Hanno cominciato a discutere.»

«Di cosa?»

«Khaled era preoccupato che Nidal stesse facendo troppo rumore. Temeva che avrebbe attirato l'attenzione dei soldati che erano in strada. Voleva che il figlio tornasse nella stanza.»

Chiudo gli occhi e vedo l'espressione stanca di Khaled e quella di sfida di Nidal.

«Prosegua, Kate.»

Poso le mani in grembo, cercando di farle smettere di tremare. «Sono uscita a vedere se fosse tutto a posto. Quando Nidal mi ha visto, ha cominciato a piangere dicendo che voleva solo giocare a pallone e tornare a fare una vita normale. Era stufo di stare rinchiuso come in prigione.»

«E lei cosa gli ha risposto?»

«Gli ho detto di calmarsi. Gli ho spiegato che il padre era stanco e che lui avrebbe dovuto obbedire.» Bevo un sorso d'acqua e guardo l'orologio. Comincio a sentire un formicolio in tutto il corpo, sono passate ore dall'ultima volta che ho preso un sonnifero. Mi gratto le ferite sul braccio.

La dottoressa se ne accorge e mi guarda con disapprovazione. «Gli ha detto di calmarsi. E lui le ha dato ascolto?»

Il prurito peggiora, allora tiro su la manica e comincio a grattarmi furiosamente. Sento l'odore delle strade di Aleppo sui vestiti, sui capelli, sulla pelle. Lo sento gridare. È insopportabile, ma devo continuare. Non ho scelta. «No, non mi ha dato ascolto», rispondo, tirando giù la manica. «Si è messo a urlare e a dire che odiava il padre, odiava me e che non potevamo continuare a tenerlo prigioniero così. Che se ne voleva andare. A quel punto il padre ha perso la pazienza.»

Sento la voce arrabbiata di Khaled mentre lo prende per il colletto e gli dice: «Credi che i rifugiati giochino a pallone, eh? Quando sei un rifugiato ti trattano come un animale. È questo che vuoi, eh?»

«Non lo biasimo. Era esausto e spaventato e Nidal non mollava. Comunque, quando mi ha visto, Khaled è rientrato in camera. Pensava che Nidal sarebbe stato al sicuro con me. Perché aveva fiducia in me.» È di nuovo qui, in questa stanza con me. È spaventato, arrabbiato, deluso.

La dottoressa si schiarisce la gola, è impaziente che continui.

E io continuo, con Nidal che mi guarda da un angolo della stanza: «È stato un attimo. Ci ho provato. Ho provato a farlo ragionare, ma era talmente arrabbiato...»

«Talmente arrabbiato che? Che cosa ha fatto?»

Il sangue che mi pulsa nelle tempie si confonde con le voci. Le voci di Nidal, di Khaled, di Graham. Sono così forti che non riesco neanche a sentire quello che dico.

«Kate.» La dottoressa allunga una mano sul tavolo e me la posa sul braccio. È un gesto gentile, rassicurante, e mi coglie alla sprovvista. «Si prenda tutto il tempo che serve. Non abbiamo fretta.»

Ma io so che non è vero. So che il tempo a nostra disposizione sta finendo e io devo ignorare quelle voci e dirle cos'è successo. «È scappato», dico con un filo di voce. «È scappato in strada. Ed è stato così veloce che non ho potuto fermarlo. Non ci sono riuscita.»

22

Sabato, 18 aprile 2015

Paul mi aspetta vicino alle panchine sopra il lungomare. Visto il freddo, si è messo un giaccone pesante e un paio di scarponi da trekking che andrebbero bene anche per un soldato al fronte. Sulle spalle ha uno zaino bello pieno, immagino con le provviste per la giornata.

«Ho pensato che potremmo fare un picnic sulla spiaggia», dice, venendomi incontro.

Guardo il cielo denso di nuvoloni neri. «Non è proprio clima adatto ai picnic, no?»

«No, dovrebbe reggere. Verso Reculver è azzurro.» M'indica il punto in lontananza dove si ergono le torri.

A me non pare che il cielo sia limpido laggiù. Non so proprio come faccia a essere così testardo e ottimista. «Va bene, dai. Andiamo.» Comincio a scendere le scale che portano al lungomare.

Se ripenso a ieri sera, mi sento ancora un po' strana. Il rumore. Il sangue. Mi sono infilata sotto la doccia e ho ispezionato ogni centimetro del mio corpo per cercare un taglio, qualcosa. Ma niente, non l'ho trovato. Non so da dove sia venuto quel sangue. E, una volta lavato via e risucchiato nello scarico, avrei anche potuto essermelo solo immaginato.

Sono tentata di parlarne con Paul. Ma non voglio farlo

preoccupare. Ha già abbastanza pensieri per via di Sally. Mi fermo a chiudere il vecchio parka: i lembi sventagliano come un lenzuolo steso al vento.

« Oddio, si gela. Avevo dimenticato quanto facesse freddo vicino al mare », dico allungando il passo per raggiungere Paul.

« Ci scaldiamo presto se prendiamo un bel ritmo », risponde lui.

« Mi sembra di sentire mia madre », urlo, per farmi sentire con tutto quel vento.

Lui si mette a ridere e per poco non gli vola via la sciarpa. « Mi stai dando della vecchia? Che impertinente. »

Il sentiero che sale verso le scogliere è disseminato di gusci di cozze che scricchiolano al nostro passaggio. Mi fermo a raccoglierne uno. Me lo rigiro tra le mani e lo osservo, meravigliandomi dei suoi riflessi fucsia. Sembra un piccolo cuore spezzato. Lo pulisco dalla sabbia e me lo infilo in tasca, dopodiché riprendo la salita. Dopo un po', rimetto le mani in tasca per scaldarle e lo accarezzo. Mi dà una specie di conforto.

Paul è molto più avanti di me, allora corro per raggiungerlo, col sangue che mi pompa nelle vene. L'aria è tersa e la inspiro a pieni polmoni. Li sento spalancarsi a ogni respiro che faccio. Alzo la testa e vedo Paul sul ponticello di legno che collega il sentiero ai gradini che portano alla sommità della scogliera.

In cima alla scala, imbocchiamo uno stretto sentiero contornato di felci. Paul mi lascia passare per prima e lo sento respirare affannosamente dietro di me.

« Ricordo questo punto. Mi faceva paura da piccola. »

« Come mai? »

« È stretto e tortuoso. È che... prendi, per esempio, adesso: ti sento camminare dietro di me, ma sono tranquilla, perché so che sei tu. Ma se fossi da sola e sentissi qualcuno alle mie spalle avrei paura. Ci sono troppe curve, troppi nascondigli da cui saltare fuori all'improvviso.»

«Qualcuno tipo... Alexandra? Uooo, uooo», scherza lui.

«Smettila subito o la invoco, e a quel punto saranno tutti cavoli tuoi!»

Mi sento sollevata quando lo sterrato lascia il posto a un'ampia distesa d'erba. Ci sono anche cespugli di ginestra, i cui fiori gialli sembrano gioielli sulle dita di una mano. Sento il canto di un gallo in lontananza e mi fermo ad ascoltare.

«Viene da una fattoria. Ce ne sono un sacco, in quella zona», dice Paul, indicando verso est.

Sorrido, perché ricordo una volta in cui la mamma mi ha portato a visitare una fattoria, con la moglie del fattore che ci faceva da guida. Alla fine siamo rimaste a cena da lei. Se non sbaglio lei e la mamma erano andate a scuola insieme. Ce ne siamo tornate a casa cariche di uova, formaggio e latte fresco. La mamma era superfelice. Felice davvero, non come quando andavamo in spiaggia e si sforzava di sorridere fingendo che fosse tutto a posto.

Le mucche rispondono al canto del gallo. Penso a mia madre, una ragazza di campagna costretta a vivere in periferia. Si sarebbe meritata molto più di quello che le è capitato in sorte.

Paul indica un punto in lontananza. «Eccole là. Non sono spettacolari?»

Guardo le torri che si ergono imponenti sulla scogliera. Sono gli ultimi resti di una fortezza romana che un tempo faceva la guardia alla baia contro gli invasori.

«Le sorelle», mormoro, mentre riprendiamo a camminare. «Così le chiamavamo. Avevo dimenticato quanto fossero belle.»

Il vento ci sferza la faccia e tiro su il cappuccio per proteggermi dal freddo. Quassù è pieno di gente e dobbiamo farci strada in mezzo a gruppi di turisti e genitori terrorizzati che i figli si avvicinino troppo allo strapiombo. Quand'ero piccola non c'era tutta questa gente. Ma all'epoca non c'erano altro che le torri e la spiaggia dove avevano testato le bombe rimbalzanti nel 1943. Adesso c'è un centro informazioni turistiche con tanto di negozietto che vende magliette, tazze e barattoli di caramelle. Più su vedo persino un camioncino che serve gelati a una fila lunghissima di ragazzini.

Paul va avanti e scavalca un basso recinto di filo spinato per avvicinarsi ancora di più alle torri. Il vento è pazzesco e devo stare attenta a non cadere mentre ci dirigiamo verso quella che un tempo era stata l'entrata principale alla fortezza. A guardarla da qui, non sembra una rovina, bensì un edificio bellissimo. Mi lascia senza fiato, esattamente come la prima volta in cui l'ho vista. Allungo il passo per raggiungere Paul ma, più mi avvicino, più ho l'impressione che la fortezza si stia sgretolando, spargendo detriti come viscere fuoriuscite da un cadavere martoriato.

Mi faccio da parte per lasciar passare un gruppo di turisti. Seguono un omone alto, con un cappotto lungo e un cappello floscio di feltro, che parla con fare teatrale. «Si dice che queste torri siano tra i siti del Kent più attivi in quanto ad attività paranormali.»

I turisti restano a bocca aperta.

«Immagino che la sentiate anche voi una presenza alquanto inquietante.» Li guarda e loro annuiscono.

Una donna con un corpetto viola alza la macchina fotografica, ma la guida la ferma.

« Più tardi, forse. Non vorremo certo disturbare i suoi abitanti. »

Paul salta giù dalla roccia su cui è salito e mi raggiunge davanti al pannello informativo. « Gli sta parlando dei bambini », mi sussurra da dietro, facendomi venire i brividi.

« Oddio, ancora? Non si sono stufati di raccontarla? »

Conosco bene la storia dei bambini sepolti vivi nelle fondamenta della fortezza. La leggenda vuole che fossero stati offerti in sacrificio per consacrare l'edificio e che, nelle notti di bufera, si sentano ancora le loro grida. Le solite stupidaggini inventate per attirare i turisti, insomma.

« Però devi ammettere che c'è una strana atmosfera, quassù », dice Paul mentre andiamo verso lo strapiombo. « Io da ragazzino la percepivo. Una volta ho addirittura creduto di aver sentito qualcosa. »

« Cos'hai sentito? » Mi abbasso di colpo per evitare una rondine riparia che mi sfreccia sopra la testa.

« Voci. Grida. E le sento anche adesso. Tu? »

Lo guardo. Mi sta prendendo in giro, lo so. Anche se ha un'espressione serissima. « Le uniche grida che sento sono quelle di quei poveri genitori che hanno speso un sacco di soldi per comprare il gelato ai figli », rispondo, cercando di riderci su. « Non credo nel paranormale, Paul. E non credo che i romani abbiano seppellito vivi dei bambini in queste torri. »

« E perché no? Gettavano i cristiani in pasto ai leoni! Riesci a immaginare come ci si senta a essere seppelliti vivi? »

Mi vengono i brividi. « No, e non ci tengo. A proposito di bambini: hai più parlato con l'agenzia immobiliare in merito ai tuoi inquilini? Che ti hanno detto? Hanno figli? »

«Non ne ho avuto modo. Negli ultimi tempi sono pieno di lavoro e onestamente...» Scuote la testa.

«Cosa? Che stavi per dire?»

«Niente, niente. Lascia stare.»

«Ma no, dimmelo.»

«Be', vedi... Lo capisco. Penso sia naturale dopo tutto quello che hai passato.»

«Cos'è naturale?»

«Sentire, vedere cose. È per il trauma, no? Ho saputo di quel bambino in Siria.»

«Senti. So benissimo quello che ho visto. E non me lo sono immaginato», gli rispondo, sentendo montare la rabbia.

«Sì, certo, va bene. Non te la prendere. Parlerò con l'agenzia appena possibile, d'accordo? Adesso non ci pensare, però. Che ne dici se scendiamo in spiaggia e cominciamo il nostro picnic? Non so tu, ma io sto morendo di fame.»

23

Ci facciamo largo tra i turisti e scendiamo i gradini che portano alla spiaggia. Non appena metto i piedi sulla sabbia e il profumo del mare riempie l'aria, sento la sua voce.

Forza, ragazze! Ci sono i sandwich!

Seguo quella voce fino a un angolino tranquillo, dove Paul sta stendendo un enorme telo da mare.

Finisco il capitolo e arrivo, mamma.

Paul apre lo zaino e tira fuori un thermos col tè, sandwich avvolti nella stagnola e una scatola di latta piena di biscotti al burro, i miei preferiti.

Smettila di leggere quelle storie paurose, tesoro. Metti via il libro e vieni a prendere una fetta di torta.

Mi siedo sul telo, prendo il thermos e mi verso una tazza di tè mentre Paul addenta un sandwich.

Parliamo solo di cose belle, adesso.

Sorseggio il tè e lo sento scaldarmi la gola, come un balsamo ristoratore. Una volta tanto, Paul è in silenzio e io mi sdraio sul telo e chiudo gli occhi.

L'aria di mare mi ha fatto venire sonno. Sento le onde che mormorano in lontananza e la voce di mia madre.

Hai visto? Te l'avevo detto che ti avrebbe fatto bene.

Ho passato gli ultimi giorni a cercare mia madre in quella casa, ma lei è sempre stata qui, su questa spiaggia. Cullata dal rumore del mare, mi addormento e lo vedo. È in strada col suo pallone. Mi dà le spalle e io batto i pugni sul vetro della finestra. «Stai attento, Nidal! Guarda davanti a te!»

Ma lui è preso dal gioco e non mi sente.

«Attento, ti prego. Guarda!»

Sento la voce di un uomo. È Graham. «Dobbiamo dirlo ai genitori, Kate.»

«No, aspetta. Ci sono io.»

Nidal dà un calcio al pallone, che rimbalza così forte da sollevare una nuvola di polvere. Gli corre dietro, ma quando alza lo sguardo rimane di sasso. Li ha visti.

«Nidal!»

È immobile in mezzo alla strada. Ha le braccia alzate. È terrorizzato e io sono qui, intrappolata dietro questo vetro.

«Kate, aiutami.»

Colpisco il vetro con tutta la forza che ho ma non si rompe.

«Aiutami.»

Alla fine il vetro va in mille pezzi e io cado sulla sabbia.

Quando apro gli occhi, Paul è in piedi sopra di me. «Alzati, dormigliona. Dobbiamo andare.»

Mi alzo. «Devo essermi appisolata. Che ore sono?»

«Quasi le quattro. Anche io mi sono addormentato. Ma dobbiamo andare, prima che salga la marea. E la nebbia.»

Guardo verso la scogliera e non vedo più le torri. La nebbia ha già coperto tutto.

Sento la testa pesante e mi chiedo per quanto ho dormito.

«Dai, andiamo!» grida Paul, che si è già messo in cammino. Un secondo dopo scompare nella nebbia.

M'infilo la giacca e m'incammino, ma dopo pochi passi inciampo e finisco faccia a terra nella sabbia. Mi sento le gambe molli; evidentemente sono ancora rintronata dal sogno.

« Kate! »

Sento la voce di Paul ma non lo vedo. Vorrei chiamarlo ma mi fa male la testa e mi sento confusa. Come ubriaca. Che mi succede? Devo smetterla di prendere quelle pillole.

Finalmente riesco a rialzarmi e m'incammino a passi incerti verso il punto in cui credo ci sia il sentiero per tornare indietro.

La nebbia si dirada un poco e lo vedo.

« Vai vicino agli scogli », mi grida Paul. È dall'altra parte della spiaggia e agita le braccia in aria. Ci separa l'acqua, che ha già mangiato la spiaggia. « Non da questa parte, devi andare a sinistra, verso gli scogli. »

Scompare di nuovo nella nebbia. L'acqua mi lambisce le caviglie. Sono in trappola.

« Arrampicati sugli scogli! » mi grida Paul.

Il vento mi schizza l'acqua in faccia e mi acceca. Mi asciugo gli occhi ma peggioro solo la situazione: ora ci vedo anche peggio perché si è sciolto il rimmel. La marea continua a salire e so che se non mi sbrigo rischio che mi porti via. Mi aggrappo a uno spuntone di roccia e mi tiro su. È largo come il mio piede e sono certa che non reggerà.

Grazie a Dio, invece, regge, e io resto immobile mentre l'acqua si gonfia sotto di me.

Devo continuare ad arrampicarmi. Ma, se guardo su, mi prende il panico. Sono esausta. Non ci sono più appigli, solo rocce lisce. Non ce la farò mai. Penso ai turisti su alle torri. Forse se grido mi sentiranno. O forse la mia voce si perderebbe nel ruggito del mare. Allora chiudo gli occhi e cerco di raccogliere le forze. Poi lo sento di nuovo.

« Kate. »

Paul. Apro gli occhi e guardo in cima alla scogliera.

« Kate. »

È lontano, ma dev'essere lui. Sì, è lui. Lo vedo in mezzo alla nebbia. M'indica le rocce, mi dice di arrampicarmi.

« Non ci sono appigli, come faccio? »

« D'accordo. Ascoltami. Devi saltare giù e guadare l'acqua prima che la marea sia troppo alta. C'è un altro punto da cui ti puoi arrampicare. »

Guardo l'acqua. Già mi arriva alle ginocchia. « Non posso. »

« Devi... È l'unico modo. »

« Dimmi come devo fare », grido. Mi si riempie la bocca di acqua salata, che sputo subito.

« Salta giù e vai verso sinistra... Ci sono degli scogli... »

La sua voce mi arriva solo a tratti. Salto giù. L'acqua è melmosa e a ogni passo devo tirare su bene le ginocchia se voglio evitare di sprofondare in quella fanghiglia. La nebbia mi avvolge e mi costringe a cercare gli scogli a tentoni.

« Ecco, lì », lo sento gridare dall'alto.

Alla fine riesco a vedere gli scogli e li raggiungo. L'acqua è sempre più alta e sento le gambe pesanti come piombo.

« Arrampicati, Kate. Forza! »

Lo scoglio è ricoperto di alghe, che non mi permettono di salire. Continuo a scivolare. Ci provo ancora, aiutandomi coi gomiti. Finalmente ci riesco. Mi fermo a riprendere fiato e guardo l'acqua sotto di me.

« Sbrigati, sta arrivando la marea! Arrampicati su quella roccia! »

Ma è troppo in alto. Non ce la faccio.

« Avanti, Kate! »

Sento le membra pesanti. Mi pulsa il braccio. Allora lo guardo e mi accorgo che è ricoperto di sangue. Devo essermi graffiata arrampicandomi. Un gabbiano grida sopra di me: deve aver sentito l'odore del sangue, come gli avvoltoi in Etiopia. Mi aggrappo alla seconda roccia e mi tiro su. È abbastanza larga, per cui riesco a starci in piedi. Ma il vento è talmente forte che per poco non mi ributta giù.

«Stai piegata, così non perdi l'equilibrio!»

Obbedisco, mi chino talmente tanto che sento in bocca il sapore delle alghe.

«Adesso arrampicati sulla roccia proprio sopra di te.»

Alzo lo sguardo e vedo uno spuntone. Sono terrorizzata: non mi reggerà. Però ci provo lo stesso.

«Brava, così. Ancora qualche sforzo e ci siamo.»

Mi tiro in piedi e cerco il prossimo spuntone cui aggrapparmi. Lo trovo, è più largo e robusto. Mi devo fermare, però: ho bisogno di riprendere fiato.

«Avanti, Kate. Ce l'hai quasi fatta.»

La roccia su cui mi devo issare adesso è troppo lontana. Temo di non farcela. Non mi sento più le gambe per il freddo, e se faccio un passo falso precipito di sotto.

«Forza, Kate!»

La sua voce mi dà coraggio e ci provo.

«Bravissima!»

Guardo su e lo vedo.

«Adesso conto fino a tre e poi tu afferri la mia mano.»

Alzo la testa e vedo la sua mano tesa.

«Kate, al tre la devi afferrare. Sei pronta?»

«Sì!» grido, anche se sto tremando.

«Uno.»

Mi asciugo la mano sui vestiti.

«Due.»

Il mare impazza sotto di me. Non ho scelta, devo farlo.

« Tre. »

Gli afferro la mano e lui me la stringe così forte che temo mi si spezzi il polso. Mi solleva. Chiudo gli occhi e aspetto il momento in cui perderemo la presa e cadrò di sotto. Ma non succede. Ce la facciamo. Lui mi tiene stretta e mi trae in salvo. Mi mette la sua giacca sulle spalle e io resto a terra cercando di riprendere fiato.

« Credevo che ti avrei persa. Santo cielo, credevo che saresti... » Piange, stringendomi a sé. Nasconde il viso tra la mia spalla e il collo e trema.

« Torniamo a casa, adesso », gli sussurro.

Lui allora mi guarda e non so se è per colpa del sale negli occhi o per la nebbia che copre un po' tutto, ma Paul mi sembra diverso. I suoi capelli, scompigliati dall'acqua e dal vento, sono neri. Se li scosta dal viso e sento le farfalle nello stomaco. Per un attimo mi sembra qualcun altro.

« Sì, torniamo a casa », risponde lui. Ci rialziamo e restiamo l'uno davanti all'altra, con le schiene battute dal vento. « Andiamo. »

Io allora annuisco e lui mi prende la mano. E ce ne andiamo così, diretti verso le luci della baia.

24

Stazione di polizia di Herne Bay,
36 ore di detenzione

Adesso fa caldo qua dentro, mi manca l'aria. «Si può aprire la finestra? Si muore.»

«È il riscaldamento centralizzato. Parte automaticamente. Temo che la finestra si apra appena, ma se la fa sentire meglio...» Fa per alzarsi ma io scuoto la testa.

«No, lasci stare. Andiamo avanti.» Mi tolgo il cardigan e lo appoggio sulla spalliera della sedia. Con solo la camicetta leggera e i jeans sporchi di fango, mi sento esposta, vulnerabile. Come se non avessi più dignità.

«Va bene. Andiamo avanti, allora, Kate.» Legge dai suoi appunti: «Nidal stava giocando a pallone in corridoio. Il padre si è arrabbiato e hanno discusso. Lei allora ha detto al bambino che avrebbe dovuto ascoltare il padre. Lui se l'è presa ed è scappato fuori».

Sembra tutto così semplice e lineare, messo così. Tutto il contrario di com'è stato davvero.

«Poi cos'è successo?»

«Non lo so. Non ricordo.»

«La prego, Kate. Faccia uno sforzo.»

Non rispondo. Il silenzio è la cosa migliore. E poi mi sembra di non avere più parole.

«Che ne dice se le leggo il resoconto che Graham

Turner ha consegnato a Harry Vine quand'è tornato da Aleppo? »

« No! La prego, non lo faccia! » Harry, come hai potuto farmi una cosa del genere?

« Kate, ho bisogno di capire i motivi che hanno portato al suo arresto al 44 di Smythley Road. E, in parte, risiedono anche in quello che è successo quel giorno ad Aleppo. »

Ha in mano un foglio A4. Per te basta questo per riassumere cos'è successo, Graham? Quattro frasi di merda?

La dottoressa inizia a leggere: « 'Resoconto di Graham Turner...' »

Mi prendo la testa tra le mani e cerco di concentrarmi sul mio respiro per non sentire la sua voce.

« 'Eravamo ad Aleppo da una settimana. Kate aveva fatto amicizia con un ragazzino siriano, il figlio della famiglia presso cui alloggiavamo. Si stava affezionando troppo alla famiglia e al ragazzino, rischiando così di mettere in pericolo la nostra incolumità.' »

Penso a Graham, il mio amico, il mio collega, l'uomo con cui ho attraversato tante volte l'inferno. Continuo a chiedermi come abbia potuto farmi questo. Come abbia potuto tradirmi così.

La dottoressa si schiarisce la voce e continua: « 'Il pomeriggio del 29 marzo, il ragazzino si era messo a giocare a pallone fuori dalla nostra stanza, ma poi è uscito in strada. Kate è corsa da lui. A quell'ora era un grave errore uscire allo scoperto, perché la zona era sotto pesanti bombardamenti e noi eravamo proprio in centro. Preoccupato per lei, le sono corso dietro e, quando sono arrivato alla porta, l'ho vista in mezzo alla strada' ».

Le lacrime mi rigano il volto. Sento l'odore di polvere e benzina delle strade di Aleppo.

«'Diceva al ragazzino che, se fosse tornato dentro con lei, poi lo avrebbe portato in Inghilterra.' »

« E lo avrei fatto », dico tra le lacrime. *Bastardo che non sei altro.* « Lo avrei portato ovunque pur di metterlo in salvo. »

La dottoressa mi lascia il tempo di riprendermi e poi continua: « 'Ho aperto la porta e li ho visti tornare verso il negozio. Stavano rientrando' ».

« No, no, no. La prego, non mi faccia questo », la scongiuro, mentre sento ancora la sua mano stretta nella mia.

Ci eravamo quasi. Eravamo praticamente in salvo.

« 'Stavano per entrare, quando il ragazzino ha detto qualcosa sul pallone. L'aveva lasciato in strada. Kate allora gli ha detto di lasciar stare, che gliene avrebbe comprato uno nuovo. Ma lui ha cominciato a fare i capricci. Si divincolava per sfuggire alla presa di Kate, che ha perso la pazienza. Lo ha sgridato. Gli ha detto di lasciar perdere quello stupido pallone e di rientrare in casa. Però il ragazzino è riuscito a liberarsi ed è corso via. Lei gli sarebbe voluta andare dietro ma io l'ho fermata. Le ho detto di non essere sciocca. Non si poteva stare fuori e dovevamo andare a chiamare i genitori.' »

Tremo. Non ce la faccio. Deve smetterla adesso. Ti prego, falla smettere. Ma lei continua, e allora io mi copro le orecchie con le mani. Solo che non c'è modo di dimenticare quegli ultimi istanti.

Una serie di spari. Una nuvola di polvere che si alza. Non lo vedo, però sento la sua voce che mi chiama.

Kate. Aiutami.

Sento le gambe pesanti come il piombo e ci metto una vita ad arrivare da lui.

« Aiutami! » grida.

Gli hanno sparato in testa, ma non lo hanno ucciso sul colpo. È ancora vivo.

«Fa male», mi dice piangendo.

«Non preoccuparti, Nidal. Adesso arrivano i soccorsi. Starai bene, tranquillo.»

Lui si agita e io lo stringo forte. Dov'è Graham? Perché non è qui ad aiutarci?

«Hai fatto una partita strepitosa, Nidal. Il capitano ha detto che adesso sei in prima squadra. La prossima tappa è il Brasile, eh?»

Mi stringe la mano.

«Resisti ancora un po'. Arrivano i soccorsi. Tieni gli occhi aperti, Nidal. Non chiuderli. Resta sveglio, tesoro. Resta sveglio.»

Ma i suoi occhi si girano all'indietro.

«Forza, Nidal. Forza. Non morirai. Mi senti? Non morirai per strada. Ti porteremo via da qui. Andremo a Disneyland, andremo su quel ponte insieme, capito? E poi lo scriverai sul tuo *Libro dei sorrisi.* Adesso però devi aprire gli occhi, Nidal. Devi aprire gli occhi.»

Ma mentre parlo lo sento abbandonarsi.

Ci sono delle voci. Voci di uomini. Cercano di portarmelo via, ma io non lo lascio. Non lo lascio.

«Kate. Kate, si sente bene?» La voce della dottoressa Shaw è una pugnalata al cuore.

«La smetta! La deve smettere, basta! Cos'ha in mente, eh? Vuole farmi rivivere quello che è successo solo per provare che sono fuori di testa? È questo il suo scopo? È morto. Quel ragazzino è morto. Gli hanno sparato mentre cercava di recuperare il pallone. Ed è stata colpa mia. L'ho sgridato. Ho perso la pazienza e lui è scappato. Se fossi rimasta calma forse sarebbe ancora vivo. È questo che vuole sentire? Che mi è morto tra le braccia e che da quel momento non riesco a togliermelo dalla testa? Che vedo il suo viso e sento la sua voce ogni momento? »

« Kate. Si calmi. Faccia dei respiri profondi. »

« Vaffanculo, stronza! Non ho bisogno di fare respiri profondi. Quello di cui ho bisogno è farle fare un bel bagno di realtà. Vuole sapere chi è Graham Turner, la persona che ha scritto la dichiarazione su cui si sta basando per dimostrare la mia infermità mentale? Vuole sapere cosa ha fatto invece di aiutarmi? Ha preso la macchina fotografica. Ha fotografato il corpo senza vita di quel bambino. È lui che dovreste rinchiudere, non me. Il resto sono tutte cazzate, sono solo cazzate. » Mi alzo dalla sedia e mi lancio su di lei, strappandole di mano quel foglio. « Nidal! » urlo, in lacrime, e mi accascio a terra, mentre la dottoressa chiede rinforzi. « Nidal... »

25

Sabato, 18 aprile 2015

È quasi buio quando il taxi accosta davanti al 46 di Smythley Road. Ci sono voluti solo pochi minuti per riportarci dal lungomare a casa, e per tutto il tempo io e Paul siamo rimasti in silenzio, fradici, infreddoliti ed esausti, mentre il tassista inveiva contro i migranti, alzando la voce per farsi sentire nonostante la radio accesa.

E adesso siamo arrivati. Non si torna indietro.

«Sono tre e venti, grazie», dice il conducente.

Paul prende lo zaino e tira fuori il portafoglio. È zuppo. «Mi scusi tanto», gli dice, consegnandogli una banconota umidiccia da dieci sterline. «Ho solo questa.»

«Non c'è problema. Bagnati o no, sono sempre soldi.» Il tassista cerca le monete per darci il resto e noi restiamo lì, zitti e imbarazzati.

«Guardi, lasci stare. Tenga pure il resto.» Paul si allunga per aprire la portiera.

«Grazie», gli risponde lui, ripiegando la banconota.

Scendiamo dal taxi. Guardo la casa buia e mi prende il panico. Non era certo questo che avevo in mente quando ho accettato di andare a fare una gita con lui. Lo guardo. Mi sorride, ma anche lui è in imbarazzo. Davvero stiamo per fare quello che penso? Forse facciamo ancora in tempo a fermarci.

Mi tende la mano. « Forza. Andiamo a toglierci questi vestiti bagnati. »

Si accende una luce nella camera da letto dei vicini. Immagino Fida che chiude le tende e s'infila a letto, accanto a quel violento di suo marito, e capisco di non voler stare da sola stanotte.

Così prendo la mano di Paul ed entriamo in casa. Mi fa sdraiare sulle scale, dove il sangue di mia madre ancora impregna la moquette. Mi sfila i vestiti. Sento il calore della sua pelle sulla mia e un fremito di desiderio mi corre lungo il corpo mentre alzo la testa per baciargli le labbra. È passato così tanto tempo.

È diverso da quando lo facevo con Chris, allora cerco di spazzar via il ricordo dell'ultima volta in cui siamo stati insieme e mi abbandono a questo nuovo essere che si agita sopra di me. Ma non c'è nessun sentimento, nessuna tenerezza mentre mi fa girare e mi sfila gli slip per entrare dentro di me. Sento un dolore lancinante che mi fa gridare. Non è piacere questo. Non dovrei farlo. È troppo pesante e mi schiaccia. Cerco di cambiare posizione ma lui non me lo permette. Non vuole guardarmi in faccia, penso. Se lo facesse, rovinerebbe tutto. In questo modo possiamo entrambi fingere di stare con qualcun altro ed essere assolti dal nostro peccato. Lui pensa a Sally, alla Sally di una volta, quella sempre allegra e piena di vita. Poi lo sento venire. Fa un verso che è a metà tra il piacere e il dolore. Io resto immobile.

Mi dà un bacio sulla fronte. « Be', è stato... »

« Ti prego, non dire niente. Non avremmo dovuto farlo », gli dico mentre mi rialzo.

Raccolgo i vestiti e salgo in bagno.

Sono sdraiata a letto con la porta chiusa. Paul dorme accanto a me. Non avrei voluto che restasse, ma lui mi ha detto che Sally si sarebbe insospettita di più se fosse rientrato tardi. E alla fine ho preferito lui alle voci.

Mi fa male il braccio per via dei graffi che mi sono fatta arrampicandomi sugli scogli. Paul ha comprato un disinfettante e dei cerotti in farmacia. Mi ha medicato mentre aspettavamo il taxi.

« Ecco fatto », ha detto dopo aver finito.

È stato in quel momento che ho capito che saremmo finiti a letto insieme.

Il viso di Nidal mi fluttua davanti agli occhi, illuminato dalla luce della luna che filtra dalle tende, e poi va in mille pezzi. Fuori non si sente nulla, solo un gufo che bubola in lontananza. Chiudo gli occhi e immagino le barche che ondeggiano sull'acqua in attesa dell'alba. Le onde mi portano con loro alla deriva, verso l'estuario, verso la Manica e poi la Francia. Lontano, dove persone sconosciute vivono le loro vite e le loro storie, ancora da scrivere.

Sento i salvagenti che sbattono contro il fianco della barca. *Bang, bang*. Il mare si sta ingrossando. Mi giro e mi copro le orecchie con le mani. Il sonno sta per arrivare e io non voglio perderlo. Ma i salvagenti sbattono sempre più forte e mi destano dal mio torpore.

Mi metto a sedere e la barca diventa una stanza con un letto, un comò e un armadio che si staglia minaccioso all'ombra delle tende.

Mi alzo e resto immobile e tremante in mezzo alla stanza. Poi la sento, una voce.

« Mamma! »

Viene da fuori, ma ho troppa paura per andare alla finestra.

« Mamma! »

Sento una paura tale in quella voce che la mia svanisce. Mi avvicino alla finestra. Appoggio le mani sul davanzale, faccio un respiro profondo e guardo fuori.

È di nuovo lui, seduto nell'aiuola di mia madre. Il bambino. Lo vedo bene, adesso. Avrà quattro anni. Indossa un maglione arancione e un paio di pantaloni troppo grandi. Ha il viso pallido e i capelli neri neri. Cerco di richiamare la sua attenzione tamburellando le dita sul vetro. Lui guarda su, è terrorizzato. Resto di sasso. Ha un occhio nero.

« Cristo! » urlo tornando verso il letto. « Cosa gli hanno fatto? Paul, svegliati! Svelto, Paul. È il bambino. È qui fuori ed è ferito », grido scuotendolo per la spalla.

« Ma cosa fai? Torna a dormire », borbotta lui, tirando su la coperta.

« È quel bambino, Paul. Quello di cui ti ho parlato. È in giardino. È ferito. Ti devi svegliare, Paul. Ti prego. »

Gli tolgo la coperta di dosso e lui si rannicchia in posizione fetale. È nudo.

Raccolgo un asciugamano da terra e glielo tiro. « Tieni, mettiti questo addosso. Devi venire a vedere. »

« Che ore sono? » brontola, alzandosi. « È ancora notte, Kate. » Si mette addosso l'asciugamano.

« Non importa. Vieni a vedere e basta! » Lo prendo per il braccio e lo tiro alla finestra. La luna è coperta da una grossa nuvola nera e avvicino il viso al vetro per vedere meglio. « Lì, guarda. Lo vedi? Vicino all'aiuola. »

Paul scuote la testa. « Non vedo niente. A parte una vecchia sedia. »

« Ma no, non lì! » Punto il dito sul vetro, che presto si appanna per via dei nostri respiri. « Là, proprio in mezzo all'aiuola. »

« Ti sarai sbagliata, Kate. » Allunga una mano per aprire la finestra.

Non appena gira la maniglia, sento un rumore, come un frullio di ali.

Paul mette la testa fuori dalla finestra, nel freddo della notte. « Visto? Non c'è niente. Sarà stata una volpe. L'avrai scambiata per un bambino. »

Lo faccio scansare e mi affaccio io. Il giardino è deserto, l'aiuola è vuota. « Era lì. Ti giuro che era proprio su quell'aiuola. Devi averlo spaventato quando hai aperto la finestra. »

« Torna a letto, adesso. È stato solo un brutto sogno. Avanti, hai bisogno di riposare, soprattutto dopo quello che è successo oggi in spiaggia. »

« Non devo riposare », urlo richiudendo con forza la finestra. « Devo aiutare quel bambino. Non è stato un brutto sogno, era tutto vero. L'ho sentito chiamare la mamma e poi l'ho visto. Era lì. Lo so io e lo sa anche qualcun altro. » Lo spingo via e raccolgo i miei vestiti da terra.

« Kate, che vuoi fare? Ti metterai nei guai! »

« No, non sono io che finirò nei guai. Ci finirà lei. Che razza di madre può lasciare che il marito picchi suo figlio? Che razza di madre lascia uscire di casa un bambino nel cuore della notte? È una disgraziata. »

« È una follia », dice Paul, rincorrendomi giù per le scale.

« Non è una follia. In quella casa c'è un bambino che viene maltrattato. E, se la polizia non mi vuole aiutare, allora farò da sola. »

Paul si ferma a raccogliere i suoi abiti in fondo alle scale. Mi viene la nausea a ripensare a quello che abbiamo fatto stasera. Ma che cosa mi è saltato in mente? Cerco d'infilare la chiave nella toppa mentre Paul si riveste.

« Kate, rifletti bene. Pensa alle conseguenze. Sappiamo entrambi che questo bambino non esiste. Sappiamo entrambi cos'è. »

« E invece sì! Esiste e ha bisogno di me. » Spalanco la porta ed esco.

« Kate, torna qua. Se adesso vai a bussarle, quella chiamerà la polizia e sarà un bel guaio. »

Fuori l'aria è calda e il cielo è un manto di stelle piccolissime. Attraverso il vialetto e comincio a bussare con forza alla porta. « Apri! Mi hai sentito? Apri questa porta! »

La luce della camera da letto si accende e io busso ancora più forte. Finalmente, dopo dieci minuti passati così, la porta si apre.

« Cosa vuole? È notte fonda », mi dice Fida, che però non mi guarda negli occhi. È vestita di tutto punto, ha persino il velo in testa. Forse è per questo che ci ha messo tanto. L'ha fatto per pudore o per nascondere qualcosa?

« Sì, lo so che è notte fonda », le rispondo con la voce che trema dalla rabbia. « E suo figlio dovrebbe essere a letto, non rannicchiato in giardino. Ora, potrebbe dirmi cortesemente cosa diavolo succede? È piccolo. E la chiamava, chiamava la sua mamma. »

« Miss Rafter, la deve smettere. Adesso comincia a spaventarmi. »

A questo punto mi guarda, e io resto senza fiato. Ha un occhio gonfio e un taglio sul naso. « Mio Dio! Cosa le è successo? L'ha picchiata? »

« Non è niente. Ieri sono caduta e ho battuto la faccia. »

« Fida, mi ascolti », le dico, abbassando la voce. E se lui fosse qui? « È una cosa seria. So bene cosa ha fatto suo marito. Lei non ha niente da guadagnarci se continua a coprirlo. È un violento, e io lo so perché lo era anche mio padre. Picchiava mia madre tutte le sere e lei cercava di proteggerlo. La prego, Fida. Adesso mi faccia entrare a vedere se il bambino sta bene. »

« Non c'è nessun bambino! Mi lasci in pace! »

Fa per chiudere la porta, ma io metto un braccio dentro per bloccarla. « Fida, io la posso aiutare. Non deve affrontare tutto questo da sola. Io vi posso portare via da qui. »

Mi fissa. Le tremano le mani. È terrorizzata, lo so. « Se ne vada. La prego, se ne vada. » E chiude la porta.

Devo fare qualcosa. Il bambino dev'essere qui da qualche parte, mi dico, mentre vado sul retro della casa a vedere se il cancello è aperto. Sto per entrare quando sento qualcosa che si muove alle mie spalle.

Mi giro e vedo Paul che viene verso di me. « Kate, adesso basta. Falla finita. »

« Lui è là dentro. Devo trovarlo. »

« Ti prego, smettila! »

Troppo tardi, io sono già in giardino.

La porta della rimessa è aperta e io entro. « Tranquillo, non aver paura. Sono qui per aiutarti. » Mi guardo intorno. Dov'è? Si sarà nascosto. Poi sento qualcosa, una voce ovattata. Sembra quasi che arrivi da sotto terra.

Kate.

« Nidal? »

« Kate Rafter. »

Mi giro e vedo sulla porta un giovanissimo agente di polizia.

« Potrebbe dirmi cosa sta facendo? »

Quando viene verso di me, mi accorgo che fuori ci sono Fida, un altro agente e Paul.

« Oh, grazie al cielo siete qui », gli dico. Fida ha capito finalmente e li ha chiamati. Prendo l'agente per il braccio e lo invito a entrare. « C'è un bambino vittima di violenze, qui. Non so dove, lo tengono nascosto. »

« Kate, adesso basta. Vieni fuori », dice Paul.

« Miss Rafter, gli inquilini di questa casa ci hanno chiamato per denunciare una violazione di domicilio. Le dispiacerebbe spiegarci cosa ci fa nella loro rimessa? » mi chiede l'agente.

Mi si ferma il cuore. Non ha denunciato il marito, ha denunciato me. « Non le sembra lampante? Un bambino è in grave pericolo. L'ho visto coi miei occhi. Lo sento sempre chiamare disperatamente la mamma. E poco fa era nel mio giardino. »

All'agente sfugge una risatina e per nasconderla si copre la mano con la bocca.

« Oh, guardi, sono contenta che lo trovi divertente. Mi perdoni, però, se non rido con lei. Quella donna è vittima di abusi domestici. Guardi i segni che ha sulla faccia. E il marito picchia anche il figlio. Gli ho visto un occhio nero. Dovete perquisire la casa. Lo tengono chiuso da qualche parte. »

« La prego, Miss Rafter. Lei non dovrebbe essere qui. » L'agente mi prende per un braccio, invitandomi a uscire.

Non appena siamo sulla porta, Fida mi si para davanti. « Questa storia ormai va avanti da giorni. Non la vuole smettere. Io non ho figli. Sono solo caduta, tutto qui. Non merito di essere trattata in questo modo. »

La guardo negli occhi e capisco che vorrebbe aggiungere qualcos'altro. Per l'amor del cielo, perché non glielo dice e basta?

« Ha bisogno di aiuto. Non sta bene », dice alla fine all'agente più vicino a me.

La guardo di nuovo e sento qualcosa dentro. La sua espressione smarrita è la stessa che aveva mia madre.

La frustrazione e l'impotenza allora mi fanno perdere la pazienza. Devo farla ragionare. « Perché non glielo vuole dire, stupida che non è altro? Perché non dice loro dov'è il bambino? » urlo, strappandole il velo.

L'unica risposta che ottengo sono un paio di manette strette intorno ai polsi e uno degli agenti che mi informa su cosa posso e non posso dire. Mentre mi portano via, sento Fida che piange. Stavolta ho oltrepassato il limite.

26

Stazione di polizia di Herne Bay,
37,5 ore di detenzione

La dottoressa ha lasciato la stanza e adesso c'è un giovane agente che mi fa la guardia. È seduto vicino alla porta con le mani conserte. Ha la faccia da bambino, proprio come i suoi colleghi. Possibile che la mia vita debba essere nelle loro mani?

Ho raccontato alla dottoressa Shaw tutto quello che voleva sapere e adesso il mio destino è nel rapporto che sta completando.

L'orologio sul muro segna le 16.01. Sono qui dentro da quasi quaranta ore. Ieri notte ho dormito in una cella senza finestre e non ho sognato nulla. È un passo avanti, se non altro. Forse il fatto di aver dovuto raccontare i miei incubi li ha resi obsoleti. Chi lo sa?

Hanno chiamato Paul e lo hanno informato della mia detenzione. Mi hanno permesso di parlarci per un paio di minuti. Mi ha detto che avrebbe fatto il possibile per tirarmi fuori di qui, senza ottenere risultati, evidentemente. L'unica persona che ha il potere di farmi uscire è la dottoressa Shaw, e non ho idea di cosa abbia intenzione di fare.

Nel frattempo, sono sicura che il marito di Fida avrà scatenato la sua furia contro il bambino.

Se mi rilasciano, chiamo Harry e gli dico che ho un grosso caso tra le mani. Contatto tutta la gente che conosco ai servizi sociali e sfrutto tutta la credibilità che mi rimane per tirare fuori il bambino da quella casa. Ma posso farlo solo se mi fanno uscire. E onestamente non so proprio cosa mi succederà.

La porta si apre e l'agente scatta in piedi. La dottoressa entra nella stanza insieme con l'uomo che mi ha arrestato. In mano stringe un fascicolo. La guardo per capire qual è il responso, ma il suo viso è una maschera impenetrabile. Il cuore batte all'impazzata e ho la gola secca. Solo ora, nel momento decisivo, intuisco la gravità della situazione in cui mi trovo. La donna seduta davanti a me ha il potere di farmi chiudere in un centro di salute mentale. La mia vita, la mia carriera, il mio futuro sono racchiusi in questa stanza e nel fascicolo che la dottoressa ha in mano.

« Kate », comincia. Poi fa una pausa e si schiarisce la voce. « Ho completato il rapporto e sono giunta alla conclusione che lei non rappresenti un pericolo per se stessa né per gli altri. Per questo non richiederò che venga trattenuta. »

Mi vengono le lacrime agli occhi, ma abbasso lo sguardo. Non voglio piangere, non davanti a queste persone.

« A ogni modo, da quello che mi ha raccontato e dai sintomi che presenta, ho riscontrato in lei una grave forma di disturbo post-traumatico da stress. Per questo le consiglierei di rivolgersi a un bravo professionista per iniziare una terapia. Non posso imporglielo, tuttavia glielo raccomando fortemente. Soprattutto visto che questo disturbo l'ha portata a comportarsi in modo tale da dover essere arrestata. »

Annuisco. Farò tutto quello che vuole, basta che mi

faccia uscire. Io devo tornare in quella casa e aiutare il bambino.

La dottoressa posa il fascicolo. «Il mio lavoro qui è concluso. La lascio con l'agente Walker, col quale sbrigherà le pratiche per il suo rilascio.»

Guardo Walker, che inarca un sopracciglio. Che agente di merda. Si trova sotto il naso un caso di abuso su minore e lui che fa? Arresta me.

«Ha delle domande da farmi prima che vada, Kate?»

Ho molte domande. Vorrei chiederle se ha mai visto un bambino morire davanti ai suoi occhi. Vorrei chiederle come mai continua a togliersi e poi rimettersi la fede. Vorrei chiederle per quale motivo ha fatto quella faccia quando le ho raccontato delle violenze che ho subito da mio padre. Vorrei chiederle se i miei incubi finiranno. Vorrei chiederle se mi crede.

Invece scuoto la testa.

«D'accordo. La lascio con l'agente Walker.» Si alza.

Per un attimo penso che stia per rivolgermi delle parole di conforto, ma poi gira i tacchi e se ne va. Sono solo un altro caso per lei, solo un modulo da compilare. Non nutre nessun interesse per la mia vita, per quello che ho visto. Una volta fuori da questa stanza entrerà in un'altra dove troverà un altro povero bastardo che le racconterà la sua vita mentre lei starà lì a mettere crocette. E allora penso a tutte le persone che ho intervistato negli anni. Molte di loro non me le sono più dimenticate, ma a molte altre non ho mai più pensato dopo aver consegnato l'articolo. Chissà se mi vedevano come io ora vedo lei: una donna che si è portata via un pezzo di loro e della loro vita.

La porta si chiude e l'agente Walker viene verso di me.

Un'ora dopo sono seduta in macchina con Paul nel parcheggio della stazione con lo zaino sulle gambe.

«Ci ho messo dentro tutte le tue cose. Spero di non aver dimenticato niente», mi dice con le braccia posate sul volante.

«Tranquillo. Non avevo molto.»

«Lo sai che è la cosa migliore da fare, vero? E ringraziamo il cielo che Fida non abbia voluto sporgere denuncia.»

Sospiro, guardando fuori. È già buio. «Non ha voluto sporgere denuncia. Certo che no, perché altrimenti la polizia avrebbe indagato più a fondo e avrebbe scoperto il segretuccio del suo maritino. È un violento, Paul. E lei lo copre.»

«Ascolta, Kate. Comunque stiano le cose, non sono affar tuo. Hai sentito cos'ha detto il poliziotto? Se provi a riavvicinarti a casa di Fida, lei richiederà un ordine restrittivo. E di sicuro glielo accorderanno. E lo sai cosa significherebbe? Che la tua vita sarebbe finita. Ti trascineranno in tribunale e tanti saluti alla tua reputazione. Non ne vale la pena.»

«Già. E dunque non ho altra scelta. Se non quella di andare da uno strizzacervelli.»

«Non la vedrei come una cosa tanto negativa, no? Sbarazzati di questo cavolo di disturbo post-traumatico da stress prima che sia troppo tardi. Prima di finire come... be', hai capito.»

«Prima di finire come Sally?»

Paul posa la fronte sul volante e sospira.

«Glielo dirai? Di quello che è successo tra noi?»

Lui alza la testa e mi guarda. È sbiancato. «Certo che no. La distruggerebbe.»

«Già. Ma io penso che Sally abbia distrutto se stessa molto tempo fa.»

Paul mi accarezza il braccio. «Ci tengo davvero a te, Kate. Ci ho sempre tenuto. E forse in un'altra vita...»

«Non lo dire. Sappiamo entrambi che è una follia. Com'è stata una follia l'altra sera. Avevamo solo bisogno di un po' di conforto.»

Lui sorride e si strofina il viso con le mani. «Quindi dove andrai? Te ne torni a Londra?»

«Sì, torno a casa, per il momento. Ma non ci resterò per molto. Ci sono troppi fantasmi, lì dentro.»

«Chris?»

Sentire il suo nome mi fa trasalire.

«Hai lasciato la sua pagina Facebook aperta sul mio portatile. Sposato, eh? Bello stronzo, allora.»

«Sally è molto fortunata ad avere accanto una persona come te. Anche se non se ne rende conto.» Sgancio la cintura di sicurezza.

Paul sorride, ma lo so che quello che ho detto fa male. «E dopo dove te ne andrai?»

«Andrò a parlare con Harry. Cercherò di riconquistare la sua fiducia. E poi tornerò in Siria. È l'unico posto in cui potrei stare adesso.»

«Ma sei matta? Non hai letto le notizie?»

«Le scrivo io, le notizie, Paul. È il mio lavoro.»

«Dopo tutto quello che hai passato per la morte di quel ragazzino ad Aleppo, sei sicura che sia la cosa giusta da fare?»

«Sì, sono sicura.»

«Sei proprio un osso duro tu, eh? Mi mancherai.»

Dopodiché si avvicina e mi stringe forte. È una sensazione talmente bella che quasi vorrei restare, ma è impossibile, non con Fida e Sally di mezzo. È meglio per tutti se me ne vado il più lontano possibile. « Anche tu mi mancherai. Sei stato un amico splendido in questi ultimi giorni. L'ho apprezzato tanto. »

« Te l'ho già detto: è stato un piacere. Ora però pensa solo a rimetterti in forma, d'accordo? »

« Ci provo. Ah, senti, Paul. Lo so che pensi che io mi sia immaginata tutto, ma fammi un favore: tieni d'occhio i vicini. Fallo per me. »

« Certo », risponde con voce roca.

Apro la portiera e scendo dall'auto. « Ciao. Stammi bene. »

« Anche tu. Adesso però vai o perderai il treno », risponde lui, asciugandosi gli occhi.

Vado verso l'entrata della stazione. Una volta lì, mi fermo un istante a guardare l'auto che se ne va. Poi tiro fuori il telefono e mi siedo sulla panchina accanto alla biglietteria.

Faccio il suo numero. È l'ultimo tentativo.

Sento solo un respirare affannato.

« Pronto? Sally? »

« Chi è? »

« Sono io. Kate. Senti, Sally, devo dirti una cosa. »

« Ne hai dette abbastanza, di cose, l'ultima volta che ci siamo viste. »

Parla strascicando le parole. È ubriaca. Merda. Ma non fa niente, ci devo provare lo stesso. « Senti, non ho molto tempo. Sono in stazione e il mio treno arriva tra cinque minuti. »

« Di nuovo in partenza, eh? Lo sapevo che non saresti rimasta a lungo. » Le sue parole sono piene di veleno. Sicuramente sarà già alla seconda bottiglia. La prima di solito la rende allegra. La seconda cattiva.

« È per lavoro. In ufficio hanno bisogno di me. »

« È bello che qualcuno abbia bisogno di te. »

Sarei tentata di riagganciare, ma devo provare. Faccio un respiro profondo. « Sally, ti chiamo per chiederti un favore. È molto importante. »

« Ma senti, un favore! »

« Ti prego, Sally. È una cosa seria. Ho bisogno che tu tenga d'occhio i vicini della mamma. Quelli che hanno affittato casa di Paul. »

« Di che cavolo parli? »

Faccio un respiro profondo. « C'è un bambino, lì. E credo che sia vittima di abusi. »

« Un bambino? »

« Sì. »

« A casa della mamma? »

« No, dai vicini. Quelli che hanno affittato la casa di Paul. »

« E io che c'entro? »

« Niente. Però ti sarei molto grata se potessi... non so, andare a controllare la situazione, tenerli d'occhio. Anche perché, alla fine, quella è casa di Paul. »

« Mi prendi in giro? Vuoi che vada a bussare a casa di quelli per chiedergli se per caso ammazzano il figlio di botte? »

« No, no. Dicevo solo... »

« Non cambi mai, vero, Kate? Sempre a infilare il naso nelle cose che non ti riguardano. Sempre a dire alla gente cosa deve o non deve fare. »

« Sally, non è questo. Quel bambino... è in pericolo. »

« Sì? Sbaglio o pensavi la stessa cosa di Hannah? Sai qual è il tuo problema? Sei amareggiata. »

« Amareggiata? Ma di che parli? »

« Amareggiata perché non hai mai avuto figli; amareggiata di aver anteposto la tua carriera alla famiglia e adesso è troppo tardi per ripensarci. »

Le sue parole mi feriscono, ma non voglio farglielo vedere. « Oddio, Sally. Smettila. Dici cose senza senso. »

« Sì? Davvero? No, il fatto è che ti conosco troppo bene. E la verità fa male, vero? »

« Sei ubriaca. Lasciamo stare, è una perdita di tempo. »

« Che ha fatto? Ti ha mancato di rispetto? La vicina della mamma. Ha detto qualcosa che non ti è piaciuto? È per questo che la stai smerdando così? »

« No, Sally. Non è così. »

« T'inventi le cose, Kate. È più forte di te. »

E, mentre lei continua a blaterare, dall'altoparlante annunciano il mio treno.

« Senti, adesso devo andare. Grazie del non aiuto. » Chiudo la telefonata e rimetto il cellulare in tasca.

Come ho potuto pensare che volesse aiutarmi? Proprio lei che non sa badare nemmeno a se stessa.

Mi alzo e mi rimetto lo zaino sulle spalle. Cerco di cancellare dalla testa i suoi insulti. È tempo di tornare al lavoro, mi dico, andando verso il binario. Tempo di lasciarmi alle spalle Herne Bay e tutte le sue miserie.

27

Aleppo, Siria,
due settimane dopo

Qualcosa è cambiato. *Io* mi sento cambiata.

Sono arrivata ad Aleppo ieri sera. È stato un viaggio terrificante. Il mio vecchio amico Hassan, l'interprete, è riuscito a farci entrare in città attraverso una fogna in disuso, facendoci strada con una torcia sulla fronte. Abbiamo camminato per diversi chilometri in mezzo ai ratti, con l'acqua e gli escrementi che ci arrivavano alle caviglie. Ho tremato tutto il tempo. A ogni passo mi chiedevo perché. Perché sono tornata? A un certo punto mi sono dovuta coprire il naso e la bocca con la mano, perché il livello dell'acqua si era alzato e la puzza di escrementi era diventata insopportabile. Proprio quando pensavo che sarei crollata, siamo riemersi, in una terra desolata, una zona industriale ormai abbandonata alla periferia di Aleppo e ora occupata da un ricovero di fortuna. E, davanti a quelle tende fatiscenti, ho quasi avuto l'istinto di tornare nella fogna. Sentivo odore di morte e mi faceva ripensare al mio bambino. Hassan allora mi ha preso per mano e mi ha accompagnato nella mia tenda. Tremavo e continuavo a chiedermi: perché sono tornata?

Questa mattina sono venuta a visitare l'infermeria che si trova nella parte nord del campo. È stata messa in piedi da un paio di giovani studenti di Medicina ed è stracolma di gente ferita e terrorizzata. Per la maggior parte si tratta di donne e bambini. C'è un giovane col camice tutto sporco che corre da un letto all'altro a tamponare ferite. Ho assistito tante volte a scene del genere a Gaza e in Iraq, ma prima ero più forte. Adesso sono nervosa. Al minimo rumore che sento, trasalisco.

E, mentre cammino in quell'inferno, sento scattare qualcosa dentro. Non ce la faccio più, basta.

Nonostante questo, però, metto da parte la paura e continuo a seguire il medico, che si chiama Halil e che mi mostra l'infermeria raccontandomi cosa è successo.

Ci fermiamo davanti a una barella sgangherata su cui giace una ragazza. Avrà sedici anni e fissa il soffitto con la bocca spalancata. Halil mette un laccio emostatico intorno a quel che resta del suo braccio. M'inginocchio accanto a lei, col cuore che batte all'impazzata. So bene che non ci sono antidolorifici a disposizione e che starà soffrendo in modo indicibile. Le accarezzo il braccio e lei si gira a guardarmi. Penso ad Hannah, che aveva più o meno l'età di questa ragazza l'ultima volta che l'ho vista. E, mentre guardo il corpo martoriato di questa poveretta, un dolore s'insinua dentro il mio. È il ricordo di una vecchia ferita mai curata.

Era il decimo compleanno di Hannah. Io ero appena tornata da Gaza, dove avevo fatto un reportage su una scuola che era stata bombardata e in cui erano morti centinaia di bambini. Aver dovuto camminare in mezzo a cumuli di cadaveri mi aveva molto segnato e ricordo di aver pensato a quanto siamo fortunati noi occidentali, a quanto è cinico il destino che condanna alcuni bambini a nascere in questi luoghi di guerra mentre in Occidente i nostri figli vivono in pace. Solo tre giorni dopo essere tornata, ero stata invitata alla festa di compleanno di mia nipote. Hannah era venuta da me tutta contenta a farmi vedere la sua nuova Barbie. Non so cosa mi sia preso, ma vedere mia nipote col suo bel vestitino pieno di paillettes e circondata dai regali mi ha fatto perdere la testa. Allora le ho preso la Barbie e le ho staccato la testa. « Dai, Hannah, giochiamo. Facciamo finta che siamo a Gaza », le ho detto gettando la Barbie a terra. Non dimenticherò mai la sua espressione confusa e spaventata. È rimasta lì impalata davanti a me a guardare quello che restava della sua Barbie. La mamma e Sally si sono arrabbiate moltissimo, ma se ne sono presto dimenticate. Hannah invece non ha mai dimenticato e, da allora, ogni volta che mi vedeva tremava un po'.

Cerco di non pensare a quel ricordo e chiedo alla ragazza come si chiama. Lei si gira verso di me, con lo sguardo confuso e annebbiato dal dolore.

« Si chiama Amira. La sua casa è stata bombardata mentre dormivano. Ha perso entrambi i figli. Il più piccolo, ce lo aveva in braccio ed è stato sbalzato via. »

La guardo. È giovanissima eppure era già madre. Guardo il braccio che non ha più e penso al bambino che stringeva; un secondo prima era al sicuro tra le braccia della mamma, e un secondo dopo non c'era più. La ragazza chiude gli occhi e si gira dall'altra parte. Halil m'invita a seguirlo da un altro ferito, ma io riesco solo a pensare ad Hannah e alla sua bambola rotta. Ora so cos'è cambiato: ho perso il mio coraggio.

Sono tornata nella mia tenda un'ora fa, ma non sono riuscita a prendere sonno. Continuavo a pensare a quella ragazza e ai figli che non ha più. Mi è venuta la tachicardia e credevo sarei svenuta. Avevo bisogno di un po' d'aria.

Per questo mi sono messa lo zaino sulle spalle e sono uscita.

Adesso sono seduta fuori a guardare le prime stelle che appaiono in cielo. È tranquillo, qui, lontano dai lamenti dei pazienti. I miei pensieri volano a Herne Bay, a Paul e a Sally. Chissà come stanno. Paul sarà preoccupato per Sally. Ne sono certa. Vorrei tanto che mia sorella facesse la cosa giusta e smettesse di bere. Penso anche ai miei demoni. Tornare ad Aleppo mi ha fatto rendere conto che devo cominciare ad affrontarli.

A Londra, ho promesso a Harry che avrei visto il terapeuta del giornale una volta tornata dalla Siria. Non era molto convinto di lasciarmi venire ad Aleppo, ma sa benissimo che sono l'unica in grado di capire cosa sta succedendo quaggiù. I miei reportage fanno vendere copie, e questo gli basta. Però forse quando torno a Londra mi rivolgerò a uno psicologo. Forse è arrivato il momento.

Comincia a far freddo. Apro lo zaino e tiro fuori la prima cosa che mi capita, un maglione pesante. Me lo infilo dalla testa ma, quando metto le braccia nelle maniche, ci trovo dentro qualcosa. Spingo la mano fuori dal polsino e cade a terra un oggetto nero e sottile.

Mi alzo a raccoglierlo e scuoto la testa. È il dittafono di mia madre. Paul deve avermelo messo nello zaino pensando fosse il mio. Torno a sedermi sull'erba. Se funziona ancora, potrò sentire la sua voce un'ultima volta. La voce della mia adorata mamma. Mi sdraio su un fianco e cerco di farlo partire. È un vecchio modello e ci metto un po' a capire come funziona. Alla fine però sento un fruscio e una voce inconfondibile, quella di mia madre.

«*Prova. Prova. È così che si dice, no? Devo parlare dentro questo aggeggio perché continuo a dimenticarmi dove lascio gli occhiali. Kate dice che mi ritroverò coi post-it appiccicati ovunque se continuo così, e allora mi ha comprato questo bell'oggettino. Anche se le avevo detto di non preoccuparsi. Sono troppo vecchia per queste cose.»*

Sorrido nel sentire la sua voce che si perde nell'aria polverosa. È tornata per me proprio quando ne avevo bisogno. Mi si riempiono gli occhi di lacrime mentre lei va avanti a elencare le cose che deve comprare al supermercato e i giorni della raccolta dei rifiuti durante le feste natalizie. Cose sciocche e non importanti, ma sentirgliele dire mi fa sentire al sicuro. Poi però smette di parlare e segue una lunga pausa. Premo il tasto del FAST FORWARD e poi il PLAY.

«*... la casa dei vicini.*»

Torno indietro e lo faccio ripartire.

«*Lo dico qui perché so che penserebbero che sono una pazza, ma ora sono ben due volte che lo vedo e so che non mi sbaglio.*»

Il tono è serio. Alzo il volume, col cuore che batte all'impazzata.

«*C'è un bambino, dai vicini. È piccolo, non avrà più di tre o quattro anni...*»

È l'ultima cosa che sento, poi un bagliore mi acceca e vengo sbalzata via. È stata una bomba, e ne sta arrivando un'altra. Mi copro il viso e chiudo gli occhi, poi diventa tutto nero.

PARTE SECONDA

28

Martedì, 5 maggio 2015

Qualcuno mi sta puntando una luce in faccia. Apro gli occhi malvolentieri e cerco di ricordare dove sono. Quando finalmente riesco a mettere a fuoco, vedo un uomo in piedi davanti a me. Visto da qui, sembra un gigante con braccia enormi e pelose. In realtà poi mi rendo conto che è Paul. Mio marito. E la luce è quella del sole che filtra dalla finestra.

«Che vuoi?» borbotto, seduta sulla poltrona. Ho la bocca asciutta e mi fa male la testa.

«Sally, dobbiamo parlare.» Il tono è serio.

«Be', a me non va.» Stringo le palpebre. La luce peggiora il mal di testa. Sento ancora in bocca il vino di ieri sera e se mi muovo vomito. Chiudo gli occhi e fingo che lui non ci sia. Ma che vuole? Lo sa che qui dentro non deve entrare. Questo è il *mio* spazio. Adesso voglio solo tornare a dormire.

«Sally, per favore. Devi svegliarti. Ci sono brutte notizie.»

Riapro gli occhi e lo guardo. Ha pianto. Oddio. Le è successo qualcosa. «Hannah. Si tratta di Hannah?» gli chiedo, con un filo di voce.

Paul scuote la testa. «No, non riguarda Hannah.»

Grazie al cielo, penso, rimettendomi giù. Se non è per

Hannah non me ne frega niente. Però non se ne vuole proprio andare. Lo sento che è ancora qui impalato. «Che c'è? Dimmi. Che vuoi?»

Allora lui si appoggia sul tavolo e si prende la testa tra le mani.

«Paul. Dimmi, che c'è?»

«Kate.»

«Che ha combinato, adesso?» Cerco la bottiglia di vino. Mi serve un goccetto, giusto per riprendermi. «Si è fatta rapire?» Il vino non c'è. Devo averlo finito ieri sera. Mi alzo e vado verso la porta.

Paul mi prende per il braccio. «Siediti, è una cosa seria.»

Lo guardo. È pallidissimo.

Mi rimetto a sedere. «Senti, qualsiasi cosa sia successa, Kate se la caverà. Sa badare a se stessa. Lo ha sempre fatto.»

«Sally, ascoltami.»

«È stata qui pochi giorni fa. E stava benissimo.» Cominciano a tremarmi le mani. Devo bere.

«Tesoro, ti prego. Lasciami parlare.»

«Non m'interessa quello che hai da dire. Sa badare a se stessa.» Ma come gli salta in testa di presentarsi a quest'ora del mattino e pretendere di parlare seriamente quando io non ho ancora toccato un goccio?

Lo spingo via e vado verso la porta, ma lui mi mette le mani sulle spalle e mi riporta verso la poltrona. «Siediti.»

«Toglimi quelle mani di dosso. Ti ho già detto che non m'interessa niente né di Kate né dei casini in cui si è ficcata. E adesso levati di mezzo.»

«Sally, smettila.»

«Col cavolo che la smetto. E non ti azzardare a dirmi cosa devo o non devo fare.»

« Porca miseria, ma mi vuoi ascoltare, stupida che non sei altro? È morta. Tua sorella è morta. »

Diventa tutto nero e cado a terra.

« Mi dispiace, tesoro. Mi dispiace tanto. Non volevo dirtelo così, ma non mi ascoltavi. » Mi riporta sulla poltrona. « Vado a prenderti un bicchiere d'acqua », dice, sistemandomi i cuscini dietro la testa.

« No, non la voglio, l'acqua », urlo.

Allora lui si siede accanto a me e mi prende le mani. « Ieri sera stavo ascoltando la radio mentre tornavo a casa. A un certo punto hanno dato la notizia di un bombardamento su un ospedale da campo in Siria. »

« Sta' zitto! »

« Ci ho prestato attenzione perché sapevo che Kate era tornata ad Aleppo. »

« Sta' zitto », gli ripeto, ficcandogli le unghie nella carne, ma lui non si scosta e continua.

« Poi stamattina ho acceso la televisione. È comparsa la sua foto sullo schermo. C'era anche lei in quel campo, Sal. E non ci sono superstiti. »

« Ti ho detto di smetterla. Ti sbagli, idiota. Non sai di cosa parli », gli dico, spingendolo via. Gli riempio il petto di pugni e lui resta fermo a farsi colpire, ancora e ancora. Continuo finché non ho più forze e collasso ai suoi piedi. « Kate se l'è sempre cavata. Sa badare a se stessa. Ti sbagli », singhiozzo.

« Mi dispiace, tesoro. Mi dispiace tanto. » Mi prende in braccio. Mi bacia la guancia ma io non sento niente. Mi lascio trasportare in veranda.

« Non è morta. Se fosse morta lo saprei », gli dico mentre mi adagia sulla poltrona.

« È un grosso shock. È una cosa enorme da digerire... » Mi posa una mano sulla fronte.

« Ti ho detto che non è morta. Adesso togliti dai coglioni e lasciami sola! »

« Sally, credo che dovrei restare con te. Almeno per un po'. Sei sotto shock. »

« Non hai sentito, allora? Ti ho detto che voglio stare da sola. »

« Va bene, come vuoi tu. »

« E chiudi quelle cazzo di tende. La luce mi fa venire mal di testa. »

Sento i suoi passi sul parquet mentre va alla finestra. « Meglio? »

Io annuisco, grata della penombra.

« Chiamami se hai bisogno », mi dice chiudendo la porta.

Penso a Kate, quando da ragazzina batteva i pugni sul tavolo ogni volta che il papà se la prendeva con la mamma. Non è giusto, mi dico. Com'è possibile che lei sia morta e io sia ancora qui? Era lei quella forte, la combattente. Non è possibile. Paul si sbaglia.

Ho bisogno di bere.

Allungo una mano sotto la poltrona e trovo la bottiglia che ho nascosto ieri sera. La tiro su. Non ho un bicchiere ma tanto non mi serve. Tolgo il tappo e mi ci attacco. Il vino è caldo e amarognolo, ma andrà bene lo stesso. Devo solo anestetizzare il dolore che mi stringe lo stomaco.

Fuori è buio. Non ho idea di che ore siano. Ho finito il vino e ucciderei per un'altra bottiglia. Paul è venuto un paio di volte a chiedermi se volessi una tazza di tè. Gli ho detto che avevo bisogno di bere qualcosa di serio, ma lui non mi ascolta. Continua solo a dire che sono sotto shock.

È shock, questo?

Seduta qui al buio, riesco solo a pensare a Kate. Vedo lei e la mamma accanto al mio letto il giorno in cui è nata Hannah. La mamma mi rompeva le scatole perché non la sapevo tenere in braccio, Kate invece era rimasta in silenzio a fissare la bambina. Sembrava che avesse davanti chissà quale strana creatura. E io la capivo benissimo, perché anche per me Hannah era una specie di alieno, visto quanto poco ne sapevo di bambini. Del resto io stessa ero ancora una bambina.

Poi a un certo punto la mamma è andata a prendere il tè, e io e Kate siamo rimaste da sole a guardare Hannah che dormiva nella culla. Allora mi sono girata e le ho detto: « E adesso che faccio, Kate? »

Lei mi ha guardato, poi ha alzato le spalle e ha risposto: « A me lo chiedi? »

Siamo scoppiate a ridere e, quando la mamma è tornata e ci ha chiesto che cosa c'era di così divertente, non siamo riuscite a risponderle perché eravamo ancora piegate in due dalle risate.

Tre settimane dopo, Kate è partita per l'università e non è più tornata. Quel giorno all'ospedale è stato uno dei pochi momenti in cui io e lei ci siamo sentite davvero vicine. Lei era sempre stata quella brava, quella intelligente, quella coraggiosa, e io la buona a nulla. Invece quel giorno, mentre guardavamo Hannah che dormiva, eravamo solo due ragazzette sciocche e disorientate.

Ora che ci ripenso, mi viene in mente una cosa. Kate mi ha telefonato. Prima di ripartire per la Siria. Cerco di ricostruire quello che mi ha detto, ma ricordo solo dei frammenti. Probabilmente ero ubriaca. Era alla stazione, o forse all'aeroporto. Mi sono arrabbiata a un certo punto, mi pare, perché se ne stava andando di nuovo. Sarei dovuta stare a sentirla, cazzo. Cosa cercava di dirmi? Niente, non mi ricordo.

E adesso lei è morta e io non sentirò più la sua voce.

Mentre cerco di scacciare il ricordo della telefonata, il mio pensiero vola ad Hannah. Chissà dov'è. Se solo si facesse sentire. Le devo dire della nonna, e adesso anche della zia. Perché è così testarda? Sento ancora le sue parole che risuonano nella testa: *Lasciami andare, mamma.* Io la tiro per i polsi, implorandola di tornare in casa. Poi però diventa tutto nero, mi sforzo di ricordare cos'è successo ma non ci riesco. Non ci riesco.

« Sally. » È Paul. È sulla porta, in vestaglia. « Avanti, tesoro. È mezzanotte passata. Perché non vieni a letto? »

« Non sono stanca. »

« È tutto il giorno che stai su quella poltrona. » Fa per accendere la lampada.

« Fermati! » urlo, con la rabbia, il dolore, il risentimento che mi montano dentro. « Non accendere quella cazzo di cosa, va bene? »

Paul resta con la cordicella in mano. « Startene seduta lì in silenzio non riporterà Kate in vita. Se ti chiudi in te stessa sarà solo peggio. Parliamone. Sono qui per te, Sally. Sono qui per ascoltarti. »

« Non ho niente da dirti. » La sua voce mi sta facendo venire i nervi. Voglio restarmene sola coi miei ricordi di Kate. Devo trovare un senso a tutto questo, ma se lui continua a distrarmi non ci riuscirò di certo. Mi soffoca.

« Domattina te ne pentirai. Se dormi su quella poltrona ti sveglierai tutta dolorante. »

« Be', saranno pure affaracci miei, non credi? Adesso, per favore, vattene a letto e lasciami in pace. »

Paul richiude la porta. Sento un formicolio in tutto il corpo. Devo farmi un goccio. Aspetto qualche minuto e poi mi alzo. Esco in punta di piedi dal salotto e mi fermo davanti all'armadio che c'è sotto le scale. Paul non si sente, si sarà messo a letto. Apro piano l'anta e c'infilo una mano dentro. Le bottiglie ci sono ancora, ce le ho messe qualche giorno fa. È la mia scorta segreta. Questo armadio è il nascondiglio perfetto. Paul non lo apre mai. Crede che ci siano solo vecchi vestiti e cose inutili. Richiudo l'anta e sgattaiolo in veranda.

Mi siedo con la bottiglia stretta al petto. Solo un bicchiere, mi dico, giusto per calmare un po' i nervi. Ma mentre tolgo il tappo so bene che non sarà mai abbastanza.

29

Mi sveglio sul letto. Sono sola. Mi fa male la schiena. Tiro le coperte sopra le spalle ma non riesco a dormire. Apro gli occhi e resto immobile per un momento. C'è un'aria diversa. Dev'essere successo qualcosa prima che andassi a dormire, qualcosa di terribile. E poi ricordo. Le notizie al telegiornale. La faccia di Paul. È tutto vero. Io sono viva e mia sorella è morta.

« Paul! Paul, ci sei? »

Lui non risponde, e allora mi alzo. I vestiti che indossavo ieri sono piegati sulla spalliera della sedia accanto alla finestra. Paul deve avermi portato di sopra in braccio e messo il pigiama, eppure io non ricordo nulla.

« Paul! » grido di nuovo, ma anche stavolta non c'è risposta.

M'infilo la vestaglia e vado di sotto a cercarlo.

Mi ha lasciato un biglietto sul tavolo, dice che è dovuto andare al lavoro ma che spera di tornare presto.

Getto il biglietto nel cestino ed esco dalla cucina. Mi sento un po' più lucida. Paul mi soffoca, e quando c'è lui il mio cervello va in tilt. Ora che non c'è se non altro posso pensare in santa pace.

Vado diretta all'armadio sotto le scale. Ho bisogno di bere, giusto un bicchiere, per alleviare il dolore che sento nel petto. Infilo la mano dentro, ma ci sono solo vestiti e scatole. Allora accendo la luce e sposto un po' di cose per trovare le bottiglie. Non ci sono. Infilo la testa nell'armadio. Dove diavolo sono finite? Due giorni fa ce ne ho nascoste sei. Dovrebbero esserne rimaste quattro. Che fine hanno fatto? Le cerco ovunque, col cuore che batte all'impazzata, in mezzo a vecchie giacche mangiate dai tarli e scatole di scarpe. E poi lo vedo, un post-it giallo sul ripiano.

Lo prendo, con le mani che mi tremano dalla rabbia.

Non ne vale la pena, Sally.
Possiamo affrontare questa cosa insieme... senza l'alcol.
Ti amo.
Baci

Idiota. Le ha prese lui. Corro in cucina e comincio ad aprire tutti gli armadietti e i cassetti. Dove diavolo le ha nascoste? Non ce la faccio ad affrontare questa cosa senza il vino. È troppo. È una cosa troppo grande.

Vado in veranda e guardo dietro il divano, in mezzo ai cuscini, urlando per la frustrazione. Poi, avvicinandomi alla finestra, vedo il bidone del vetro, che verranno a svuotare domani. Dentro ci sono quattro bottiglie di vino vuote. Le ha svuotate nel lavandino. Non ci posso credere.

Batto i pugni contro la finestra. Che razza d'idiota. Perché l'ha fatto? Così ha peggiorato solo le cose.

Non ce la faccio senza vino, per cui non mi resta che uscire a comprarlo. « Non ci avevi pensato, eh? » borbotto mentre mi sfilo la vestaglia e la lascio cadere a terra. Che senso ha avuto svuotarle nel lavandino se posso andarne a comprare delle altre? Sono grande e vaccinata e lui mi tratta come fossi una ragazzina. Che si fotta.

Sull'appendiabiti all'ingresso trovo il mio piumino troppo grande e me lo metto sopra il pigiama. Non se ne accorgerà nessuno, mi dico, mentre prendo le mie vecchie scarpe da ginnastica da sopra la rastrelliera. Chinandomi per infilarle, colgo la mia immagine riflessa nello specchio del corridoio. Ho gli occhi iniettati di sangue e si capisce benissimo che sono giorni che non mi lavo. Ho i capelli unti e un colorito giallognolo. Cristo, mi dico. Cosa avrà pensato Kate trovandomi in questo stato? Lei che aveva sempre un aspetto immacolato. Ci ha sempre tenuto, sin da quand'eravamo ragazzine. Doveva essere sempre perfetta. Tra l'altro era snella e carina. E io non ho mai retto il confronto.

Cerco di non pensare a lei mentre infilo la mano in una tasca del piumino e tiro fuori gli occhiali da sole. Fuori è nuvoloso e sembrerò scema con questi addosso, ma se non altro eviterò di far prendere un colpo alla gente.

Non c'è nessuno in giro, per fortuna. Non ho idea di che ore siano o di che giorno sia, riesco solo a pensare alla mia bella bottiglia di bianco e alla sensazione che proverò quando il vino tornerà a scorrermi nelle vene.

Mi tiro su il cappuccio del piumino e attraverso la strada per andare alla Spar. Non voglio che nessuno mi veda. Voglio solo fare quello che devo e poi tornarmene a casa senza rotture di scatole.

Quando entro nel negozio vedo che per fortuna oggi è di turno l'uomo, non sua moglie. Quella mi guarda sempre male quando poso le bottiglie in cassa. Stronza. Ma lui è carino e mi sorride quando prendo il cestino e mi dirigo verso il frigo.

Alla radio stanno passando *Hey Jude* e sentirla mi riempie di una tristezza insopportabile. È come se mi avessero dato un pugno nello stomaco. Kate adorava questa canzone. Quando la cantava cambiava le parole in *Ehi tu* e si metteva a ballare con me nella stanza. Eravamo ancora piccole, prima che cominciassimo a odiarci. Prendo tre bottiglie di Pinot Grigio e vado verso la cassa, cercando d'ignorare la musica. Però ormai mi è entrata in testa e so che continuerà a tormentarmi per tutto il giorno se non ci bevo su.

Metto le bottiglie sul rullo e intanto penso che dovrò trovare un altro nascondiglio, un posto in cui Paul non andrebbe mai a guardare.

« È uscito il sole, eh? » dice l'uomo, probabilmente riferendosi ai miei occhiali. Passa le bottiglie sotto il lettore e le infila in un sacchetto sottilissimo.

Annuisco, sperando solo che si sbrighi.

« È arrivata la primavera. E rende certe cose ancora più tristi. » Indica lo stand dei giornali vicino all'uscita. « Era di queste parti, tra l'altro. » Seguo il suo sguardo e vedo una serie di titoli a tutta pagina.

UN MASSACRO
NESSUN SUPERSTITE
BOMBARDATI NEL SONNO

« È successo in Siria », continua, mettendo il resto delle bottiglie in un altro sacchetto. « Non finisce mai questa guerra. Quanto potranno resistere ancora laggiù? Quanto mi dispiace per quei poveretti e per la giornalista. Era così giovane, non aveva ancora quarant'anni. Dicono che sia nella lista dei dispersi, ma non può essere sopravvissuta a una cosa del genere. Ha visto le foto? Una carneficina. Ti fa riflettere, eh? Un momento ci sei e quello dopo te ne vai così. » Fa schioccare le dita e quel suono mi fa trasalire.

Mi avvicino ai giornali e prendo una copia del *Times*. Guardo la foto sbattuta in prima pagina: una pila di cadaveri in un campo devastato. Mi cade il giornale di mano. Sto per vomitare.

«Sono 27,36, cara. Prende anche quello?» mi chiede mentre mi chino a raccogliere il giornale.

«No», gli rispondo rimettendolo a posto e tornando alla cassa. Prendo i sacchetti e gli lascio un fascio di banconote da venti. È tutto quello che ho nel portafoglio.

«No, aspetti, è troppo. Torni indietro che le do il resto.»

Ma io sono già fuori. Stringendomi lo stomaco, corro dietro la pizzeria e vomito violentemente. Quando ho finito appoggio una mano sul muro aspettando di riprendermi. Poi mi pulisco la bocca e m'incammino. Devo tornare a casa. Lontano da quell'uomo, da quei giornali e da quella canzone dei Beatles che continua a girarmi in testa. Devo tornare a casa e versarmi un goccetto. Allora mi sentirò meglio. Allora tornerò lucida.

Due ore più tardi sono ubriaca. Sono sdraiata sul divano con gli occhi chiusi e la voce di Paul McCartney che risuona nella stanza.

Solo un bicchiere, mi ero detta, ma il primo non l'ho neppure sentito, per cui mi sono versata anche il secondo. Allora mi sono scaldata un po', ma non era abbastanza. Quando mi sono versata il terzo, mi sono ricordata di avere io i dischi di Kate. Mi sono messa a cercare e alla fine l'ho trovata. Il 33 giri di *Hey Jude* dei Beatles col suo nome scritto col pennarello nero sulla copertina: *Kate Martha Rafter*. Ho tirato fuori il vinile e l'ho spolverato passandoci sopra la manica. Poi, prendendo un bel sorso di vino, l'ho messo sul mio vecchio giradischi. Non appena è partito, lei era di nuovo con me e noi due eravamo di nuovo due ragazzine che ballavano in salotto.

E adesso, mentre sto qui sdraiata sul divano con quella canzone che mi gira ancora in testa, cerco d'immaginarmela, ma riesco solo a vedere un cazzo di sacco per cadavere. « *Ehi tu, dum, dum, de, dum* », canto ai miei fantasmi.

Poi sento le palpebre sempre più pesanti e diventa tutto nero.

Un rumore mi sveglia. Mi tiro a sedere. Sento dei passi pesanti e una voce distante che mi chiama. Vorrei alzarmi ma non riesco a muovermi. Ho la tachicardia e non riesco a respirare.

I passi si avvicinano.

« Kate? Sei tu? » dico con un filo di voce.

Provo ad alzarmi dal divano, ma ho le gambe talmente pesanti che quasi non riesco a muovermi.

« Santo cielo! »

Alzo lo sguardo ed è lui. È sulla porta, furioso.

« Sally, perché l'hai fatto? Lo sai che non serve a niente », mi dice entrando in salotto.

« Non ti preoccupare. Lascia stare », gli rispondo, ributtandomi sul divano.

« Gesù Cristo, Sally. Tre bottiglie di vino in una mattinata? Se continui così, ti ucciderai. » Raccoglie i vetri dal pavimento, li posa sul tavolo e poi si mette a sedere sul bracciolo del divano. « Bere non la farà tornare. » Mi toglie il bicchiere vuoto dalle mani.

« Questo lo so. »

« Così peggiori solo la situazione. »

Nascondo la testa tra i cuscini per non sentire la sua voce, ma non funziona.

« Devi restare lucida per affrontare questa cosa. Per accettare la sua morte. »

E allora mi torna in mente una cosa. Uno dei titoli che ho letto sui giornali. «Ti sbagli su Kate. Non è morta.»

«Sally, ti prego. Cosa stai dicendo?»

«Ho visto i giornali. Dicono che è dispersa. È solo dispersa, non morta. Te lo dico io, tra un paio di giorni ce la ritroviamo tra i piedi.» Scoppio a ridere.

Paul scuote la testa. Ha un'espressione talmente compiaciuta che vorrei prenderlo a pugni.

«Che c'è? Che hai da scuotere la testa?»

«Sally, ascoltami. Ho appena ricevuto una chiamata dal ministero della Difesa. A quanto pare, Kate ha indicato noi come suoi parenti più prossimi. Sally, me l'hanno confermato. Tua sorella non è dispersa, tesoro. È morta. Ci faranno avere i suoi effetti personali.»

Mi alzo dal divano, cerco un appoggio, qualcosa cui aggrapparmi. «Ma sui giornali hanno scritto che è dispersa. Perché mai dicono così se non è vero?»

«Mi dispiace tanto, Sally.»

Il viso di mia sorella riempie la stanza e quella maledetta canzone ricomincia a suonarmi in testa. *Ehi tu.* Allargo le braccia per non perdere l'equilibrio ma è troppo tardi e cado a terra, sbattendo la testa sullo spigolo del tavolino.

30

« Non dovrei essere qui », penso, sdraiata su questo letto d'ospedale. Sotto il paravento verde vedo passare piedi, vanno tutti di corsa e non si fermano mai da me. Perché qui non viene nessuno?

Quando sono arrivata, gli infermieri hanno pulito la ferita, mi hanno dato dei punti e attaccato a un aggeggio per monitorare il cuore. Paul è rimasto nella sala d'attesa del pronto soccorso. È stato un sollievo. Continuava a chiedermi se stavo bene. Ma cosa voleva che gli rispondessi? Sì, sto una favola, guarda. Sono felice come una pasqua. Mia sorella è morta ed è tutto fantastico.

Più continuo a vedere piedi di gente che passa senza fermarsi, più mi sento sola. Tutte le persone che amavo se ne sono andate: mia figlia, mia sorella. Mi manca persino mia madre, quella vecchia stronza.

Vorrei essere morta anch'io, penso, passando una mano sopra i punti che mi hanno messo in fronte. La ferita sembra un binario. Non mi è rimasta nessuna ragione di vita.

Nessuna.

A un certo punto qualcuno sposta il paravento ed entra Paul. Ha un sorriso preoccupato. Comincio a tossire. La sua sola presenza mi toglie l'ossigeno. È questo che succede alle persone quando una relazione finisce? Ci si esaspera fino al collasso? So bene di esasperare Paul.

Lo vedo dall'espressione esausta che ha mentre rimette a posto il paravento e si avvicina al letto. « È stata tutta colpa mia. Non sarei dovuto uscire. Dovevo restare con te. Mi dispiace tanto. »

« Tu non c'entri niente. Sono grande e vaccinata ormai. » Mi fa male la testa e parlare non aiuta.

Lui prende una sedia. Si tira su la manica e comincia a grattarsi il braccio. Guardo la ferita e ricordo com'è successo. Lui cercava di strapparmi di mano la bottiglia, che è caduta a terra ed è andata in mille pezzi. Paul si accorge che lo sto guardando e smette di grattarsi.

« Mi dispiace. Mi dispiace tanto, Paul. »

Dopo quella sera le cose non sono state più le stesse tra noi. Adesso dormiamo in letti separati. Non mangiamo più insieme. E Paul passa sempre più tempo al lavoro. Siamo due sconosciuti che vivono nella stessa casa.

« Non ci pensare. Non sapevi quello che facevi. » Mi sorride, e io mi sento in colpa. Povero Paul. Il giorno dopo non voleva neanche ammettere che ero stata io a procurargli quel taglio.

« Non volevo. »

« Lo so. » Però glielo leggo negli occhi che non si fida più di me. « Non è successo niente, davvero. » Si sforza di fare un sorriso. « E comunque il medico dice che posso riportarti a casa. La macchina è qui fuori. Quando vuoi ce ne andiamo. »

Il pensiero di tornare a casa mi fa ripensare a Kate, alle notizie sulla Siria. Mi giro dall'altra parte. « Non mi sembra possibile. Che non ci sia più. »

« Lo so. Non riesco a crederci neanche io. Era una donna fantastica. Quanto vorrei non averti lasciato da sola, oggi. Sono un'idiota. Anzi, com'è che mi chiamava Kate? Un fesso. » Fa una risata amara, e a me si stringe il cuore.

«Lo diceva anche a me quand'eravamo ragazzine.» Mi alzo dal letto e prendo il cardigan posato sulla sedia.

Rivedo noi due sulla spiaggia di Reculver. È uno dei ricordi più vividi che ho. Io gioco con le formine e lei scava nella sabbia. Stava sempre a scavare. Poi a un certo punto si ferma e vedo che ha una cosa in mano. «È un fossile?» le chiedo avvicinandomi.

«Non lo so, ma me lo voglio tenere», mi risponde lei.

Un secondo dopo arriva la mamma, le strappa via quell'oggetto dalle mani, si allontana e lo va a gettare in mare.

«Perché lo hai fatto?» piagnucola Kate. «Era mio.»

La gonna della mamma si è bagnata e gocciola quando torna a sedersi sull'asciugamano. Ci guarda malissimo. «Era una bomba, Kate. Non si gioca con certe cose.»

Kate allora annuisce, seria seria, e poi si rimette a scavare nella sabbia. Io però adesso non ci riesco, a rimettermi a giocare con le formine, sono confusa. «Cos'è una bomba? È una specie di uovo di dinosauro?»

La mamma e Kate cominciano a rotolarsi dalle risate, e sono talmente buffe che non posso far altro che unirmi a loro. «Oh, Sally. Quanto sei fessa.»

Chiudo gli occhi e nascondo il viso nelle pieghe del cardigan. Quando finalmente riesco a piangere, sento la voce di mia madre: *Non si scherza con certe cose.*

«Che stupida, che cretina. Perché doveva sempre fare la coraggiosa? Non poteva lasciare quella gente al suo destino? Non poteva lasciare che se la vedessero da soli?»

Paul si alza e mi toglie il cardigan dalle mani. «Oh, Sally. Va tutto bene. Brava, piangi pure.» Posa il cardigan sul letto e mi abbraccia. Profuma di Paul, di pulito e di torte, anche se lui non ne fa mai. Non so perché, sarà la sua pelle. È un odore che mi conforta, e allora nascondo il viso sul suo petto e ne inspiro più che posso. « È stato un shock enorme per te. Ma lo supereremo insieme. Te lo prometto », mi sussurra.

« No, non potrò mai superarlo. Sapere che è morta da sola, senza nessuno che la confortasse nei suoi ultimi istanti... Avrei dovuto essere più gentile con lei l'ultima volta che è venuta a trovarmi, ma in quel momento riuscivo solo a pensare a tutte le cose che aveva fatto. E adesso è troppo tardi. »

« Sstt. Non fare così. Il passato non si può cambiare. Quel che è fatto è fatto. E io ti aiuterò, tesoro. Supereremo questa cosa insieme. Adesso però vieni, su. Torniamo a casa. »

Sono prigioniera in casa mia. Paul è determinato a impedire che sgattaioli fuori a comprare alcol e per questo si è preso una settimana di ferie dal lavoro, così può restare qui e giocare a fare l'infermiere.

È salito a vedere come stavo diverse volte durante la giornata. Una volta mi ha portato il tè coi biscotti, un'altra una serie di riviste idiote, e ogni volta mi ha detto che lui c'è se ho voglia di parlare di Kate.

L'astinenza dall'alcol mi rende nervosa e comincia a farmi male lo stomaco. Devo trovare il modo di uscire e andare a comprare da bere. In questo preciso momento, mi sento calma, ma non so quanto durerà.

Tolgo le briciole dei biscotti dalla coperta e mi sdraio su un fianco. Paul mi ha suggerito di fare « un bel bagno », però io non voglio muovermi perché se lo faccio questa cosa diventerà reale. Se invece resto qui a pensare a lei, forse riuscirò a farla tornare.

Chiudo gli occhi e sono di nuovo in quella casa. Ho

circa otto anni. Siamo sedute a tavola e aspettiamo che lui torni dal pub. Io non la smetto di chiacchierare, più che altro per riempire il silenzio, ma Kate e la mamma si guardano e basta. Sono preoccupate. Non sono stupida, nonostante quello che pensano loro. La mamma ha fatto un tortino di pollo. Quando lo ha tirato fuori dal forno era perfetto, ma ormai sono passate tre ore.

Kate sbatte la mano sul tavolo. « Mamma, è assurdo! Non possiamo mica stare qui ad aspettarlo tutta la notte. Sono quasi le nove e io devo fare i compiti di storia. Comincia ad affettare quel coso e mangiamo, poi quando torna lui glielo riscaldi. »

La mamma tiene le mani conserte in grembo col capo chino. Sembra che preghi. « Lo sai che vuole che mangiamo tutti insieme. E, ti scongiuro, quando arriva non fare scenate. »

« Io? Sarei io che faccio scenate? Ma è una follia, mamma. Se vuole che mangiamo tutti insieme, allora perché non torna dal pub a un orario decente? »

« Che ne dite se guardiamo un po' di TV? Magari danno qualcosa di carino », suggerisco io.

Mia madre mi guarda male. « Sally, ti prego. Non dire sciocchezze. »

Il tono è talmente freddo che fa male. Mi vengono le lacrime agli occhi. Reclino la testa un po' indietro per evitare che la lacrima che mi è rimasta impigliata tra le ciglia cada sul piatto. È allora che sento una mano che si posa sulla mia. Un gesto carino, per dirmi che è tutto a posto. Mi giro e lei mi sorride. Mia sorella. Lei mi sorride e per un attimo tutto sembra davvero a posto. Il suo sorriso è la cosa più rassicurante che c'è.

Poi però sentiamo la porta che si spalanca e raddrizziamo subito la schiena, come soldatini sull'attenti. La mamma sbianca e il mio cuore comincia a battere all'impazzata.

«Kate, mi raccomando: non rispondergli male, d'accordo?»

Lei sta per dire qualcosa, ma prima che ci riesca lui è già in cucina, portandosi dietro puzza di fumo e di whisky. «Che mi venisse un colpo! Sembrate le tre streghe di *Macbeth*», biascica, trascinandosi al tavolo. Per non cadere, ci si aggrappa e per poco non rompe un piatto.

Kate sospira. Le lancio un'occhiataccia. Non lo deve provocare.

Lui prende posto accanto a me. «Che hai da sospirare, tu? Hai qualche problema ai polmoni?»

«Su, non litighiamo, adesso. Mangiamo!» La mamma prende il coltello e comincia ad affettare il tortino. Come sempre, è mio padre il primo a essere servito. Poi gli mette carote e piselli nel piatto, con le mani che tremano a ogni cucchiaiata.

Kate è la seconda, poi tocca a me. Per ultima, come sempre, resta la mamma, che si mette nel piatto una porzione minuscola.

«Bene. Buon appetito.» Guarda Kate, come se volesse dirle: *Non fiatare*, ma mia sorella è troppo impegnata a riempirsi la bocca di cibo per finire il prima possibile. Non appena avrà terminato, potrà andare di sopra.

Io comincio a mangiare, ma mi si è seccata la gola per tutta la tensione accumulata, e allora quando cerco di mandar giù il primo pezzo di tortino mi si mette di traverso e comincio a tossire. Kate mi dà una pacca sulla schiena e io prendo un bicchiere d'acqua.

Quando finalmente mi riprendo, mio padre comincia: «Oh, Signore! Cosa stai cercando di fare?»

Mi giro a guardarlo, ma non è con me che ce l'ha. Ce

l'ha con mia madre. Le ha preso il polso, adesso. « Ci credo che la bambina si è strozzata. Questo coso è immangiabile! » Infilza il tortino con la forchetta e comincia a lanciarne pezzi in giro per il tavolo. « Guarda, non è cotto bene. Ed è pure asciutto. »

Kate sta per scoppiare, lo sento. È seduta accanto a me e la tensione sale.

« Tu che ne pensi, tesoro? »

Ce l'ha con me.

« Trovi che sia asciutto? »

Guardo la mamma. Mi sorride, ma ha paura.

« Ehm, io... »

« Avanti. Ti ho fatto una domanda. È asciutto questo cazzo di coso oppure no? »

So bene cosa succederà se non gli do ragione. Si arrabbierà ancora di più e se la prenderà con loro. E io non voglio. « Sì. In effetti è un pochino asciutto, papino. »

« Oh, ma brava, Sally. Bravissima! » urla Kate, gettando le posate sulla tavola.

« Smettila. Stai buona », la sgrida mia madre.

Mio padre non dice niente, ma sappiamo tutte e tre che non è un buon segno: più a lungo rimane in silenzio, peggiore sarà la punizione.

« Puoi guardarmi male quanto vuoi, io non ho paura di te », sbotta Kate.

Oh, no. La fisso. È seduta con le mani sul tavolo. Lo sta sfidando.

« Invece dovresti », le risponde lui.

« Scusa? Che hai detto? Non ti ho sentito. »

Oddio. Ho il cuore in gola, adesso c'è solo da aspettare che esploda. Tre, due, uno...

Il piatto manca la testa di Kate di pochi millimetri. Il papà si alza e la prende per i capelli.

« Lasciala, Dennis. È solo una bambina », grida mia madre.

« È una stronza, ecco cos'è. Una saputella insolente. Alzati e vieni in cucina. Adesso », le intima il papà sfilandosi la cintura.

« Bravo, ma che grande uomo. Fammi vedere che sai fare. Dopo avermi picchiato forse ti sentirai meglio. Sei solo un fallito! »

« Kate, smettila. Non rispondergli. Avanti, Dennis, lasciala stare. Non voleva dire quelle cose. »

Ma il papà non la ascolta nemmeno. Ha già portato Kate in cucina e io e la mamma possiamo solo stare qui sedute a sentire lei che urla.

Mi giro sul fianco e guardo il cielo che diventa scuro. Presto sarà notte e il pensiero che stia per arrivare domani mi spaventa. Un altro giorno senza bere. Un altro giorno senza Kate.

Mentre sto qui sdraiata con le ginocchia strette al petto, torno a pensare a quella sera. Il papà è uscito dalla cucina, ma Kate non c'è. Io e la mamma però abbiamo troppa paura per chiedergli dove sia. La mamma mi porta a letto e il papà rimane di sotto a guardare la televisione a tutto volume. Una volta in camera mia, tendo l'orecchio per sentire se sale Kate, ma niente. C'è solo il rumore della TV. Forse se n'è andata? Si è stufata ed è scappata via? O forse lui le ha fatto qualcosa... No, non ci voglio pensare. Kate sta bene. Passa un'ora o forse più e sento i passi del papà sulle scale. Solo i suoi, però. Mi faccio coraggio e quando sento che è arrivato sul pianerottolo lo chiamo e gli chiedo dov'è Kate.

« Adesso dormi, tesoro. Non ti preoccupare per tua sorella. È tutto a posto », mi dice restando sulla porta. È sempre più gentile dopo una sfuriata.

Mi metto a sedere. Devo fare qualcosa. Magari mi ascolta, se glielo chiedo gentilmente. «Perché le picchi, papino?»

Dapprima rimane dov'è, in silenzio, poi entra e chiude la porta. «Non capiresti, tesoro. Adesso mettiti a dormire.»

«Ti prego, papà. Non le picchiare più. Sei cattivo.»

Lui allora fa un sospiro e si siede sul letto accanto a me. «Non sono cattivo, Sally. Ho solo il cuore spezzato. Ci sono cose che un uomo non può sopportare. La vuoi sapere una bella cosa su tua sorella, eh? Vuoi che ti dica un segreto?»

Sento ancora le parole che mi ha sussurrato all'orecchio, facendomi venire i brividi lungo la schiena. Sento ancora il suo alito che sa di whisky mentre mi rivela un segreto che ho mantenuto per più di vent'anni.

Non volevo credergli, ma allo stesso tempo sapevo che doveva per forza essere vero. Altrimenti perché la mamma avrebbe dovuto proteggerla?

«Dov'è? È scappata?» gli ho chiesto quando lui si è alzato per andarsene.

Lui mi ha indicato la finestra.

Allora io mi sono alzata e ho scostato le tende. Era fuori, in giardino. Rannicchiata in un'aiuola avvolta in una specie di sacco. «Dobbiamo farla entrare. Morirà congelata! Ti prego, papà.»

«È cattiva, Sally. Si merita una lezione. Un paio d'ore là fuori non l'ammazzeranno.» Poi si è chiuso la porta alle spalle e se n'è andato, lasciandomi alla finestra.

È stato allora che lei si è mossa e ha guardato su. «Sally!» ha urlato, pregandomi di aiutarla.

E io avrei voluto più di ogni altra cosa scendere di sotto e aprirle la porta, ma le parole di mio padre continuavano a risuonarmi nelle orecchie: *È pericolosa, Sally. È cattiva.*

E, mentre Kate continuava ad agitare le braccia in aria pregandomi di farla entrare, all'improvviso l'ho vista con occhi diversi: un mostro feroce, un essere spaventoso e incontrollabile. E, per la prima volta in vita mia, ho avuto paura di lei. Il papà ha ragione, ho pensato richiudendo la tenda: si merita una lezione.

Credevo davvero che l'avesse imparata. Ma poi solo qualche settimana dopo ha fatto una cosa che mi ha convinto del contrario. Era venuta una mia compagna di scuola a giocare da me. Jenny Richards. Kate era uscita e Jenny mi aveva chiesto se potevamo dare un'occhiata alla sua stanza. Ce l'avevo portata e alla fine ci eravamo messe a giocare a fare le modelle coi suoi vestiti. Ci volevamo solo divertire un po'. Ma Kate è tornata prima del previsto e ci ha sorpreso in camera sua. Si è infuriata. Non l'avevo mai vista così arrabbiata. Dopo averci trascinato fuori dalla stanza, mi ha appeso al muro. « Non ti azzardare più a toccare le mie cose », mi ha detto, tenendomi una mano sulla gola. « Hai capito? Non ci provare mai più. Stammi alla larga. »

Sembrava avessi fatto chissà cosa. Pareva volesse ammazzarmi. È stato terrificante.

Quando io e Jenny siamo tornate di sotto, la mamma ci ha chiesto cosa fosse successo, ma eravamo tutte e due troppo scosse per rispondere. Quando, un paio di ore più tardi, pure Kate è venuta di sotto a prendere una tazza di tè, né io né Jenny riuscivamo a guardarla in faccia. Da quel momento in poi ho fatto quello che mi aveva chiesto: starle alla larga. Però qualcosa è cambiato in me quel giorno. Mi sono indurita, sono diventata diffidente. Nessuno mi avrebbe più ferito così.

31

Sono in giardino e aspetto che sorga il sole. Saranno le cinque, adesso. Gli incubi mi hanno tormentato tutta la notte. Ogni volta che chiudevo gli occhi vedevo Kate in quell'aiuola che mi guardava con occhi spenti. Un paio d'ore fa mi sono svegliata urlando. Paul è corso di sopra a vedere cos'era successo. Mi ha fatto una cioccolata calda, dicendomi che era tutto a posto. Ma non è vero. Alla fine ci ho rinunciato, mi sono alzata e sono venuta qui fuori.

Sono rannicchiata su una sedia di plastica. L'erba è bagnata di rugiada e ho i piedi umidi. Avrei dovuto mettere le scarpe, ma le ciabatte erano più vicine. Metto giù i piedi e sento qualcosa che mi sfiora la gamba. Trattengo un grido. Poi guardo giù e mi accorgo che si tratta di un piccolo gabbiano spennacchiato.

« E tu che vuoi? » gli dico mentre quello mi sta tra i piedi. Sembra un gatto in cerca di carezze. « Ti sei perso? »

Tiro fuori il cellulare dalla tasca della vestaglia e gli punto contro la torcia. Ha gli occhi semichiusi e un'ala spezzata. Sotto si vede la carne viva. Starà soffrendo moltissimo, ma non saprei che fare. Non mi sono mai presa cura di un uccello ferito. Mi guarda implorante, come un bimbo che cerchi di farsi consolare dalla mamma. Quello sguardo m'impressiona, lo scaccio via. « Sciò, cosetto spennacchiato. Non ti posso aiutare. »

Quello allora agita flebilmente l'aletta spezzata e se ne va.

Mentre lo guardo sparire nell'oscurità, mi ritrovo a pensare ad Hannah. Quand'era piccola era fissata che voleva fare la veterinaria e mi portava in continuazione uccelli e topi mezzi morti che aveva salvato dalle grinfie del gatto dei vicini. Cercavo di spiegarle che sarebbe stato meglio lasciarli morire invece di prolungare la loro agonia, ma lei non ne voleva sapere e si metteva a vegliare su di loro, avvolgendoli nell'ovatta. Quando poi accadeva l'inevitabile, prendevamo i loro corpicini e li seppellivamo in fondo al giardino della mamma. Hannah piangeva e mia madre le diceva che Dio aveva voluto richiamarli a sé. Dopo il funerale, facevamo un piccolo rinfresco, con torta e limonata, anche se sapevamo che ben presto sarebbero arrivati nuovi feriti. Sarebbe diventata una bravissima veterinaria se non avesse lasciato la scuola. Dio, quanto mi manca.

Sento un dolore sordo pervadermi il corpo. Vivo con questo dolore da quando se n'è andata. È un vuoto che ho riempito con l'alcol ma, adesso che non ho il vino che mi scorre nelle vene, il dolore è tutto quello che mi resta. Al funerale del papà, il prete ha detto che, quando perdiamo una persona che amiamo, una parte di noi muore con lei. Non ho capito cosa intendesse finché non se n'è andata Hannah. Solo allora quelle sue parole hanno acquistato un senso. Senza di lei non sono più una madre, sono a malapena una moglie. La Sally di prima è morta ed è stata rimpiazzata dalla persona che sono ora. Forse sembro e parlo come prima, ma dentro di me c'è una voragine. Forse sarebbe meglio morire.

Sarebbe così facile mollare, dire basta. Penso ai tanti modi in cui potrei farlo: una paio di bottiglie di champagne e una bella manciata di pillole; una pistola dorata come in un film di James Bond. Entrambe le cose però sarebbero troppo sofisticate per me. Meglio un bel bagno caldo e una lametta affilata. Guardo le vene azzurre che mi attraversano i polsi e immagino come sarebbe reciderle con una lama.

Rabbrividisco e alzo gli occhi al cielo. È ancora una coltre scura e opprimente e io prego che arrivi presto la luce a spazzar via questi pensieri. Mi alzo, non ce la faccio più: devo bere. Scaccio un porcellino di terra che mi è finito in grembo. Sento le gambe pesantissime e so benissimo che se adesso bevo peggiorerò solo le cose, ma devo. Solo così posso sopportare questo dolore.

Entro in punta di piedi e prendo la bottiglia dal mio nuovo nascondiglio, un vecchio borsone che ho infilato sotto la poltrona. Paul detesta venire qua dentro, per cui non c'è pericolo che lo trovi. Sono riuscita a sgattaiolare fuori quando lui è andato a letto ieri sera. Sono andata al negozio aperto tutta la notte e ho comprato un paio di bottiglie. Dormiva ancora quando sono rientrata, per fortuna.

Quando esco di nuovo in giardino, il sole comincia a sorgere all'orizzonte. Sono stanca morta, ma so benissimo cosa succederebbe se andassi a letto. *Lei* tornerebbe a guardarmi con quei suoi occhi spenti. Preferisco non rischiare, e allora resto seduta qua fuori a bere.

Sto scolando l'ultimo goccio di vino dalla bottiglia quando lo vedo: un piccolo mucchietto bianco sull'erba. Lo guardo meglio e capisco cos'è.

« Oh, no », sospiro. Mi alzo e mi avvicino. « Ti prego, no. Mi ci mancava solo questo. »

Il gabbiano non si muove. Sarà morto, penso. Ha gli occhi vitrei e il becco semiaperto. Ma, non appena mi accovaccio, emette un verso tremendo. È un lamento. Sta esalando il suo ultimo respiro. È terribile.

Le parole di Hannah mi risuonano nella testa: *Mamma, dobbiamo aiutarlo.*

Ma ormai non c'è più niente da fare, penso mentre lo scavalco e mi dirigo in cucina. Lo sento persino da lì. È un verso strappacuore, il pianto di un bambino che chiama la mamma. Devo fare qualcosa. Potrebbe andare avanti così per ore.

Apro un pensile e prendo l'oggetto più pesante che trovo: un mattarello. Mio padre lo utilizzava per minacciare Kate e la mamma. Ricordo le parole di Kate in un articolo scritto tanti anni dopo: *Con un'arma in mano, diventiamo tutti guerrieri.* « Dammi la forza, Kate », mormoro tornando in giardino.

L'uccello non si muove, allora prego che sia morto, perché almeno non sarò costretta a farlo. Ma, non appena mi abbasso per controllare, fa uno scatto e ricomincia a lamentarsi. Un verso che sembra venire da sotto terra, da un luogo oscuro e profondo. Mi fa venire i brividi. Sembra proprio il verso di un bambino.

« Non guardarlo », mi dico, sollevando il mattarello sopra la testa. Voglio chiudere gli occhi ma so che non posso: se manco il punto giusto, gli causerò ancora più sofferenza. No, devo riuscirci con un colpo solo. Quando mi decido, mi tremano le mani e manco la testa. L'uccello si dimena, poi si alza e barcolla via. Io lo rincorro, sferrando colpo dopo colpo. Ora ci sono penne e sangue ovunque. A ogni colpo l'uccello grida. Vorrei tapparmi le orecchie ma non posso. Le sue grida mi fanno tremare quando finalmente riesco a beccarlo in testa. Resta immobile, ai miei piedi.

Rimango lì impalata per qualche secondo, col mattarello ancora sollevato in aria. Guardo i resti dell'uccello. I suoi occhi ora sono scuri e spenti. Non li voglio più vedere. Voglio solo che questa storia finisca.

Lo raccolgo, gli ossicini dell'ala spezzata mi graffiano le mani. Vado verso l'aiuola e comincio a scavare. Si merita una sepoltura, mi dico mentre il terreno diventa umido sotto le dita. Hannah vorrebbe così. Continuo a scavare, in mezzo a radici e insetti. Poi trovo qualcosa.

Guardo meglio e vedo che è un oggetto d'oro. Lo pulisco e mi metto a sedere, stringendolo in mano. È una fitta al cuore ricordare il momento in cui ho scelto questo orologio per regalarlo ad Hannah nel giorno del suo sedicesimo compleanno. Me lo giro tra le mani e leggo l'incisione sul cinturino.

ALLA NOSTRA BELLISSIMA HANNAH,
PER IL SUO SEDICESIMO COMPLEANNO.
TI VOGLIAMO BENE,
MAMMA E PAUL

Com'è finito qui? Lo ha gettato via per farmi un dispetto? Ma, mentre continuo ad accarezzare il vetro rotto del quadrante, sento la sua voce: *Lasciami andare, mamma. Mi stai facendo male.*

Se ne voleva andare. Io ero arrabbiata. Avevo scoperto le ricerche che stava facendo su Internet. Voleva rimettersi in contatto col padre, quello stronzo che mi aveva messo incinta quando avevamo quattordici anni. Le avevo detto che a lui di lei non interessava niente, che i suoi genitori avevano deciso di trasferirsi altrove quando avevano scoperto che aspettavo un bambino. Doveva lasciarlo in pace. Le avevo detto che in sedici anni non si era fatto vivo una sola volta. Le avevo detto che suo padre era Paul, che non sarebbe servito a niente rivangare il passato. Ma lei non aveva voluto ascoltarmi.

Lasciami andare, mamma.

Finora, di quella sera, della sera in cui se n'è andata, ricordavo solo le sue parole. Ma adesso mi torna in mente altro.

Lei è sulla porta. Mi dice che sono ubriaca. Io la prendo per i polsi e la tiro in casa.

« Lasciami andare, mamma. »

Continuo a tirarla, le dico che non se ne può andare, che non mi può lasciare. Che lei è tutto quello che ho. Poi però ricordo un colpo. Una porta sbattuta? Io che cado a terra? Ho il suo orologio in mano. Ho il suo orologio ma lei se n'è andata. Che cosa è successo? Non ricordo. E non so se voglio ricordare.

Guardo il cinturino arrugginito e il vetro del quadrante rotto. Paul non deve scoprirlo. Già trova strano che io non ricordi niente della sera in cui Hannah se n'è andata. E poi sa bene che i rapporti tra noi due erano tesi. Se vede l'orologio, capirà dalla mia faccia che è successo qualcosa. E allora sarò costretta a dirglielo. Non sono capace di dire le bugie. E, se scopre che quella sera io e Hannah avevamo litigato, darà tutta la colpa a me. E io non potrei sopportarlo. Devo liberarmi di questo orologio.

Lo infilo nella buca che ho scavato e sopra ci metto l'uccello, con le ali ripiegate sul corpo. Poi li ricopro di terra fino a che non si vede più niente, solo un'anonima zolla senza erba. Nessuno se ne accorgerà, mi dico mentre rientro in casa e vado a prendere un'altra bottiglia di vino. Nessuno lo scoprirà.

« Che hai fatto? »

La sua voce sembra lontanissima, ma lo sento che mi prende e mi tira in piedi. Cerco di aprire gli occhi ma non ci riesco. Ho troppo sonno.

« Ma cos'hai addosso? Sangue? Che diavolo... Che ti sei fatta? » Mi posa una mano sulla schiena e mi accompagna fuori dalla stanza.

Sento dell'acqua che scorre e poi mi bagna.

Paul mi strofina la pelle. « Ecco, si è tolto. Come hai fatto a combinarti così? Possibile che non ti posso lasciare un attimo da sola? »

Poi l'acqua smette di scorrere e io apro gli occhi. Ma la luce li ferisce. Sento le sue braccia intorno alla vita e un calore improvviso che m'invade il corpo.

Il letto è morbido e io ci cado come un sasso. Lo sento dietro di me. Respira affannato, le sue mani sono sui miei seni. Si muove, mi si struscia contro come faceva un tempo. È meraviglioso essere di nuovo così vicini. Inarco la schiena per farlo entrare in me. « Sally », geme. E, mentre cominciamo a fare l'amore, i miei occhi si riempiono di lacrime. Mi è mancato da morire.

32

Quando mi sveglio Paul non c'è, ma sul letto c'è ancora l'impronta del suo corpo.

Perché mi fanno male le mani? Le guardo: ho dei graffi sui palmi e terra sotto le unghie.

Mi assale il panico. Cos'è successo stanotte?

M'infilo i jeans e il maglione e corro di sotto. Lo chiamo ma non risponde.

« Paul! »

Corro in cucina. Niente. C'è la sua tazza nel lavandino. Mi appoggio al bancone e cerco di pensare. Sono molto confusa e tutto quello che riesco a ricordare sono immagini scollegate che non c'entrano niente l'una con l'altra: Paul sul letto accanto a me, io che scavo per terra. Perché scavavo?

Poi, all'improvviso, ricordo. Il cuore mi batte talmente forte che sembra voglia uscirmi dal petto. Dal terreno sbucano delle ossa e qualcosa d'oro. Ho capito cos'è, però non ci voglio pensare. Batto le palpebre per scacciare quell'immagine, ma non se ne va, come una macchia che continua ad allargarsi. Piano piano, riaffiorano frammenti di memoria. Sento qualcosa che si spacca e poi un lamento. Hannah. *Lasciami andare, mamma.*

Sto forse impazzendo?

Ho bisogno di Paul.

Corro in tutte le stanze e lo chiamo, ma non risponde.

Ho bisogno di lui, deve portarmi via di qui, salvarmi e portarmi lontano. Lui pensa che io stia impazzendo, però non può abbandonarmi. Non glielo permetterò. Mi farò perdonare. Possiamo riprovarci; prenotare una bella vacanza in Spagna o da qualche altra parte, solo io e lui. Ci lasciamo tutto alle spalle per un po' di pace e tranquillità. Sarà bellissimo. Il solo pensarci mi calma. Ecco, visto? Se mi concentro sulle cose belle andrà tutto bene.

Torno in cucina e riempio il bollitore. Ecco Paul. Lo vedo, è in giardino. Guarda un'aiuola. Un sollievo improvviso mi pervade il corpo, ma poi mi ricordo dell'orologio d'oro e corro da lui. « Paul, vieni dentro. »

Lui mi guarda e poi torna a guardare l'aiuola. Chissà cosa sta pensando.

« Paul, dai. »

Viene verso di me. « Che succede, Sally? » Mi sembra strano. È arrabbiato?

Guardo alle sue spalle, ma mi sembra tutto a posto. La buca è coperta. « Ho trovato un uccello, stanotte. Un gabbiano. Aveva l'ala spezzata e ho messo fine alle sue sofferenze. L'ho sotterrato lì. »

« Immaginavo fosse successa una cosa del genere. Ho trovato il mattarello a terra. È tutto sporco di sangue e ha delle schegge di ossa sopra. »

Mi copro il viso con le mani. « Oh, no. Ti prego, non dirmelo. Non riesco a credere di averlo fatto: ma si lamentava tanto per quell'ala spezzata e ho creduto fosse la cosa migliore da fare. »

« Dai, tesoro. Non ti agitare, adesso. Rientriamo, andiamo a sederci. »

Lo seguo in casa, come in trance. Cerco di non pensare ad Hannah e alle sue bestiole ferite. A tutte quelle ossa rotte.

« Vai in salotto, metto su qualcosa di caldo. » Paul prende due tazze. « Preferisci tè o caffè? »

Veramente vorrei un bicchiere di vino, ma non posso rivelargli la mia scorta segreta. « Un tè, grazie. Bello forte. »

Entro in salotto e accendo la luce. Sul tavolino c'è una pila di documenti. Cose di lavoro di Paul. Mi sento in colpa che abbia dovuto perdere un altro giorno per causa mia.

« Eccoci », dice Paul, venendo in salotto con due tazze di tè.

« Grazie. »

Lui posa il mio tè sul tavolo e si siede a sorseggiare il suo, io invece aspetto che si raffreddi un po'. Non parliamo, e questo silenzio mi rende nervosa. L'uccello è tornato. Vola per la stanza e mi fa girare la testa. Mi fissa con quei suoi occhi spenti mentre gira in tondo, finché non ce la faccio più. Mi alzo e prendo il telecomando dalla mensola. Accendo la televisione.

« Sally, devi proprio? »

Ignoro le sue proteste e mi rimetto a sedere sulla poltrona. La televisione ha sempre avuto un effetto rilassante: mi calma i nervi quando sono tesi come corde di violino. Quand'ero bambina riuscivo a ignorare le urla e i litigi dei miei stando davanti alla TV. Nei miei programmi preferiti, le città erano piene di verde e di sole, tutti erano felici e allegri e nessuno litigava. Se mi coprivo le orecchie con le mani, potevo far finta di essere lì. Per quanto potessi essere spaventata, sapevo che fra le tre e le cinque di pomeriggio – l'orario in cui alla televisione passavano i programmi per bambini – nessuno poteva farmi male.

Alzo il volume quando comincia il telegiornale regionale.

« Sally? »

Indico l'uomo sullo schermo. « Diamine, questo fa il presentatore del telegiornale da quand'ero ragazzina io. Avrà cent'anni. Ancora non l'hanno mandato in pensione? »

« Almeno potresti abbassare il volume? È troppo alto », mi chiede Paul, cercando di togliermi il telecomando, ma io me lo stringo al petto.

« No, voglio sentire bene. Parlano di Kate. »

Il presentatore sta dicendo che è cresciuta a Herne Bay e che è andata a scuola qui.

« Sai quanto sarebbe felice Kate di sentirlo? Detestava quella scuola. »

« Al momento, Kate Rafter è dispersa, presumibilmente morta. »

« Hai visto? Lo dice anche lui: è dispersa. Te l'ho detto. Ci sono ancora speranze. »

« Sally, ha detto pure che è presumibilmente morta. Non... »

« Sstt! » Sullo schermo è comparso il luogo in cui è successo: un campo pieno di tende e di cadaveri. « Santo cielo, guarda là. »

« Sally, spegni. Guardare queste cose non ti aiuterà. »

Il presentatore torna sullo schermo. Con voce seria e contrita, dice che gli amici e i colleghi di Kate hanno organizzato una veglia in una chiesa di Londra. Alla St Bride's di Fleet Street. Poi sorride e passa la linea a Christine per le previsioni del tempo.

Mi alzo di scatto. « Devo andare. »

« Dove? » Paul prende il telecomando e spegne la televisione mentre Christine ci avvisa che sono in arrivo forti raffiche di vento. « Sally, respira. Se non ti calmi, ti verrà un attacco di panico. »

Mi tasto le tasche, anche se non ho idea di cosa stia cercando. Le chiavi della macchina. Ce le avevo sempre in tasca. Un'altra cosa che ho perso.

«Smettila. Su, tesoro, vieni a sederti. Vado a prepararti un'altra tazza di tè.»

Io scappo in corridoio a mettermi le scarpe. «Non voglio un'altra tazza di tè. Devo andare a Londra. Ci sarà una veglia, hai sentito? Devo vedere a che ora c'è il treno; ce ne saranno diversi, no?»

«Sally! Santo cielo, smettila!» Mi tiene per le braccia. «Devi calmarti o ti sentirai male. Non andrai a Londra, d'accordo? Devi riposare, metabolizzare il lutto. È stato uno shock enorme e non hai dormito quasi per niente. Per la miseria, hai passato quasi tutta la notte a scavare buche in giardino.»

«Ma lui ha detto...»

«Senti, stai tranquilla. La veglia è tra un paio di giorni. Se mi prometti di riposare e mangiare come si deve, ti ci porto io. Adesso però andiamo a letto. Devi stenderti un po'.»

Quando mi sdraio e chiudo gli occhi, tutto quello che vedo è l'uccello. Mi avvicina il becco all'orecchio e mi parla con la voce di Hannah.

Lasciami andare, mamma.

33

Sento odore di toast bruciacchiati e mi brontola lo stomaco. Mi rigiro nel letto. Le luci della strada filtrano dalle tende bianche e vedo l'ombra di un uccello che apre e chiude il becco.

Lasciami andare, mamma.

Mi tiro le coperte sopra la testa, sperando di riuscire a riaddormentarmi. Ma poi si apre la porta.

« Ciao, tesoro. Avevi proprio bisogno di farti una bella dormita. È quasi sera. » Mi tocca una spalla con la mano, ma io resto rannicchiata nel mio bozzolo. « Sally. Svegliati, tesoro. Ti ho portato qualcosa da mangiare. »

« Non voglio niente », borbotto. Voglio solo pensare, capire cosa devo fare. Come riuscire a riportare Kate da me.

« Senti, devi mangiare se non vuoi ammalarti. È solo un toast. Non hai neanche pranzato. Avanti, Sally. »

Riemergo dalle coperte e lo guardo male. « E va bene, allora. Lascialo là sopra. »

Lui lo posa sul comò e mi guarda preoccupato. « Sono di sotto, se hai bisogno di me. Sto preparando una bella cenetta », dice, prima di uscire.

Sono contenta che se ne sia andato. Un tempo tutte le sue attenzioni erano una benedizione, ma adesso mi sembrano più una camicia di forza. Lo so che dovrei essere più gentile con lui. Mi ha salvato. Ha salvato me e mia figlia.

Mi metto a sedere e apro il cassetto del comodino. Sotto una serie di documenti della banca, c'è un album di foto con le decorazioni d'argento.

L'album del nostro matrimonio.

Ci penso un attimo e poi lo apro. La prima è una foto in bianco e nero in cui ci siamo tutti e tre. Paul sta benissimo col suo abito blu e con la cravatta rosa a pois che gli aveva regalato Hannah per l'occasione. Io ho un calice di champagne in mano e sono abbastanza carina, a parte il fatto che quel tailleur pantalone color avorio mi fa sembrare grassa. Hannah è in mezzo a noi con un vestitino da damigella color pistacchio. Lo aveva scelto lei stessa un paio di settimane prima, in un negozietto vintage e Whitstable. Guarda tutta sorridente l'obiettivo e mi assalgono i sensi di colpa. Era così felice di avere finalmente un papà. E non uno qualsiasi, ma un papà affettuoso e attento che la aiutava coi compiti e la portava a nuotare. Mentre guardo la foto, mi accorgo che è a Paul che è abbracciata, non a me. Io me ne sto lì col mio bicchiere in mano, persa nel mio mondo.

Paul è stato la mia ancora di salvezza. Ci ha portato via da quella casa, da mia madre e dalle sue critiche senza fine. Ci ha regalato una nuova esistenza, fatta di vacanze, pranzetti e barbecue della domenica. Sembrava tutto perfetto. Poi però qualcosa è andato storto.

Chiudo l'album e lo ripongo nel cassetto. Ma, quando mi rimetto giù e chiudo gli occhi, vedo Hannah che mi guarda arrabbiata. *Ti odio. Non hai idea di cosa significhi vivere con un'alcolista. Con un'ubriacona.*

E io vorrei prenderla, farla sedere e dirle che lo so eccome, invece. Che mio padre era un alcolista e che aveva reso la mia infanzia un campo di battaglia da cui nessuno era uscito illeso.

Sembrava una cosa da niente, all'inizio. La distanza tra me e Hannah. Ma poi piano piano si era estesa come un cancro e aveva distrutto il nostro rapporto. Cerco di ricordare dove e quand'è cominciata. Forse il giorno del suo quattordicesimo compleanno, quando ha preferito uscire coi suoi amici invece di festeggiare da Alfredo con me e Paul? Lo so che sembra una stupidaggine, ma andare da Alfredo ormai era una tradizione di famiglia. Era un ristorante italiano di Whitstable dove andavamo da anni per il suo compleanno. Mi ha fatto male quando mi ha detto che ormai era troppo grande per quel genere di cose. Mi ha proprio ferito. Paul non riusciva a capire perché me la fossi presa tanto, per lui era una cosa naturalissima: Hannah stava crescendo e cercava di affermare la sua indipendenza. E così ho passato la sera del suo compleanno davanti alla televisione con Paul, a pensare alla torta di compleanno che la aspettava in cucina. Quando però era tornata a casa, lei aveva detto di essere troppo stanca per spegnere le candeline e che comunque quella era una cosa da bambini.

E così la frattura tra noi si è allargata sempre più. Hannah usciva con gli amici quasi tutte le sere. Paul aveva messo su una compagnia di trasporti e lavorava sempre fino a tardi per farla partire bene. Per cui io passavo le serate davanti alla TV, sola coi miei ricordi. Erano finiti i barbecue, finite le risate. Mi era rimasta una grande casa vuota. All'inizio, il vino mi aiutava a riempire quel vuoto, mi consolava e mi evitava di pensare al passato. Quando mi sono accorta di esserne diventata dipendente, era già troppo tardi.

Avrei dovuto prendere il licenziamento come un campanello d'allarme, invece l'ho visto come un'opportunità per starmene chiusa in casa a bere. Io e Paul ormai eravamo due sconosciuti che s'incrociano per le scale. Non c'era più intimità tra noi. Trovavo il conforto e l'amore che mi servivano solo in fondo al bicchiere. Quando Hannah tornava da scuola, cercavo di fingermi sobria, le facevo le feste e le preparavo la cena, ma lei non era stupida e finivamo sempre a litigare per delle cavolate. Piano piano aveva smesso di cenare con me. Scendeva in cucina più tardi, quando io già dormivo.

Dopo che se n'è andata, ho cominciato a pensare a quel periodo, a chiedermi se mi ero persa qualcosa. Perché all'improvviso era diventata strana. Paul diceva che era colpa degli ormoni, eppure io sospettavo che facesse uso di droghe. Era diventata riservata e silenziosa. Non usciva più con gli amici e stava sempre chiusa in camera. Solo adesso mi rendo conto che forse non era colpa delle droghe: forse il problema ero io.

Qualche mese dopo l'ho sorpresa a cercare suo padre su Internet. Si chiamava Frankie Echevarrea. Kate lo prendeva in giro e diceva che la faceva pensare alla diarrea, e io ridevo. Ma il fatto che avesse un nome così particolare lo aveva reso facile da trovare. Hannah aveva scoperto che faceva l'insegnante a Brighton. Aveva una famiglia, si era sistemato.

Non volevo che finisse per soffrire, per cui avevo cercato di scoraggiarla: « Lascia perdere, Hannah. Lui non vuole essere contattato ».

« Ma è mio padre. Ho bisogno di lui », mi aveva risposto Hannah urlando.

« Non hai bisogno di lui. Hai me e Paul. »

« Io non voglio te. Voglio un genitore serio. »

Il suo sguardo di sfida mi aveva fatto scattare qualcosa.

Solo ora ricordo che cosa le ho detto: « A quello non gliene frega niente di me e sicuramente neanche di te.

Voleva che abortissi. E io gli ho detto che non avrei mai fatto una cosa del genere. Che me la sarei vista da sola, che avrei pagato io le conseguenze del nostro errore».

Perché le avevo detto quelle cose? Me ne son pentita subito, ma ormai era troppo tardi.

« Errore? È questo che sono? Un errore. Sei proprio inqualificabile. » La sua voce era talmente carica d'odio da lasciarmi senza fiato.

Mi giro su un fianco e guardo fuori dalla finestra. Da sotto arriva profumo di aglio. Paul sta preparando un'altra cena che io non mangerò. Resteremo in silenzio davanti alla televisione e poi io tornerò quassù, cercherò di dormire e ricomincerà tutto daccapo. Un altro giorno inutile. All'improvviso vedo il corpo di Kate abbandonato in un obitorio chissà dove. Devo affrontare la realtà. Mia sorella non è dispersa, è morta e si merita un funerale. Mi alzo di scatto. Ho deluso mia figlia, non farò lo stesso con mia sorella. Farò in modo che abbia il funerale e la sepoltura che si merita. M'infilo la vestaglia e vado in bagno, con le idee un po' più chiare.

È arrivato il momento di riportarla a casa.

34

Paul resta sconvolto quando entro in cucina. Mi sono lavata i capelli, messa dei vestiti puliti e odoro di lavanda invece che di alcol e sudore.

Mi dà un bacio sulla guancia. « Ciao, tesoro. Sono felice che sei scesa. Ho fatto le lasagne. Ne vuoi un po'? »

Mi metto a sedere. « Un pezzettino. »

Prende i piatti e le forchette. « Scommetto che ti senti meglio dopo un bel bagno. »

« Mi sento pulita, non meglio. » Sono qui da due minuti e già inizia a farmi innervosire.

« È un buon inizio. Ti porto da bere? » mi chiede, dopo avermi messo davanti un piatto di lasagne.

Alzo subito la testa, ma mi accorgo che in realtà mi sta offrendo solo dell'acqua frizzante, non uno Chardonnay. Annuisco e lui mi riempie il bicchiere.

« Volevo parlare del corpo di Kate. Cosa dobbiamo fare per farcelo restituire? » gli dico quando si siede a tavola di fronte a me.

« Non lo so bene. Di solito il processo di rimpatrio è abbastanza lungo, potrebbero volerci settimane. Sempre che trovino il corpo, ovviamente. »

« Che vuoi dire? Che c'è ancora la possibilità che sia viva? »

Mi mette una mano sul braccio. Lo fa sempre quando alzo un po' la voce. « Sally. Kate non è viva. »

« Tu che ne sai? » urlo, allontanando quella mano. « Potrebbe essere lì da qualche parte, ferita. Magari ha bisogno di aiuto e noi ce ne stiamo qui seduti a mangiare queste cazzo di lasagne. »

« Non ci sono superstiti. La bomba li ha colpiti in pieno. Quando dicono 'dispersa'... be', ascolta, non voglio scendere nei particolari, perché immagino che non ti farebbe piacere sentire certe cose. »

« Non vuoi scendere nei particolari? Non sono una cazzo di bambina, Paul. Ovvio che voglio sapere cos'è successo a mia sorella. Smettila d'indorarmi la pillola e dimmelo. »

Paul mette giù la forchetta e sospira. « Sicura di volerlo sapere? »

« Sì. »

« Hanno detto che l'esplosione è stata talmente potente che molti corpi sono stati... dilaniati. »

« Che vuoi dire? »

« Voglio dire che forse potrebbe non esserci un corpo da riportare a casa. »

Le sue parole sono come pallottole che mi bucano la carne. Mia sorella. La mia bellissima, coraggiosa sorella. Cerco d'immaginarmi i suoi ultimi istanti di vita e spero che sia morta in fretta, senza soffrire. « Quindi non possiamo farle il funerale? Vuol dire che dovremo lasciarla laggiù? »

Paul mi accarezza di nuovo il braccio. « Avrai comunque i ricordi. Lei resterà sempre qui dentro », dice, toccandosi le tempie e facendo un sorriso.

Dio, glielo strapperei dalla faccia quel sorriso da idiota. « Ma che ne sai, tu, imbecille! Che ne sai! » gli urlo. Poi mi alzo e scappo di sopra.

Sono di nuovo sul letto, al buio. Penso a Kate e al suo corpo dilaniato quando lui entra e accende la luce.

Si mette a sedere. « La sai una cosa, Sally? Questa situazione comincia a stancarmi. »

« Vattene via. »

Mi prende per un polso. Lo stringe talmente forte da farmi male. « No che non me ne vado. Non puoi mica trattarmi come un cagnolino che chiami e scacci come vuoi. »

« Paul, lasciami. Mi stai facendo male », dico, liberando il polso. Lo guardo. Non l'ho mai visto così arrabbiato.

« Senti, lo so che soffri. Ma sono stufo di doverti accudire sempre. Volevo una moglie, non una paziente. »

« Ho appena perso mia sorella », gli dico, nascondendo il viso tra le mani.

« Sì. Tua sorella. La sorella che hai tagliato fuori dalla tua vita perché diceva cose che tu non volevi sentire. È questo che fai con tutti. Se non ti piace quello che hanno da dire, allora li allontani. »

« Non è vero. »

Perché deve sempre difendere Kate? Anni fa gli ho raccontato quello che ha fatto, e nonostante tutto lui ha continuato a giustificarla. Sarà stato un incidente, mi ha risposto. Poi mi sono sentita in colpa di averglielo raccontato, ma non ho potuto fare altrimenti. Ero stufa che ne parlasse sempre come fosse una specie di santa. Alla fine, però, non ha fatto nessuna differenza.

« Sì che è vero. Io e Kate abbiamo legato quand'è tornata a Herne Bay. Era devastata, distrutta per via della morte di un bambino siriano. Ma tu non ne sai niente, no? Perché, come mi hai detto quando ci siamo conosciuti, tu non ne potevi più di sentir parlare di Kate e del suo bellissimo lavoro. L'invidia ti consumava. »

Nascondo la testa nel cuscino, ma lui mi costringe a rialzarla.

«Non ignorarmi. Sono anni che lo fai, che m'ignori e mi tratti come un tappetino. Adesso però basta, adesso devi starmi a sentire. Per una volta nella vita, dovrai affrontare le cose invece di scappare.»

Mi metto a sedere e lo guardo.

«Kate mi ha raccontato delle cose. Tipo di come vostro padre la picchiava quand'eravate ragazzine. Nessun bambino dovrebbe essere costretto a subire una violenza del genere.»

Al solo sentir nominare mio padre, mi vengono i brividi. Il suo ricordo riempie la stanza.

È pericolosa, Sally...

Mi copro le orecchie con le mani, ma Paul mi costringe a toglierle.

«No, cara. Stavolta non ti permetterò di prendere la strada più facile come fai sempre. Kate era molto preoccupata per te, ha cercato di aiutarti, anche se aveva i suoi problemi cui pensare.»

Scuoto la testa. Ho gli occhi gonfi di lacrime. Li asciugo col dorso della mano.

«Stava molto male. Quello che era successo in Siria l'aveva segnata profondamente. Aveva incubi, sentiva le voci e aveva le allucinazioni.»

«Che vuol dire che aveva le allucinazioni?»

«Diceva di aver visto un bambino nel giardino dei vicini. Ma i vicini non hanno figli. E infatti poi ho trovato dei sonniferi nella sua borsa, un mucchio di sonniferi e parecchio pesanti. Li prendeva tutte le sere. E beveva. Parecchio.»

«Perché me lo dici solo ora?»

«Perché non volevo farti preoccupare.»

«Non volevi farmi preoccupare? Era mia sorella, cazzo!»

«D'accordo, allora non giriamoci tanto intorno: eri sempre ubriaca fradicia, che aiuto avresti potuto darle? Kate stava andando fuori di testa, e me ne sono dovuto occupare io, mentre tu stavi seduta sulla tua poltrona a stordirti col vino.»

«Non stava andando fuori di testa, non dire idiozie.»

«L'ha detto anche la polizia.»

«La polizia?» Ho le vertigini, è troppo.

«È stata arrestata», mi spiega, con voce tremante. «Aveva avuto uno scontro coi vicini. Ha mosso loro accuse molto pesanti. Una notte si è intrufolata nella loro rimessa e hanno chiamato la polizia. Non l'avevo mai vista in quello stato. Delirava. L'hanno dovuta far parlare con una psichiatra, secondo la quale tua sorella soffriva di PTSD. Hai presente? Quello che hanno i soldati quando tornano da una guerra.»

«Di cosa li accusava?»

«Parlava di un bambino. Ma sono sicuro che la cosa avesse a che fare col ragazzino che ha visto morire ad Aleppo...»

«Aspetta un attimo. Hai detto di non averla mai vista in quello stato. Vuoi dire che c'eri anche tu quando si è intrufolata nella loro rimessa?»

Arrossisce e si gira verso la finestra. «Ero passato a vedere se stava bene.»

«Nel cuore della notte?»

«Tornavo dal lavoro e ci sono passato. Senti, non è questo il punto. Il punto è che tua sorella è stata arrestata per aver dato segni di squilibrio. E ci sono dovuto stare dietro io, a questa storia.»

Quello che dice non ha senso, e poi parla talmente veloce che non riesco a stargli dietro. « Mi stai dicendo che Kate aveva un disturbo mentale? Non è possibile. »

Eppure sento di nuovo le parole di mio padre: *È pericolosa, Sally.*

« Ma che ne sai? Tu non l'hai vista. Sembrava una pazza, Sally. I vicini erano terrorizzati. Ha persino provato ad aggredirli. »

« Quand'è venuta a trovarmi stava bene. Me ne sarei accorta se si fosse comportata in maniera strana. »

« Davvero? » dice lui, facendo un verso che è a metà tra una risata e un sospiro. « Te ne saresti accorta? Senti, Sally, tu sei isolata nel tuo mondo. Vedi solo quello che vuoi vedere, quello che ti fa comodo. »

« Conosco mia sorella », gli dico, ma so benissimo che non è vero. Non la conosco. Non la conoscevo.

Mi torna alla mente un altro frammento dell'ultima telefonata che mi ha fatto. Mi chiedeva di fare qualcosa per lei. *Ti chiamo per chiederti un favore.*

« Alla fine hanno lasciato cadere le accuse, ma a condizione che Kate se ne andasse da Herne Bay. Se avesse provato a riavvicinarsi a casa loro, avrebbero richiesto un ordine restrittivo. »

Ripenso a mia sorella e a come si ribellava a nostro padre. Gli rispondeva, lo guardava con occhi furenti, coi pugni alzati.

« Quando l'hanno rilasciata, sono andato a prenderla e l'ho accompagnata in stazione », continua Paul, tamburellando le dita sul davanzale della finestra. Odio quando fa così. Mi fa venire i nervi. « E quella è stata l'ultima volta che l'ho vista. Per cui, quando dici che non so niente, ti sbagli di grosso. Perché l'ho vista franare davanti ai miei occhi, esattamente com'è successo con Hannah. »

« Non paragonare Hannah a Kate. Hannah non è franata. Era solo un'adolescente problematica. Cercava di affermare la sua indipendenza, l'hai detto tu stesso.»

Paul batte i pugni sul davanzale. «Porca miseria, Sally. Sei davvero incredibile. Quella cosa te l'avevo detta per non farti preoccupare. Vorrei tanto non averlo fatto, a questo punto. Avrei fatto meglio a essere onesto e diretto, perché così forse Hannah sarebbe ancora qui.»

«Perché urli?»

«Urlo perché non ce la faccio più. È da quando ti conosco che cerco di proteggerti, sacrificando tutto, persino tua figlia. E sono stato uno scemo perché, come dici tu, sei grande e vaccinata e dovresti sapere come stanno davvero le cose.» Gli tremano le mani.

Mi fa paura. «Ma di che parli? Come starebbero davvero le cose?»

«Quando ci siamo conosciuti, Hannah era talmente terrorizzata da te che bagnava il letto quasi tutte le notti. Invece di dirtelo, te l'ho tenuto nascosto, per proteggerti.»

«Paul, stai dicendo una serie di cavolate. Hannah non ha mai bagnato il letto. Le ho tolto il pannolino quando aveva diciotto mesi e da allora non ha mai avuto problemi. Se avesse iniziato a fare pipì a letto a tredici anni me ne sarei accorta.»

«Be', a quanto pare no. Quella poveretta non voleva che te lo dicessi, era spaventata per quello che avresti potuto fare. Quando tu finalmente ti svegliavi, reduce dalla tua ennesima bevuta, io avevo già cambiato le lenzuola.»

«Falla finita, Paul. So benissimo che io e Hannah avevamo delle divergenze, ma sono sorte solo dopo. Non aveva paura di me. È ridicolo.»

«Ah, sì? Lo sai cosa mi ha raccontato? Che una volta, quando aveva cinque anni, l'hai lasciata da sola nel giardino del pub mentre tu eri dentro a ubriacarti. Che razza di madre fa una cosa del genere? »

Quel ricordo mi fa vergognare di me stessa. « È successo solo una volta. Era l'anniversario della morte di mio padre e io stavo malissimo. Ho sbagliato, lo so, ma non è mai più successo. »

« Come ho già detto, Sally, tu vedi solo quello che ti pare. Di tua madre che mi dici? Come si chiamava la casa di cura in cui l'ho portata, quella in cui poi è morta? »

Ho il cervello annebbiato. Perché continua a bombardarmi così? « Ehm... Hill qualcosa, se non sbaglio. Hill View? »

« Acqua. Willow Grange, si chiamava. Lo so perché l'ho trovata io e l'ho pagata io. Ed ero sempre io che andavo a trovare tua madre due volte alla settimana. Tu, invece? Quand'è stata l'ultima volta che ci sei andata? Ah, no, scusa: tu non ci sei mai andata. »

« Io e mia madre avevamo un rapporto difficile. »

« Tu avevi un rapporto difficile con tutti. Ed è una cosa esasperante, credimi. Dai la colpa agli altri, ma in realtà sei tu che rovini i rapporti. Non andavi d'accordo con tua madre, non andavi d'accordo con Kate, non andavi d'accordo con Hannah. A me, poi, riesci a malapena a guardarmi in faccia. L'unica persona cui volevi bene era tuo padre, che era un ubriacone. Evidentemente la mela non è caduta lontana dall'albero. »

« No! Non ti azzardare a dire una cosa del genere! Non ti azzardare », urlo, alzandomi dal letto. Gli metto le mani addosso e gli graffio la faccia.

Paul mi afferra i polsi, stringendoli forte.

Solo quando mi calmo, mi accorgo che gli ho fatto uscire il sangue.

« Basta. Ne ho abbastanza », mi dice, con voce tremante. Poi mi molla i polsi e va verso la porta.

« Scusami, non volevo. Mi dispiace, Paul. Ti prego, non lasciarmi. Possiamo risolvere tutto, ti scongiuro. »

« È troppo tardi, Sally », dice asciugandosi il sangue dal viso. « È finita. »

35

Non ce la faccio più. Paul se n'è andato. Senza di lui non mi resta niente. Solo una grande casa vuota. È ora di farla finita. Mi stordirò col vino e poi una manciata di pillole mi darà il colpo di grazia. Rapido e indolore.

Sono sdraiata sul letto e mi abbandono allo stordimento indotto dall'alcol. La Spar aveva appena aperto quando sono entrata.

Sono arrivata in cassa con tre bottiglie di vino e la donna ha scosso la testa. « Un po' prestino, no? »

Di solito m'invento di aver organizzato una cena con degli amici, ma stavolta non ho avuto la forza di accampare scuse. « Già, è un po' prestino. Ma, visto che la faccio guadagnare, non capisco quale sia il problema. » Poi le ho tirato i soldi e sono andata via. Devo aver avuto un aspetto terribile, con indosso il piumino sformato e le ciabatte. Ma chi se ne frega, mi sono detta. Tanto non la rivedrò più.

Quando sono tornata a casa, ho sperato di trovarlo in cucina. Ho sperato che mi dicesse: « Oddio, Sally. Bevi già a quest'ora del mattino? Guarda, onestamente non so più... » Ma lui non c'era, così ho preso un bicchiere dal pensile e sono andata di sopra.

Chiudo gli occhi e sento la sua voce. Arrabbiata, dura. Piena d'odio.

È vero che allontano le persone. Paul ha ragione. Però,

se passi l'infanzia a cercare disperatamente l'approvazione di tua madre senza riuscirci mai, finisci per crescere con la convinzione di non valere niente. Che senso ha affezionarti alle persone se poi quelle ti feriscono e basta?

L'amore che ho provato per Hannah quand'è nata era così grande che mi sembrava d'impazzire, mi sembrava che mi scoppiasse il cuore ogni volta che la guardavo. Era così piccola, così vulnerabile. E io sapevo di non essere in grado di badare a lei. È per questo che ho passato la palla a mia madre, per questo che lasciavo che facesse lei certe cose, come portarla a dar da mangiare alle papere o spingerla sull'altalena. È per questo che Hannah le voleva così bene, perché lei era una donna solida, come dovrebbero essere le mamme, e invece io ero imprevedibile, instabile. Mi sento male se ripenso a quella volta al pub. Alla sua faccina quando l'ho lasciata fuori da sola mentre io me ne andavo dentro a bere. Nessun bambino si merita una madre come me.

E adesso l'alcol è l'unica cosa che mi resta.

Scolo il bicchiere e me ne verso un altro, e poi un altro ancora, fino a che la stanza non diventa una macchia indistinta. Chiudo gli occhi e il buio è così confortante che vorrei annegarci dentro. Vedo un bambino portato alla deriva dalle onde. L'acqua lo sommerge. Poi c'è solo silenzio. È finita. E penso a quanto sia allettante l'idea di arrendersi. Smettere di respirare e sprofondare in un sonno infinito.

È ora.

Apro il cassetto del comodino e tiro fuori la scatola dei sonniferi. Quando bevo ho il sonno disturbato, per questo li tengo a portata di mano. Sono l'unica cosa che riesca a farmi dormire. Basterà aumentare la dose e mettermi giù. Così potrò raggiungere Kate e David e mettere fine a questa sofferenza.

Prendo una pastiglia dal blister e la butto giù con un po' di vino. Ne sono rimaste diciotto. Ne basterà la metà. Allora ne prendo un'altra ma, quando sto per ingoiarla, sento bussare alla porta. È Paul. È tornato. Ha cambiato idea.

Rimetto i sonniferi nel comodino e chiudo il cassetto.

«Paul, arrivo.» Corro giù per le scale, ma ho una fitta al cuore: dal vetro della porta riconosco il profilo di una donna. Dev'essere quell'impicciona di Sandra, la vicina. È l'unica persona che viene a bussarmi, e di solito lo fa quando ha qualcosa di cui lamentarsi. «Che c'è, stavolta?» chiedo aprendo la porta.

Ma non è Sandra. È una giovane donna. A giudicare dal bellissimo vestito lungo e dal velo, dev'essere mediorientale. «Sally?» mi chiede.

Quando sento il suo accento, capisco che è venuta per Kate. Probabilmente è del consolato. «È qui per mia sorella?»

Annuisce.

«Venga, entri pure.»

Il vino e le pillole che ho preso mi fanno girare un po' la testa. Sono nervosa. Non sono pronta a sentire quello che ha da dire. Mi parlerà della morte di Kate e non sarà piacevole. La accompagno in cucina e le chiedo se posso offrirle un tè. Io berrei volentieri un altro bicchiere, ma dal modo in cui è vestita immagino non apprezzerebbe.

«Deve aver fatto un lungo viaggio», le dico mentre riempio il bollitore.

Lei si guarda intorno, smarrita. «Veramente, no.»

«Perché non si siede? Si accomodi pure.» La osservo. È agitata. Mi sembra che abbia dei tic nervosi, e forse sono il risultato dei traumi che ha subito in Siria. Le porgo una tazza fumante. « Ecco a lei. Lo zucchero è sul tavolo, se vuole. »

« Grazie. » Le tremano le mani e, nel portarsi la tazza alle labbra, si rovescia un po' di tè addosso. « Mi scusi tanto. Che pasticciona. »

« Non si preoccupi. È stata colpa mia. Ho riempito troppo la tazza. Spero non si sia rovinata il vestito. » Le passo un tovagliolo.

Lei si tampona la macchia. Le tremano ancora le mani. Poi posa il tovagliolo sul tavolo e stringe le dita intorno alla tazza.

Mi siedo accanto a lei. « Quindi lei conosceva mia sorella. »

« Sì, un po'. Ci siamo viste solo un paio di volte, ma è sempre stata molto gentile. Voleva aiutarmi. »

« Tipico di Kate. Voleva sempre aiutare tutti. È nata così. »

« Mi è dispiaciuto tanto sapere della sua morte. »

« Già. È stato uno shock enorme. Anche lei era laggiù, vero? »

« Laggiù dove? »

« In Siria. Non era con lei? »

« Oh, no. Io non sono siriana. Vivo nella casa accanto a quella di sua madre. Mi chiamo Fida. »

Metto giù la tazza. Ho il cuore in gola. « La casa di Paul? »

« Sì. »

« È stata lei a far arrestare mia sorella? »

« Sì, ma è stato un errore. »

« Un errore? Se non sbaglio, dopo che lei ha chiamato la polizia, l'hanno costretta ad andarsene da Herne Bay.

Se non fosse stato per lei, Kate non sarebbe tornata ad Aleppo e sarebbe ancora viva.»

«È stato un malinteso. Se mi lascia parlare, le spiego tutto.»

«Non voglio che mi spieghi un bel niente. Ormai è tardi. Mia sorella è morta!»

«Ma devo parlarle di una cosa... Ho bisogno... bisogno del suo aiuto. Ho...»

«Se ne deve andare, adesso.» Mi alzo.

«La prego, mi lasci parlare», mi chiede piangendo.

«Senta, non m'interessa quello che ha da dire. Adesso se ne vada», le intimo, incrociando le braccia al petto.

Lei si alza e la accompagno alla porta.

Si gira un'ultima volta. «Mi dispiace. Volevo solo...»

«Allora non mi ha sentito?» Spalanco la porta. «Se ne vada!»

36

Richiudo la porta. Sono contenta di aver tirato fuori le unghie per mia sorella. Adesso posso riprendere il discorso che ho lasciato in sospeso. Prendo un'altra bottiglia di vino, perché non si sa mai. Sto per salire le scale, quando sento un rumore che viene dalla porta. Mi giro e trovo della posta sul tappetino.

Sopra tutto il resto c'è una busta imbottita. Mi chino a raccoglierla. Sicuramente sarà per Paul, a me nessuno manda mai niente. Poi però vedo che sul davanti c'è il mio nome stampato sopra e sul retro il logo del giornale per cui lavorava Kate. La apro, chiedendomi cosa possa contenere. Ci guardo dentro e vedo un oggetto nero e sottile. Lo tiro fuori.

Un dittafono. È messo male: è pieno di graffi e in alcuni punti sembra persino squagliato. Non sarà mica...

C'è anche qualcos'altro nella busta: una lettera. Vado a sedermi al tavolo della cucina e la leggo.

Cara Sally,

voglia accettare le mie più sentite condoglianze per la perdita di sua sorella. Kate era una donna coraggiosa e brillante, oltre a essere una giornalista piena di talento. Questo dittafono è stato trovato dalle squadre di soccorso vicino a dove Kate è stata vista per l'ultima volta. Lo hanno inviato alla nostra redazione ma, dopo averne ascoltato il contenuto, ho capito che ha un valore più affettivo che professionale, come potrà giudicare lei stessa.

Sto lavorando a stretto contatto col ministero della Difesa e col consolato in Siria. La contatterò non appena avrò ulteriori notizie.

Nel frattempo, la prego di non esitare a contattarmi se avesse bisogno di aiuto in questo momento difficile.

Coi migliori saluti,

HARRY VINE

Harry Vine. Mi ripeto questo nome in testa fino a che finalmente non capisco a chi appartiene. Harry. Il caporedattore di Kate. Ogni volta che tornava a casa parlava sempre di lui. Era tutto un: « A Harry piacerà tantissimo questa storia », « Aspetta che lo dica a Harry, non ci crederà mai! » Aveva persino fatto da madrina alle figlie, se non erro. Ricordo che provavo una profonda gelosia quando pensavo al grande rapporto che aveva creato con Harry e la sua famiglia. Perché non c'era riuscita anche con me e Hannah?

Ripiego la lettera e la appoggio sul tavolo. Ripenso a quando Kate tornava a Herne Bay a farci visita. Era una cosa insopportabile. La mamma passava i giorni prima del suo arrivo a tirare a lucido la casa e a fare la spesa per assicurarsi che fosse tutto perfetto. Poi ci mettevamo sul divano e aspettavamo lei, la figlia preferita. Poi Kate arrivava ed era sempre impeccabile ed elegante, mentre io, al confronto, sembravo una barbona. Me ne restavo lì seduta a guardarla chiedendomi come diavolo ci fosse riuscita. Come diavolo ci fosse riuscita a essere così fortunata nonostante quello che aveva fatto. Era come se indossasse un mantello magico che la proteggeva da tutto. Qualsiasi cosa toccava diventava oro. Tutto il contrario di me.

Però non riusciva a tener su quella maschera tutto il tempo. A volte lasciava intravedere anche la vera Kate, e non era affatto il ritratto della perfezione. Come quella volta che era venuta al compleanno di mia figlia. Hannah non ha mai superato quell'episodio. Nessuno di noi ci è riuscito. Persino la mamma era rimasta sconvolta. Sapevamo che Kate era appena tornata da Gaza e che aveva visto l'inferno, laggiù, ma non ci eravamo rese conto di quanto l'avesse segnata. La mamma aveva preso una Barbie per Hannah, che era rimasta talmente contenta di quel regalo che ci si era messa subito a giocare insieme con le amichette. Visto che era una bellissima giornata, i bambini a un certo punto erano usciti per stare un po' in giardino prima della torta. Io ero in cucina che contavo le candeline quando Kate era apparsa sulla porta. Aveva la Barbie in mano e una strana espressione sulla faccia. «I bambini occidentali sono talmente viziati che mi viene il voltastomaco. Guarda tutto questo cibo, per esempio. È grottesco.»

«Ma smettila, Kate. Qualche pizzetta e una fetta di torta non mi sembrano un'esagerazione.»

«Senti, ho passato le ultime settimane a parlare con bambini che non hanno niente. Non un solo giocattolo, né un libro. La maggior parte di loro non ha neanche accesso all'acqua potabile. Se li avessi visti anche tu, ci penseresti due volte prima di viziare tua figlia», mi aveva detto, in tono sprezzante.

«Io non la vizio affatto. Oggi è il suo compleanno. E adesso ti prego di non fare scenate.»

«Non devo fare scenate, eh? Ah, già, scusa: dimenticavo che questa è l'unica cosa importante per te. Restarsene zitti. Non fare questioni. Non fare scenate. Proprio come quand'eravamo piccole.»

Le avrei risposto, se in quel momento non fosse arrivata Hannah. «Avete visto la mia Barbie? Ah, eccola, ce l'hai tu. Puoi ridarmela, zia Kate?»

E allora Kate aveva fatto una cosa talmente orribile che ancora mi fa male se ci ripenso. Si era avvicinata ad Hannah con uno sguardo malefico e le aveva detto: «Dai, Hannah, giochiamo. Facciamo finta che siamo a Gaza». Poi aveva strappato via la testa alla Barbie e l'aveva gettata a terra.

Hannah era scoppiata in un pianto isterico. Le urla avevano fatto accorrere sia la mamma sia gli invitati. La mamma aveva capito subito ed era entrata in azione, dicendo ad Hannah che avremmo mandato la Barbie all'ospedale dei giocattoli e che l'avrebbero guarita e fatta tornare come nuova. Alla fine avevamo comunque portato la torta in giardino e spento le candeline, ma la festa era rovinata. Infatti Hannah si era addormentata piangendo. Da quel giorno il loro rapporto era cambiato. La sua amata zia Kate aveva cominciato a rappresentare per lei qualcosa d'imprevedibile e pericoloso.

Ma io questo suo aspetto lo conoscevo già.

Cerco di capire come funzioni il dittafono. Mi sento in colpa. Era di Kate e mi pare di mettere un po' il naso nelle sue cose mentre premo il tasto PLAY, ma si sente solo un lungo fruscio. Sarà rotto. Non mi sorprende, visto lo stato in cui è. Premo STOP e di nuovo PLAY. Sento ancora un fruscio, ma poi una voce. Non è quella di Kate, però. È di mia madre.

«*Prova. Prova. È così che si dice, no? Devo parlare dentro questo aggeggio perché continuo a dimenticarmi dove lascio gli occhiali. Kate dice che mi ritroverò coi post-it appiccicati ovunque se continuo così, e allora mi ha comprato questo bell'oggettino. Anche se le avevo detto di non preoccuparsi. Sono troppo vecchia per queste cose.* »

Le lacrime mi rigano il viso mentre ascolto mia madre che parla. Sembra così invecchiata, così fragile. Non le sono stata vicina in quegli ultimi mesi. Ero ancora troppo arrabbiata.

« Oh, mamma », mormoro quando smette di parlare.

Si sente un lungo fruscio e penso che il nastro sia finito. Cerco il tasto del REWIND per riascoltare la registrazione, ma ne segue un'altra.

« *Lo dico qui perché so che penserebbero che sono una pazza, ma ora sono ben due volte che lo vedo e so che non mi sbaglio.* »

Cosa? No, non può essere. Pigio il REWIND e riascolto quest'ultima parte.

« *C'è un bambino dai vicini. È piccolo, non avrà più di tre o quattro anni. Lo vedo sempre. In giardino, fuori dalla rimessa, appare e riappare come un folletto. E sento anche la sua voce, soprattutto di notte. Piange e chiama la mamma. Paul dice che non ci sto più tanto con la testa, e forse ha ragione... Tra l'altro questo bimbo assomiglia tantissimo al mio piccolo David. Oh, quanto mi manca.* »

Un bambino... adesso ricordo cosa mi ha chiesto Kate in quella telefonata. *Sally, ti chiamo per chiederti un favore. È una cosa seria. Ho bisogno che tu tenga d'occhio i vicini della mamma...*

Me ne sto qui seduta con questo aggeggio in mano a cercare di dare un senso alle parole di mia madre. Forse non ci stava più tanto con la testa, ma anche lei aveva visto un bambino. Proprio come Kate.

E allora mi tornano alla mente anche le parole di Fida. Cosa voleva dirmi?

Ho bisogno del suo aiuto.

Metto giù il dittafono e mi alzo. In quella casa sta succedendo qualcosa di molto strano. Prendo il piumino dalla balaustra della scala e corro fuori, con le parole di Kate che mi risuonano nella testa.

Per favore, Sally.

E questa volta giuro che non la deluderò.

37

Il sole ha appena iniziato a calare quando arrivo in Smythley Road. La casa della mamma è illuminata dai raggi dorati del tramonto. Vista così sembra persino bella, sebbene sia solo una vecchia bifamiliare. Mi fa ripensare a quelle domeniche di Pasqua in cui la mamma ci portava sulla spiaggia di Reculver a guardare la danza del sole.

Mentre mi avvicino alla casa mi pare di vederci. Noi tre avvolte in un telo da spiaggia ad aspettare il sorgere del sole. «Guardate l'acqua», ci diceva la mamma. E allora lo vedevamo, il sole: una grande palla arancione che rimbalzava sulle onde. «Danza! Danza per davvero», gridava Kate.

Era solo un'illusione ottica. Era l'acqua a muoversi, non il sole. Io lo sapevo e mi sembrava una cretinata. Una vecchia storia di famiglia tramandata di generazione in generazione. Ma Kate e la mamma ci credevano e restavano lì, perse in quel loro mondo fantastico, a guardare il sole danzare sulle onde.

E se anche questa storia fosse solo un'illusione? penso mentre m'incammino sul vialetto. Se questo bambino fosse solo un prodotto della loro immaginazione? Anche se fosse così, sono contenta lo stesso, perché almeno sto facendo *qualcosa*. Forse era così che si sentiva Kate quando partiva per quei luoghi abbandonati da Dio per raccontare quello che vi succedeva.

Quando arrivo davanti alla porta, mi accorgo che è solo accostata. Chi lascia la casa aperta? Busso piano. « C'è nessuno? »

Dentro è tutto buio. E all'improvviso ho paura. Forse dovrei andarmene e tornare di giorno, quando c'è più gente in giro. Ma poi ripenso a Kate. Devo dimostrarle che posso essere forte. Allora faccio un respiro profondo ed entro.

L'ingresso è talmente buio che non vedo nulla. Ho il cuore in gola.

Ma, quando i miei occhi si abituano all'oscurità, la vedo. È stesa ai piedi delle scale in una posa scomposta, con le braccia sul viso. Cos'è successo? Mi avvicino e le scosto le braccia dal volto. È coperto di sangue. « Fida. Fida, cos'è successo? Sei caduta? »

Lei mormora qualcosa che non riesco a capire.

« Devi andare all'ospedale. Ti potresti essere rotta qualcosa. » Infilo la mano in tasca ma non trovo il cellulare. Nella fretta devo aver dimenticato di prenderlo. « Fida, hai un cellulare? Un telefono fisso? »

« Sstt... » Lei indica qualcosa alle mie spalle.

« Che c'è? » le chiedo, ma non ho il coraggio di voltarmi.

« Sstt... » ripete, con gli occhi sgranati dal terrore.

Mi giro. Non c'è niente. « Dov'è il telefono, Fida? »

« Sstt... »

Attraverso tutto il corridoio, ma non vedo nessun telefono. A terra c'è qualcosa di appiccicoso. Rabbrividisco. È sangue. Si sente l'odore. Conosco benissimo quest'odore. L'ho sentito per tutta l'infanzia. Anche se Kate arrivava sempre per prima sulla scena, io le andavo dietro, in punta di piedi, per vedere come il papà aveva ridotto la mamma. Kate non voleva che guardassi, ma io i lividi li vedevo. L'odore del sangue lo sentivo.

Devo farla uscire da qui. Magari riesco a portarla a casa della mamma e a chiamare la polizia da lì.

« Sstt... » Fida cerca di parlare, ma la testa le ricade sullo scalino.

« Scusami, cara, ma non riesco a capirti. Adesso dobbiamo cercare di farti alzare. » Ho il cuore in gola.

Fida mi afferra la mano. Ha il respiro affannato. « Lui... è fuori. »

« Chi? Tuo marito? »

« Ri... messa », mi dice, con una smorfia di dolore. « Rimessa. » Parlare le costa una fatica immane.

« Rimessa? Lui è nella rimessa? » Sono terrorizzata. Vorrei solo scappare.

Fida mi stringe il braccio più forte. « Tu... devi... andare. Il bambino... » Crolla a terra, esausta. Poi rialza la testa e mi guarda con occhi imploranti. « Ti prego... »

« Il tuo bambino è nella rimessa? »

Annuisce. « Aiutalo. » Poi crolla di nuovo.

Le poso una mano sul petto. Respira ancora, ma sembra svenuta.

Mi alzo, col cuore in gola. È troppo, è troppo per me. Devo chiamare la polizia. Ma se succedesse qualcosa a quel bambino mentre sono via non me lo perdonerei mai. Questo bambino, almeno, ho la possibilità di aiutarlo.

Mi tolgo il piumino e lo uso per coprire Fida, poi attraverso la casa.

Sii coraggiosa, mi dico, aprendo la porta sul retro. Il giardino è avvolto nel buio. Sii come Kate.

38

Mi tremano le gambe mentre attraverso il giardino per arrivare alla rimessa. Cosa diavolo sto facendo? Mi sento disorientata per via del vino e delle pillole, ma so che devo farlo. Se riesco ad aiutare questo bambino, allora avrò fatto almeno una cosa buona nei miei trentacinque anni di vita. Forse Paul sarà orgoglioso di me. Capirà che posso essere anche una brava persona.

Arrivo alla rimessa. La porta è spalancata. Conto fino a tre e poi entro.

« C'è qualcuno? » chiedo, col cuore che batte talmente forte che sembra voglia esplodermi in petto. « C'è qualcuno? Non ti preoccupare. Puoi uscire. Sono qui per aiutarti. »

Non appena gli occhi si abituano al buio, mi rendo conto che non è altro che una normalissima rimessa, piena di vasi vuoti e vecchi scatoloni. Cosa mi aspettavo, una segreta? Evidentemente la botta in testa deve aver fatto straparlare Fida. Questo non è un posto in cui si possa nascondere un bambino. Sarà in casa.

Sto per uscire, quando lo sento. Un rumore in fondo alla rimessa. Resto di sasso.

« Chi c'è? » chiedo. Ho paura, ho tanta paura. C'è qualcosa là in fondo, che si muove.

Mi avvicino e lo vedo: un bimbetto accucciato dietro una scala.

«Santo cielo», mormoro, col cuore in gola.

Quando si accorge che mi sto avvicinando, si ritrae ancora di più.

«Sta' tranquillo. Non ti voglio far male.»

Il bambino mormora qualcosa.

«Cosa hai detto, tesoro?» M'inginocchio e mi avvicino. Quando Hannah era piccola era timidissima e non le piaceva per niente quando la guardavano dall'alto in basso. La terrorizzava. La mamma diceva sempre: «Se ti fai piccola come loro, i bambini si fideranno di te». Mi siedo a terra, con le braccia appoggiate sulle ginocchia. «Come ti chiami?»

Lui mi guarda un attimo e poi si gira subito. Ha le mani piccolissime.

«Che ci fai qui? Giochi a nascondino?»

Mi guarda confuso, e allora ci riprovo.

«Che ne dici se andiamo dalla mamma?»

Lui annuisce e sussurra qualcosa. Mi avvicino ancora un po', gli prendo la mano e lo faccio venir fuori dal suo nascondiglio. «Cos'hai detto, tesoro?»

«Dalla mamma», ripete, guardandomi per la prima volta.

Mi alzo. «Andiamo, allora. Andiamo dalla tua mamma.» Gli porgo la mano, ma lui rimane fermo. «Su, andiamo.»

«No», grida lui. «No fuori. Fuori c'è l'uomo cattivo.»

Povero piccolo: è terrorizzato. Io però non so che fare. Immagino che l'uomo cattivo sia il padre e se dovesse trovarci qui dentro saremmo fritti. Devo riuscire a portare Fida e il bambino a casa di mia madre. Una volta lì potrò pensare a cosa fare dopo.

M'inginocchio di nuovo di fronte a lui. «Non c'è nessun uomo cattivo. Se n'è andato. Ma io conosco un bel posto in cui possiamo andare. È la casa della *mia* mamma. E scommetto che lì troveremo qualche biscottino che potrai sgranocchiare mentre aspettiamo la tua.»

«La mamma non è fuori. La mamma è giù.» Indica a terra.

«Non fare lo sciocchino. La mamma non è giù.»

«La mamma è giù.» Alza una specie di tappetino. «Giù.»

Mi avvicino. Per terra c'è una specie di quadrato. M'inginocchio. Sembra una botola, con tanto di lucchetto di ferro. «Che mi vuoi dire?»

Lui risponde qualcosa ma io non riesco a sentirlo. Allora mi avvicino e per sbaglio do un calcio al lucchetto, che schizza via facendo un sacco di baccano. Il bambino si spaventa e fa per scappare.

«No, no, tranquillo. È stato solo questo stupido lucchetto.»

È terrorizzato. Trema come una foglia. Gli accarezzo la testa e mi accorgo che i capelli emanano un cattivo odore, non glieli lavano da settimane. «È tutto a posto», gli sussurro, ma ho paura anche io.

«Mamma», ripete, allontanandosi da me. «La mamma è giù.»

M'indica la botola. Se è un gioco, allora farei bene a dargli spago. Almeno in questo modo riuscirei a distrarlo un po' prima di portarlo via. «Lei è giù? Sotto quella botola?» gli chiedo in tono gentile.

Lui annuisce. «Apri.»

Ci provo, ma è molto dura e devo tirare un po'. All'improvviso si sblocca e da sotto filtra un po' di luce. Il bambino s'infila di corsa nella botola.

«Aspetta», gli dico, affacciandomi di sotto. C'è una scala di legno. Il bambino è sparito.

Devo portarlo via da qui. Scendo anch'io e arrivo in uno stanzone ampio ma senz'aria, scarsamente illuminato da un'unica lampadina appesa al soffitto.

C'è puzza di sudore e umidità. Sono costretta a coprirmi naso e bocca con la mano. Ma che diavolo di posto è questo? Si vedono pezzi di materiale isolante che sbucano dalle pareti e un materasso addossato al muro. Sopra c'è una coperta scolorita coi personaggi dei cartoni animati. L'odore è talmente insopportabile che rischio di vomitare. Inciampo in qualcosa. Abbasso lo sguardo e vedo che si tratta di una penna d'argento. Ha qualcosa di familiare.

Cerco il bambino. È dall'altra parte della stanza, su un altro materasso addossato alla parete.

« Mamma, sveglia », dice.

Solo allora mi accorgo che c'è qualcosa su quel materasso. Una persona. La sua mamma.

« C'è qui una signora. Ci aiuta. È buona. » Poi tira via la coperta e compare una massa di capelli biondi e sporchi.

Chi sarà mai questa povera donna? Il bimbo si accoccola tra le sue braccia e lei gli riempie il viso di baci.

« Ehm... salve. Io sono Sally. Sono... »

La donna alza la testa. Io la guardo negli occhi e mi crolla il mondo addosso.

« Mamma? » dice lei con un filo di voce.

39

« Hannah! Cosa... cosa ci fai qui? »

« David stanco. Mamma abbraccia David », dice il bambino.

Allora Hannah comincia a cullarlo, come facevo io con lei quand'era piccola.

« È tuo figlio? » Non so cos'altro dire.

Lei mi guarda e annuisce, e io mi sento come se mi avessero appena strappato via il cuore dal petto.

Non ce la faccio.

Poi però sento dei passi che scendono.

« Sally? »

Quando riconosco la sua voce mi giro di scatto e lascio cadere la mano lungo il fianco. « Oh, grazie al cielo! Sei qui! » esclamo.

Invece di venire da me, lui va da Hannah.

« L'abbiamo trovata, Paul. La nostra bambina è qui. »

Sto per avvicinarmi a loro, ma qualcosa mi ferma. Paul si è messo dietro Hannah e la tiene ferma davanti a sé. Sembra arrabbiato.

« Paul? »

È allora che me ne accorgo. Ha qualcosa in mano. Qualcosa che luccica. « Ma che fai, Paul? Che scemo che sei! » dico, tutta allegra e felice, perché tanto è uno scherzo, no?

« Veramente sono io che ti chiedo che fai. Perché sei venuta qui? Avevi finito il vino? »

No, allora non è uno scherzo. È tutto vero.

Paul continua a stringere Hannah. È talmente vicina che riesco a sentire il suo respiro sulla pelle, come quando da piccola si addormentava sulla mia spalla. I suoi bellissimi capelli biondi sono stati tagliati e ora sono tutti arruffati e sporchi. Ci teneva così tanto, ai suoi capelli, erano la sua fissazione. « Che è successo ai tuoi bellissimi capelli? »

La mia bambina dai brillanti occhi azzurri scomparsa quel giorno lontano di cinque anni fa è diventata una donna emaciata e con gli occhi infossati. Mi guarda, poi si gira, e io sento montare qualcosa dentro, qualcosa che non sentivo più dal giorno in cui se n'è andata.

Questa è mia figlia e farò qualsiasi cosa per portarla fuori di qui. Niente è più forte dell'amore di una madre. « Hannah. Non ti preoccupare, è tutto a posto. Ci sono io adesso. » Le tendo la mano.

Paul si mette a ridere. « Questa è la cosa più ridicola che io abbia mai sentito. Ci sei tu adesso. Ma che carina. »

Lo guardo negli occhi. « È mia figlia. »

« Ah! Questa sì che è bella. Tua figlia? Non sei mai stata una madre come si deve per lei. Sei stata una disgrazia, ecco cosa. Ed è per questo che sono dovuto intervenire io, per darle un po' di sicurezza, un punto di riferimento. » Prende una sedia di legno e ci si siede, continuando a tenere Hannah stretta a sé. Perché lei non parla? Perché non lo spinge via?

« Paul, mi spieghi che succede? Lasciala andare. »

« Lo decido io quando lasciarla andare. Ma prima voglio dirti un paio di cosette, e se ti azzardi a fare stupidaggini le taglio la gola.» Paul alza il braccio e porta la mano davanti al viso di Hannah. Ha un coltello.

«Paul! Ma che fai? Perché?»

«Perché? Bella domanda. Lo faccio perché non mi hai lasciato scelta. Sono sempre stato un amante delle cause perse. Altrimenti perché sarei finito con te? Però è arrivato un punto in cui ho dovuto prendere una decisione. Dovevo allontanare Hannah da una situazione pericolosa e portarla in un posto sicuro. Tu maltrattavi tua figlia, Sally. Qualcuno doveva salvarla.»

Sento una rabbia familiare montarmi dentro, il ricordo di un'infanzia passata a cercare di trattenerla, a cercare di mantenere la pace. Ma, se voglio portare Hannah via da qui, dovrò ingoiare ancora una volta questa rabbia. Continua a farlo parlare, mi dico sedendomi a terra con le ginocchia al petto. Continua a farlo parlare finché non arriva il momento giusto. «Grazie. Grazie per esserti preso cura di lei», gli dico, cercando di mantenere la voce calma.

Hannah aggrotta la fronte, ma io cerco di farle capire con lo sguardo che è tutto sotto controllo.

«Se adesso la lasci andare, dirò alla polizia quanto sei stato bravo, perché l'hai portata al sicuro e lontano dai litigi, lontano da me. Loro capiranno. Gli dirò che è stata tutta colpa mia.»

«Stronza che non sei altro.» Paul scatta in piedi, tenendo un braccio stretto intorno alla gola di Hannah. «Credi che sia un imbecille? Nessuno uscirà da qui, hai capito? Proprio nessuno.»

40

Sono seduta a terra con le ginocchia strette al petto, fisso la parete davanti a me. Ci sono scritte fatte con la penna rossa. C'è una parola che si ripete, ancora e ancora: *mamma.*

« Commovente, eh? »

Paul sorride. Come può sorridere dopo quello che ha fatto?

Non rispondo. Se lo facessi, farei il suo gioco.

« Guarda quella scritta. Riesci a leggerla? 'Mamma aiutami.' Che dolce. Invocava la sua mamma. Ma la mamma non è mai arrivata, non è vero, Hannah? Era troppo impegnata a ubriacarsi. Le ho detto che poteva scrivere quello che le pareva, che non m'importava, perché tanto una cosa era certa: tu non saresti mai venuta. Perché a te non te ne fregava un cazzo. E avevo ragione, vero, Sally? »

Scuoto la testa. La mia bambina mi chiamava ma io non la sentivo.

David piagnucola sul letto. Allora mi alzo per andare a consolarlo.

« Lascialo stare », m'intima Paul.

« Ma è spaventato. È solo un bambino. »

« Ti ho detto di lasciarlo stare. » Tira un pugno sul muro e io mi rimetto a sedere, stordita dallo shock e dalla paura.

« Di chi è figlio? » gli chiedo, cercando di non sentire il suo pianto.

Paul si mette a ridere e stringe Hannah ancora più forte. « Glielo vuoi dire tu oppure ci penso io? »

Hannah china il capo.

« E va bene, allora glielo dico io. È mio, stupida cagna. È mio figlio. E la colpa è solo tua. »

David continua a piagnucolare e a me manca l'aria. Mi manca il respiro nell'ascoltare l'uomo che amavo che mi racconta come si è approfittato di mia figlia.

« Tu eri sempre ubriaca. Ti ricordi quando ci siamo conosciuti? Avevi smesso di bere, dicevi di aver capito e di aver deciso di non toccare più alcol. Ma mi è bastato poco per fare in modo che ridiventassi un'ubriacona come il tuo vecchio. È stato un bello spettacolo. Guardarti mentre ti autodistruggevi. Ed eri così stupida, così fessa e bisognosa di amore che davvero hai creduto che fossi tu a interessarmi, quando invece era la tua bella figlioletta. In poco tempo ti sei ridotta talmente male che non eri più in grado di badare ad Hannah. E allora qualcun altro doveva prendere il tuo posto. Hannah aveva bisogno di conforto e io ero lì per lei. »

Hannah mi guarda. Ha gli occhi gonfi di lacrime. Sembra di nuovo una bambina, e allora apro le braccia come per stringerla. « Mi dispiace, amore mio. Mi dispiace tanto. »

« Le dispiace tanto, Hannah », mi fa il verso lui. « Hai sentito che ha detto? La mamma è dispiaciuta. Quanto è cara, eh? »

Hannah si fa piccola piccola mentre lui parla, e vorrei potermi avvicinare, ma il coltello che le punta alla gola mi convince a restare dove sono.

« E poi una sera ci siamo spinti un po' troppo oltre, vero, tesoro? Non è vero? » le chiede, strattonandola. « Le raccontiamo come mi hai sedotto? »

Hannah tiene il capo chino, ma lo so che sta piangendo, perché le tremano le spalle. Oddio, non ce la faccio a sopportarlo.

« Che c'è? Siamo diventate timide? » le dice, avvicinando minacciosamente il viso al suo. « E va bene, allora glielo dico io. »

Odio quest'uomo più di chiunque altro al mondo. È un mostro, e sono stata io a farlo entrare in casa nostra. Come ho potuto essere tanto stupida? Mi copro le orecchie con le mani e comincio a canticchiare a labbra chiuse per non sentirlo.

Ma lui se ne accorge e mi aggredisce, trascinando Hannah con sé. « Togli quelle cazzo di mani dalle orecchie o l'ammazzo. Dovrai stare a sentire quello che ho da dirti, va bene? Prova un'altra volta a tapparti le orecchie e l'ammazzo, capito? La sgozzo proprio qui davanti ai tuoi occhi. Intesi? »

« Sì. Intesi », rispondo io con un filo di voce.

Lui si allontana di nuovo. « Bene. Dov'ero rimasto? Ah, sì, ecco: l'estate del 2009. Hannah aveva appena compiuto sedici anni. Ed erano mesi che ci provava con me, vero, tesoro? » Le tira i capelli. « Ho detto: non è vero? »

Hannah piagnucola e annuisce.

« Tu eri incazzata con lei perché avevi scoperto che voleva trovare suo padre. Ogni sera tornavo a casa e ti sentivo urlare. Sembravi una cazzo di pescivendola al mercato. Non le davi tregua. E poi c'è stato l'episodio dell'orologio. E con quello Hannah è arrivata al limite della sopportazione. È stata la goccia che ha fatto traboccare il vaso. »

Un brivido mi attraversa il corpo.

«Credevi di essere riuscita a nascondermelo, eh? Credevi che non avrei scoperto che avevi messo le mani addosso a tua figlia? Ma Hannah me l'ha raccontato quella sera stessa, quando sono rientrato a casa. Mi ha raccontato che l'avevi aggredita, che sembravi una pazza e che le avevi rotto l'orologio. Tremava come una foglia. L'avevi proprio spaventata. Ma, vedi, è stato un momento decisivo. Perché è stato allora che ho capito quanto fossi pericolosa.»

«Pericolosa? Io... io non sono pericolosa. Hannah lo sa.»

«Hannah era terrorizzata, cazzo. E anche io. Quando mi ha raccontato dell'orologio ho capito che era il momento di prendere in mano la situazione, da adulto responsabile. Ed è stato allora che ho cominciato a pianificare di portare via Hannah.»

«Ma quale adulto responsabile? Tu sei uno psicopatico», gli urlo.

Paul annuisce e fa un ghigno. «Chi va con lo zoppo impara a zoppicare, cara. E poi senti una cosa: come moglie sei stata un disastro, ma come madre sei stata anche peggio.»

«Volevo solo che fosse felice», gli dico, con la voce che mi si spezza in gola. «Non volevo che soffrisse. Volevo che se ne andasse da questo posto per costruirsi un futuro migliore, per avere una vita migliore della mia.»

«Be', ci sarebbe voluto poco, no?» Mi guarda dritto negli occhi.

Soffro, perché sembra lo stesso. Sembra sempre Paul, l'uomo di cui mi sono innamorata. È come se fosse posseduto.

«Non ci sarebbe voluto molto a diventare meglio di te.

Non sei stata proprio un modello di vita per lei, no? Un'ubriacona, una pazza.»

«Aveva sua zia da prendere come modello. Kate ce l'aveva fatta. Ci sarebbe riuscita anche Hannah.»

«Ah, sì, certo, Kate. Ecco, mi domandavo proprio quando saremmo tornati sull'argomento. Kate se n'è andata da questo posto di merda perché non ti sopportava. È per questo che non tornava mai. Secondo te parlava di te ai suoi amici di Londra? Secondo te andava fiera dell'ubriacona della sorella? Si vergognava di te. Me l'ha detto lei... dopo che me la sono scopata.»

«Cosa? No. Sei un bugiardo.» Ma poi ripenso a quello che mi ha detto della notte in cui Kate era entrata nella rimessa dei vicini. Lui era con lei.

«Sta' zitta. Non ho voglia di parlare di quella puttana di tua sorella, che me l'ha data senza farsi pregare. No, adesso voglio raccontarti come tua figlia mi ha attirato nel suo letto.» Muove il coltello. Lo tiene talmente vicino alla gola di Hannah che potrebbe squarciargliela come niente. Eppure continua ad agitare la lama, non la smette. E io non ce la faccio a guardare. «Tu non c'eri. Chi lo sa dov'eri andata. Molto probabilmente al bar a ubriacarti. Io ero tornato dal lavoro, stanco e affamato. Ma in casa non c'era niente da mangiare. Allora sono andato di sopra e l'ho trovata in camera sua che sculettava in mutande. Ecco la mia ricompensa, mi sono detto. Me la sta servendo su un piatto d'argento. E meritavo una ricompensa per tutti gli anni di merda che avevo dovuto passare a riportarti a casa ubriaca fradicia, per tutte le volte che ti avevo dovuto lavare, per tutte le volte che avevo dovuto sentire in faccia il tuo alito che puzzava di alcol e per tutte le volte che avevo dovuto trombare il tuo corpo flaccido.

Così sono entrato nella stanza e l'ho presa contro il muro.»

Mi copro le orecchie con le mani. «Smettila! Perché mi fai questo?»

«Non ti azzardare a tapparti le orecchie!»

Obbedisco e comincio a contare nella mente, per non dover sentire le sue parole. *Uno, due, tre, quattro...*

«Me la sono scopata contro il muro, sul pavimento, in cucina, sul tuo letto...»

Cinque, sei, sette, otto...

«Ogni volta che tu uscivi, lei mi guardava con quegli occhioni azzurri e me lo faceva rizzare...»

Nove, dieci, undici, dodici...

«Ma non siamo stati molto attenti, vero, Hannah?»

Smetto di contare e lo guardo.

«Abbiamo avuto un piccolo incidente. Anzi, lei ha avuto un piccolo incidente.» Adesso accarezza il volto di mia figlia col dorso della lama. Ho il voltastomaco. «E così è rimasta incinta. Proprio come te.»

Mi scoppia la testa, è come se qualcuno me la stesse stringendo in una morsa. «Mostro.» È tutto quello che riesco a dire. Non ci sono altre parole.

«Un bambino. Un bel maschietto. È per questo che ho dovuto portarla via. Dovevo accertarmi che fosse al sicuro, lontana da te e dai tuoi eccessi. Perché lo sa il cielo cosa le avresti fatto se lo avessi scoperto.»

La rabbia che ho provato a trattenere nell'ultima ora esplode. Mi alzo di scatto, ma mi fermo subito quando vedo che muove il coltello. «Cosa le avrei fatto? L'avrei protetta, ti avrei cacciato di casa. Ti avrei fatto a pezzi. Sei uno psicopatico.»

Lui si siede, calmissimo, e mi guarda. Poi comincia a ridere. «Eccola qua, Hannah. Ecco com'è la vera Sally.

Un'ubriacona violenta, una squilibrata. Ecco da cosa ti ho salvata.» Poi fa sedere Hannah e viene verso di me, col coltello stretto in mano. «Sai una cosa, Hannah?» dice, guardandomi negli occhi, mentre io indietreggio. «Ho cambiato idea. Non è la tortura mentale di cui ha bisogno questa qui, ma una bella strigliata. Le botte ti sono sempre piaciute, no? E invece tuo padre le dava solo a Kate e a te non ti guardava nemmeno.» Mi prende per i capelli e mi sferra un pugno in pieno volto.

Urlo e barcollo indietro. Il dolore è lancinante.

«È per questo che Kate provocava tuo padre, eh?»

Mi accuccio a terra e mi proteggo il viso con le mani.

Lui mi guarda dall'alto in basso. «Perché le piaceva quando la picchiava. Le piaceva perché voleva dire che le dava attenzioni. E tu eri gelosa perché le avresti volute anche tu. Ma io penso che hai ereditato un po' del carattere violento di tuo padre. Ricordi quella bottiglia di vino? Quando Kate l'ha saputo, si è schierata subito dalla mia parte.»

Tolgo le mani dal viso. E, mentre guardo il sangue che ho sul palmo e sento il suo sapore metallico in bocca, rivedo l'espressione cattiva di Paul quella sera. È in piedi con la bottiglia in mano. Io sono accucciata a terra, proprio come adesso. È stato lui a rompere la bottiglia, adesso ricordo. È stato lui a ferirsi intenzionalmente il braccio, ridendo mentre lo faceva. Non sono stata io. Io non c'entro. Mi alzo. «Sei un bugiardo.»

«Cosa?» Si avvicina.

«Ho detto che sei un bugiardo.»

«Ma guarda, Hannah, la signora si è rialzata e vuole il secondo round. Che vorresti, stavolta? Un altro pugno o qualcosina di più forte?» Comincia ad agitarmi la lama davanti alla faccia.

Io cerco di non perdere d'occhio il coltello. Non ho più paura. Sono pronta a sopportare qualsiasi cosa se significa salvare Hannah. Può anche uccidermi, se vuole, non m'importa. L'importante è che lei esca viva di qui.

41

Non respiro.

Lui è seduto sopra di me, con una mano mi tiene giù, con l'altra mi preme la lama sulla gola. Non posso parlare, posso solo starlo ad ascoltare mentre mi spiega come vuole ammazzarmi.

« Cosa ne dici, Hannah? Cosa si merita tua madre? Un taglio o qualcosa di più profondo? »

Sento piagnucolare. È il piccolo David. Vorrei parlargli, rassicurarlo, ma Paul lo intuisce e mi preme ancora di più la mano sul petto. Sto cercando di rimettere insieme tutto quello che mi ha detto. Devo capire, sapere prima di morire.

« E allora quella telefonata? » gli chiedo, ripensando alla voce di Hannah il giorno in cui mi aveva chiamato dicendomi che stava bene. « Le ho parlato. E mi ha detto che era tutto a posto. »

Lui avvicina il viso al mio. « Ah, sì. Una bella trovata, eh? Avevamo fatto una gitarella a Londra, vero, Han? E io allora le ho detto di chiamarti e di dirti che stava bene. Una piccola bugia a fin di bene per non farti stare in pensiero. Ma tu non stavi in pensiero, eh? Qualunque altra madre si sarebbe preoccupata, ma tu no. Tu eri contenta che se ne fosse andata. »

« Non è vero. »

« Sì che è vero », risponde con un sorriso di scherno.

«Cos'è che mi hai detto quel giorno? 'È grande ormai, può fare quello che vuole.' Che madre snaturata.»

Non lo contraddico, devo fare in modo che continui a parlare. «E Kate, allora? Kate l'ha incontrata a Brixton... Aveva scoperto che viveva lì.»

«Un'altra gitarella. Ho degli amici, laggiù. Ci siamo divertiti, vero, Hannah? E la zia Kate si è dimostrata proprio un'investigatrice coi fiocchi. Non ha capito un fico secco, quella stupida puttana.»

«E il bambino? L'ha avuto in ospedale?»

Paul scuote la testa e sorride. «Mi hai preso per uno stupido? Non avrei mai rischiato tanto. No, l'ha avuto qui. L'ha aiutata Fida a partorire.»

Fida. Sapeva che Hannah era prigioniera qui dentro. Perché non l'ho voluta ascoltare?

«Vi siete conosciute, se non sbaglio.»

«E tu come fai a saperlo?»

«La stavo tenendo d'occhio. Avevo capito che aveva in mente qualcosa. L'ho vista dalla finestra. Ma per fortuna ci hai pensato tu a rovinare il suo piano. L'hai cacciata via.»

Mi sento morire. Fida era venuta a dirmelo. Se solo l'avessi lasciata parlare non sarebbe successo niente di tutto ciò.

«Non sarebbe dovuta venire da te. L'avevo avvertita che non doveva parlare, ma mi ha disobbedito. E adesso terrà la bocca chiusa per un bel pezzo.»

«Sei stato tu a ridurla in quel modo?» gli chiedo, pensando a Fida semisvenuta ai piedi delle scale. Perché non sono andata subito a casa della mamma a chiamare l'ambulanza?

«È una tipa sveglia. Troppo sveglia. Ma ha fatto un passo falso. Credeva che non avrei scoperto che aveva chiamato in ufficio per farsi dare il nostro indirizzo di casa. Che stupida. Ma una gran puttana a letto. È un po' come Hannah, è il prodotto di un'infanzia difficile. Viene da una zona di guerra. E ho salvato anche lei, come ho fatto con Hannah. Sono un po' come santa Kate, insomma.»

«Tu non sei affatto come mia sorella», rispondo con un filo di voce.

«Come? Ripeti. Non ho sentito.»

«Ho detto che tu non sei affatto come mia sorella.»

«Be', in effetti no. Visto che io sono vivo e lei è morta. A quanto pare hai questo effetto sulle persone, Sal. Tuo padre, tua madre e Kate. Tutti morti.»

«La mamma ti voleva bene. Le avrebbe spezzato il cuore sapere quello che hai fatto.»

«Vuoi sapere un segreto?» mi dice, con la faccia vicinissima alla mia. «Che ne pensi, Hannah, diciamo a tua madre il nostro piccolo segreto?»

Hannah non risponde. L'ha annichilita. La ragazza risoluta e polemica di un tempo non esiste più. Adesso è solo un guscio vuoto. La Hannah di una volta avrebbe lottato per scappare da qui. E invece adesso guarda e basta, lasciandolo fare.

«Dai, glielo dico.» Mi passa la lama sulla guancia come fosse una piuma. «Tua madre l'ha presa meglio di quanto mi aspettassi. È stata stoica.»

«Ma di che parli?»

«Di tua madre», mi dice, tornando a premermi la lama sulla gola. «La tua cara mammina, quella che odiavi tanto. Era una sfrontata, proprio come te. All'inizio mi adorava, ma poi ha cominciato a ficcare il naso nei miei affari, pensando di potermi fregare. Stava sempre a parlare dentro quel registratore, pareva Miss Marple.»

Chiudo gli occhi e ripenso a mia madre, alle sue parole registrate su quel nastro. *C'è un bambino dai vicini. È piccolo, non avrà più di tre o quattro anni.* « La mamma lo sapeva? Sapeva di David? »

« L'aveva visto in giardino un paio di volte », dice, spostando il peso in modo tale da premermi il gomito sullo stomaco. « Ma nessuno le avrebbe creduto. La gente pensava che stesse perdendo la bussola. E così ho fatto la cosa migliore e l'ho portata in quella casa di cura. »

« Cioè? Mi stai dicendo che la mamma non aveva la demenza senile? »

« Esatto. Ma mi sono parecchio divertito a farle credere che ce l'avesse. Le spostavo le cose, e lei ha cominciato a convincersi. È arrivata a un punto tale che pensava che il figlioletto morto fosse tornato a tormentarla. Praticamente alla fine è stato un sollievo per lei farsi rinchiudere. » Scuote la testa e ride.

« Tu devi farti aiutare. Non stai bene. »

« Be', da che pulpito. Parli proprio tu, che sei un'ubriacona incallita? »

« Perché lo hai fatto? Perché hai fatto una cosa del genere alla nostra Hannah? » gli chiedo, col cuore che mi sembra scoppiare in petto.

« Hannah non è *nostra*. Hannah è il risultato di una sveltina che ti sei fatta con un ragazzino brufoloso. »

« Era una ragazza innocente, Paul. »

« Innocente? Lei? Come no. È una puttana, come la madre. Sempre pronta ad aprire le cosce con chiunque, vero, Hannah? » Paul si alza e va da Hannah e David. « Togliti. » Spinge via il bambino.

David non fa una piega e si sposta sul pavimento.

Mi si gela il sangue nel vedere la sottomissione cui li ha ridotti.

« Dicevo: Hannah è una puttana. » Le stringe un braccio intorno alla gola, la fa alzare e la porta davanti a me.

« Cosa fai? »

Le mette le mani sui seni.

« Smettila, Paul! Smettila! »

« Così calda e morbida. Probabilmente anche tu eri come lei, un tempo. Peccato che quando ti ho conosciuto eri già merce avariata. »

Hannah tiene il capo chino, ma lo so che ha paura. Trema mentre le mani di lui scendono lungo il suo corpo.

« Ti piace, eh? » Le sue mani continuano a scendere, sempre più in basso, fino a che non ce la faccio più.

Non posso permetterlo. « Togli quelle manacce da mia figlia », urlo, scagliandomi contro di lui. « Maledetto bastardo. » Cerco di sfilargli il coltello ma è troppo forte per me. Mi prende per i polsi e mi sbatte la faccia contro il muro. Una, due, tre volte. Ogni volta che mi tira indietro mi sputa addosso.

« Non. Ti. Azzardare. Più. Puttana. »

Non ho più forze e sento di nuovo il sapore del sangue in bocca. « No, Paul », gli dico, mentre mi stringe la faccia tra le mani e mi guarda negli occhi. La sua espressione cambia, temo che voglia baciarmi.

E invece, inaspettatamente, mi spinge di nuovo contro il muro.

« Basta! »

È la voce di Hannah.

« Le sto dando una lezione. La sto ripagando per tutte le volte che mi ha trattato da cani. » Adesso mi tira a sé, il viso vicinissimo al mio. La lama luccica e lui mi stringe più forte.

Chiudo gli occhi. « Corri, Hannah. Prendi David e vai a chiedere aiuto! »

« Non puoi dirle cosa deve fare. Lei è mia », m'intima, affondando il coltello.

Cado a terra e mi stringo lo stomaco. Mi gira tutto. Mi guardo le mani e sono piene di sangue. « Cosa hai fatto? »

Adesso è seduto sul materasso e mi guarda. « Quello che avrei dovuto fare anni fa. Ho posto fine alle tue sofferenze. »

Hannah è impalata al centro della stanza. Vorrebbe venire da me, lo so, ma la ucciderebbe se ci provasse. La guardo e le sorrido. Voglio rassicurarla. David deve essersi addormentato perché non lo sento più piagnucolare.

« Mi dispiace, tesoro », dice Paul. È con me che ce l'ha. Il tono è gentile, adesso, rassicurante, com'era un tempo. « Ti meritavi una lezione », aggiunge, ma la sua voce è sempre più lontana.

Non ce la faccio a stare seduta. Ho bisogno di sdraiarmi. Il mio corpo si affloscia sul pavimento. La stanza diventa liquida e mi ritrovo a nuotare nell'acqua. C'è qualcuno che mi chiama: è mia madre, dalla spiaggia. Agita le braccia in aria, mi dice che è ora di mangiare. Vorrei risponderle, ma non mi esce la voce. Affogo.

« Sally! »

La mamma sembra agitata, adesso. Entra in acqua e cerca di raggiungermi, ma deve sbrigarsi. Non respiro. Sto affogando. Poi sento le sue mani che mi prendono e mi tirano fuori dall'acqua. C'è una luce accecante, e io la chiamo: « Mamma? »

« Sally. »

Riconosco la voce, ma non è di mia madre.

« Sally. Oddio! »

Cerco di uscire da questo tunnel buio, di superare il

muro del dolore. Quando rinvengo sento delle braccia che mi stringono.

« È tutto a posto. Ti portiamo fuori da qui. Starai bene. Ora però resta con me. »

Apro gli occhi e lei è qui. È venuta a salvarmi.

PARTE TERZA

42

Herne Bay

Quando scendo dal treno, tiro su il cappuccio della giacca per nascondere il viso. I punti sulle gambe mi danno fastidio e il ginocchio destro fa male. C'è una panchina vicino alle scale, la raggiungo e mi siedo un momento per massaggiarlo un po'.

Il medico turco che mi ha curato mi ha detto di essere riuscito a rimuovere tutte le schegge tranne una, che era inaccessibile. Sono stata contenta lo stesso. Non me ne importa niente del ginocchio, l'importante è che io sia viva. Il resto delle persone che era in quel campo non è stato altrettanto fortunato. Tutta la zona nord-ovest dell'accampamento è stata spazzata via. Io mi trovavo nella parte sud, vicino alla recinzione, lontana dall'epicentro dell'esplosione. E nonostante questo sono stata sbalzata via e ho perso i sensi. Quando sono rinvenuta non ricordavo più dove mi trovassi. All'inizio credevo di essere morta e di essere finita in un aldilà apocalittico. Ma, quando poi sono riuscita ad alzarmi e a guardarmi intorno, ho capito che era tutto reale e molto peggio di qualsiasi inferno uno possa immaginarsi.

Mi sono messa ad arrancare in quella devastazione, chiamando aiuto, col ginocchio che sanguinava copiosamente. Ma tutto intorno a me regnava il silenzio della morte e l'unica cosa che si muoveva era il fumo che si alzava dal centro dell'accampamento. C'erano membra umane sparse in giro e un cane emaciato, attirato dall'odore del sangue, aveva già cominciato a banchettare sui cadaveri. Sembrava la fine del mondo.

Poi ho visto un gruppo di uomini, coi volti tesi ed esausti, che scavava fra i detriti delle tende: era la squadra di soccorso, appena arrivata sul posto, che cercava i sopravvissuti.

Sarei dovuta restare laggiù. Sarebbe stata la cosa giusta da fare, ma sentivo di dovermene andare. L'avevo già capito poco prima dell'esplosione, quando avevo sentito la voce di mia madre. Ormai non era più quella la mia battaglia. Il mio aiuto serviva altrove. Una volta arrivata dove prima c'era la tenda dell'infermeria, ho sentito un bambino che chiamava la mamma. La sua voce non veniva dall'accampamento. Era nella mia testa, nei miei ricordi.

In quella casa stava succedendo qualcosa di terribile. L'avevo visto coi miei occhi, come mia madre. Ed entrambe avevamo creduto di essercelo solo immaginato, di aver perso la testa. E, in quel luogo in cui ormai c'era solo morte, ho capito di dover seguire le grida di quel bambino e salvarlo.

Miracolosamente, anche Hassan si è salvato da quell'esplosione. Era andato a prestare soccorso altrove, nella zona est della città, quando la bomba aveva colpito il campo. Quand'è tornato mi ha trovato a girovagare senza meta in mezzo a quella devastazione. Non appena l'ho visto ho pensato che si trattasse di un fantasma e sono svenuta ai suoi piedi. Lui mi ha tirato su, mi ha infilato nella sua auto e, sotto mia insistenza, mi ha portato al confine turco. Una volta arrivati ha voluto portarmi in ospedale per farmi curare la gamba. Gli ho fatto promettere che, se qualcuno gli avesse chiesto di me, lui avrebbe dovuto dire che ero morta nell'esplosione. Sapevo che dovevo far perdere le mie tracce se volevo riuscire a tornare a Herne Bay. Gli ho consegnato alcuni dei miei effetti personali: gli appunti e il tesserino da giornalista. Poi gli ho chiesto d'inviarli a Harry dicendo che erano stati trovati sul luogo dell'esplosione. Dovevamo far credere a tutti che fossi morta. Il povero Hassan mi ha guardato come se fossi matta ma, quando gli ho spiegato che lo facevo per salvare la mia famiglia, non ha fatto altre domande. Per lui, la fedeltà alla famiglia e agli amici è tutto. Mi ha rimediato dei vestiti e un passaggio in Turchia, da dove poi sarei potuta tornare in Europa.

Quando ci siamo salutati mi ha detto: « Per ora Kate Rafter è morta. Gli ho detto che ti chiami Rima. È il nome di mia madre. L'ho scelto perché ti porti fortuna ».

Mi alzo dalla panchina e mi dirigo verso l'uscita della stazione, sempre tenendo il capo chino per nascondere il volto. Non c'è confusione. Solo qualche turista in biglietteria. Passando davanti all'edicola, vedo la mia foto sulla prima pagina del giornale. Mi fermo a prenderne una copia.

L'INVIATA DI GUERRA NATA A HERNE BAY È ORA DATA PER MORTA, dice il titolo. È una strana sensazione leggere della propria morte. E solo adesso mi rendo conto dell'enormità di quello che ho fatto.

Entro in bagno a leggere l'articolo. È citato Harry, che mi definisce come la migliore corrispondente estera della mia generazione. Hanno chiesto l'opinione anche di quello stronzo di Graham Turner: « Una giornalista intelligente e coraggiosa coi nervi sempre ben saldi ».

Che bastardo, penso gettando il giornale nel cestino. Non mi aveva certo definito così poche settimane fa, quand'era andato a piangere da Harry. Con quello che ha detto alla polizia, ha rischiato di farmi sbattere in galera e per questo non lo perdonerò mai.

Una volta fuori dalla stazione, mi fermo un secondo a pensare al da farsi. Il primo obiettivo era arrivare a Herne Bay, a come mi sarei mossa dopo non ci avevo ancora pensato. Se avessi le chiavi di casa della mamma potrei andare lì, ma le ho restituite e Paul quando sono partita. Una parte di me vorrebbe andare direttamente dai vicini ad affrontare Fida e suo marito. Ma non sarebbe una mossa saggia. No, la cosa migliore da fare è trovare Paul e sperare che non dica alla polizia che sono tornata, almeno fino a quando non avremo fatto quello che c'è da fare. A quest'ora sarà di sicuro in ufficio, solo che è lontano.

D'istinto, metto la mano in tasca per prendere il telefono, anche se so che non ce l'ho. Sono persa senza cellulare, ma ho dovuto rinunciarci. Sebbene sia sopravvissuto all'esplosione - insieme con le carte di credito e col passaporto, che tenevo in un marsupio che portavo sempre addosso -, sapevo che, se volevo portare avanti il mio piano, dovevo rendermi irrintracciabile, e perciò l'ho lasciato ad Aleppo. La SIM card, invece, l'ho distrutta schiacciandola sotto i piedi.

Il controllo dei documenti al terminal traghetti di Calais è stato veloce; per fortuna, nessuno ha prestato troppa attenzione al mio nome. I giornali parlavano di Kate, mentre il nome scritto sul mio passaporto è Catherine. E comunque gli ufficiali di frontiera sono concentrati sui potenziali terroristi, non sui giornalisti che hanno finto la propria morte. Una volta superati i controlli, ho comprato dei vestiti nuovi e un cappello di lana in cui nascondere i capelli, anche se in realtà era difficile che qualcuno potesse riconoscermi. A differenza di Rachel Hadley, io non ho mai fatto pubblicare la mia foto accanto ai miei articoli.

L'unica opzione è andare direttamente da Paul, sperando che sia in casa, penso mentre esco dal parcheggio a testa bassa. Non voglio dover spiegare a Sally tutta la storia. Più a lungo riesco a tenerla fuori da questa faccenda, meglio è.

Quando arrivo vedo che l'auto di Paul non è parcheggiata sul vialetto. Che delusione. Suono il campanello e aspetto, pregando che Sally sia sobria. Dovrò convincerla a farmi usare il telefono per chiamare Paul. Ma non viene ad aprirmi nessuno. Sto per suonare di nuovo, poi però cambio idea e vado sul retro.

Sbircio dai vetri, ma Sally non è neanche in veranda. Sembra tutto più ordinato, tra l'altro, e non ci sono bottiglie di vino sparse in giro. Forse se ne sono andati, penso. Avranno visto il telegiornale e penseranno che sono morta. E se la notizia ha dato il colpo di grazia a Sally, spingendola a fare qualche sciocchezza? Ho il cuore in gola mentre abbasso la maniglia della porta. È aperta.

« Sally? Ci sei? »

Niente, non c'è risposta. Arrivo in cucina e sbircio dentro. Ci sono due tazze sul tavolo.

« Sally? Sei di sopra? » Salgo le scale.

Quando arrivo sul pianerottolo, ho la bocca secca e il petto stretto in una morsa.

C'è qualcosa che non va.

Vado verso la sua camera da letto. Le tende sono chiuse e la stanza puzza di sudore e vino. Beve ancora, quindi. Ma dov'è?

Apro le tende, da cui si libera una cascata di polvere che mulina nell'aria fetida. Guardo la stanza e mi vengono i brividi. È ridotta in pessimo stato: ci sono vestiti buttati a terra e sul comò un toast lasciato lì chissà da quando. Il letto è sfatto e sopra c'è una coperta che evidentemente non viene lavata da mesi.

Torno in cucina per chiamare Paul. Alzo la cornetta ma non ricordo il numero. Merda. Magari l'avranno scritto da qualche parte. Apro il cassetto dove di solito Sally tiene questo genere di cose.

Poi vedo qualcosa. Un oggetto nero.

Un dittafono. È ridotto malissimo. Non può essere... Lo prendo, con le mani che tremano.

Lì accanto c'è una lettera. È di Harry. È il dittafono della mamma. Avevo provato a cercarlo dopo l'esplosione ma non l'avevo trovato. Credevo che fosse andato distrutto.

Guardo il dittafono e le tazze sul tavolo. Sally avrà sicuramente ascoltato la registrazione. E anche Paul. E lui avrà capito. Adesso torna tutto: il silenzio, la casa deserta. Ora so dove sono andati.

43

Quando arrivo davanti al 44 di Smythley Road tutte le luci sono spente e non vedo l'auto di Paul e Sally.

Forse sono venuti a piedi, penso mentre mi tiro su il cappuccio e imbocco il vialetto. La porta d'ingresso è aperta, guardo dentro e mi prende un colpo. «Fida!»

È quasi irriconoscibile. Ha il volto gonfio e ricoperto di sangue. L'hanno massacrata di botte.

La scuoto e lei apre le palpebre.

«Cos'è successo? È stato suo marito a ridurla così?»

Lei mi guarda e sgrana gli occhi. «No. Non può essere... Credevo fosse...»

«Tranquilla. Le spiego dopo. Adesso dobbiamo andarcene da qui.» Mi accovaccio accanto a lei. Vuole dirmi qualcosa.

«Non vo... non volevo... fare male... a lui.» Ogni parola le costa uno sforzo immane.

«A lui chi? A chi non voleva far male?»

Lei prova a sollevare la testa, ma le ricade indietro.

«Stia giù, pensi solo a respirare.» Ha addosso un piumino. Lo sistemo e la copro meglio. «Non si preoccupi. Adesso chiamo un'ambulanza.»

«Deve credermi. Lui mi ha costretto...»

Temo stia delirando.

«Mi ha costretto.» Rovescia gli occhi all'indietro.

Devo agire in fretta, portarla via di qui prima che torni quel pazzo del marito. Solo che non ho il telefono.

Ne cerco uno in corridoio. Niente. Corro in cucina. Eccolo: un vecchio cordless sulla mensola accanto alla porta. Lo prendo, digito il 999 e torno da Fida. « Ho bisogno di un'ambulanza, per favore. »

Fida mi tira per la manica.

« Aspetti un secondo », le dico, mentre comunico l'indirizzo alla donna all'altro capo del telefono.

Chiudo la chiamata e torno a guardarla. È ridotta peggio di quanto pensassi. Non riesce a parlare perché ha la bocca gonfia e spaccata. Chissà che dolore.

« Sta arrivando l'ambulanza, tranquilla. Andrà tutto bene », le dico, pregando che la mandino in fretta.

Fida comincia a tremare e le metto una mano sul braccio.

« Tranquilla. È tutto a posto. La porteranno in ospedale e starà bene. Ci parlo io con loro. Dirò loro di suo marito. Non la troverà, non si deve preoccupare. »

« No... quasi morto... è piccolo... Io non... non sono un mostro. »

Allora il bambino esiste. Non me lo sono immaginato! « Dov'è? »

Il respiro è debolissimo, e per un momento penso che stia per svenire. Poi però riapre gli occhi e mi afferra il braccio. « Sally. »

« Sally? Mia sorella? È qui? » Solo adesso mi rendo conto che quello è il suo piumino verde. « La prego, Fida. Mi dica dov'è. »

« Nel... nella... rimessa. » Pronunciare queste ultime parole le è costato talmente tanta fatica che si accascia.

« Fida, ascolti. L'ambulanza sta arrivando. Andrà tutto

bene. Adesso io vado a cercare mia sorella», le dico alzandomi di scatto.

Esco in giardino. C'è uno strano silenzio. Sento un fruscio in mezzo all'erba e mi si ferma il cuore.

«Chi è? Sally?» Vorrei tanto avere dietro la torcia.

Probabilmente è stato solo un uccello, ma ho lo stesso la pelle d'oca.

Perché Sally è venuta qui? Di solito ha paura della sua ombra. Non è da lei affrontare situazioni pericolose.

La porta della rimessa è aperta ed entro. «Sally? Sei qui?»

Sento dei suoni distanti, come voci sott'acqua.

«Sally?» Mi accorgo della botola solo quand'è troppo tardi.

44

Cado giù per una scala e atterro su un pavimento di freddo cemento, stordita e dolorante. Che diamine è successo? Mi metto in ginocchio, tenendomi il costato. Solo ora mi accorgo di lei.

È sdraiata su un materasso sudicio, piange, con un bambino stretto tra le braccia.

« Zia Kate? »

« Hannah! Che ci fai qui? Che diavolo sta succedendo? » Vado verso di loro.

Anche il bambino comincia a piangere ed è solo adesso che mi accorgo che Hannah ha i polsi legati.

Corro a liberarla. « Hannah. Che succede? »

Le ripeto la domanda ma lei non risponde. Continua a piangere e basta.

Si massaggia i polsi. Il bambino mi guarda con occhi sgranati.

« Ti abbiamo sentito quella volta che sei entrata nella rimessa. Pensavamo che saresti venuta a salvarci », mi dice Hannah, continuando a piangere e a stringersi il bambino al petto.

« Che vuoi dire? Che sei sempre stata rinchiusa qui dentro? »

Lei annuisce.

« Ma chi è questo bambino? »

« David è mio figlio. »

David.

Resto di sasso. E, mentre cerco di metabolizzare quello che mi ha appena detto, vedo qualcosa che luccica nella penombra. È la mia penna d'argento. È sul pavimento accanto al letto.

Hannah si accorge che la sto guardando. « L'ha trovata David. Mi porta sempre dei regalini per tirarmi su. »

Sono come stordita.

« Gli piacciono le cose che luccicano. »

Quando mi chino a raccoglierla, trovo anche una manciata di biglie, identiche a quella che c'era nel giardino della mamma.

« Mamma. »

È la voce di Sally. Mi giro. C'è un ammasso di vecchie lenzuola nell'angolo. « Tua madre è qui, Hannah? »

Lei mi guarda con occhi pieni di terrore, poi indica le lenzuola.

Corro a scostarle. « Oddio! Sally! » Era lì sotto. La faccio girare. « Sally! » Ha il viso tumefatto. È coperta di sangue. Ce l'ha in faccia, sui capelli, sui vestiti. « Dio mio, che è successo? » le chiedo tenendole la testa.

Lei si lamenta.

« Aveva un coltello. »

Mi giro. Hannah è in piedi dietro di me e guarda la madre.

« Chi? Chi è stato? » le chiedo, cercando di mantenere un tono calmo per non allarmare Sally. « Hannah, chi è stato? »

Lei non risponde. Mi guarda e basta, con lo sguardo perso.

« Mamma... sei tu? » mormora Sally.

Ha una ferita allo stomaco che continua a sanguinare. Le controllo il polso. È debole e perde molto sangue. « Ci serve qualcosa con cui fermare l'emorragia. E poi ci serve aiuto... dobbiamo chiamare aiuto.»

Hannah continua a guardarmi.

«Hannah! Devi andare a cercare aiuto!» urlo.

«Non posso.»

«Hannah, ti prego.» Sento qualcosa che mi sfiora la pelle. Mi giro e vedo che Sally ha aperto gli occhi. «Tranquilla. Adesso ti porto via da qui. Starai bene. Adesso però resta con me.» Le premo il lenzuolo sopra la ferita.

«Kate... Non può essere. Tu sei...»

La vedo sbiancare. Per un attimo temo che lo shock, insieme con l'emorragia, la mandi in arresto cardiaco. «Tranquilla, Sally, tranquilla. Inspira ed espira, così, brava.» Le accarezzo la fronte, come faceva la mamma quand'eravamo piccole e stavamo male.

Mi guarda con gli occhi sgranati, come un bambino. Non me li toglie mai di dosso, mentre insieme lottiamo perché non molli.

«Hannah. Devi andare a cercare aiuto», le urlo. *Inspira ed espira. Inspira ed espira.* «Ecco, così. Bravissima, Sally. Andrà tutto bene, tutto bene.»

«Paul», dice improvvisamente mia sorella, prendendomi il braccio.

«Tranquilla, Sally. Paul poi arriva. Sarà preoccupato.»

Lei scuote la testa e comincia ad agitarsi.

«No, no. Da brava: inspira ed espira, su.»

Sally mi afferra la mano. «No... Paul...»

«Lo chiamiamo quando arriviamo in ospedale. Adesso pensa solo a respirare. Andrà tutto bene.»

«No. È stato Paul a farmi questo», grida, scuotendomi il braccio.

«Cosa?»

«Paul... è stato Paul. Hannah... l'ha rapita. L'ha stuprata quand'era solo... » Mi lascia il braccio e si stringe il petto, come cercando di far uscire le parole. « Il bambino. Paul... è il padre. » Non ce la fa più e sembra quasi svenire.

« Sally, no. Ti prego, non mollare. Ce la possiamo fare », le dico, cercando di nascondere lo shock. « Coraggio: inspira ed espira. » Mi giro e guardo Hannah. Si è andata a sedere sul materasso. Ha il bambino in braccio. Sembra terrorizzata. « È vero? È vero quello che ha detto tua madre? Inspira ed espira, Sally. Brava. »

Hannah annuisce e mi crolla il mondo addosso.

« Dov'è adesso, Hannah? » dico abbassando la voce per non farmi sentire da Sally. « Dov'è Paul? »

« Non lo so. Mi ha detto di non provare a scappare... Se torna... »

« Dobbiamo avvisare la polizia. Tu pensa a tua madre. Io vado a chiamarli. »

Tum, tum.

Il bambino comincia a piagnucolare e Hannah scatta in piedi.

Si sentono dei passi di sopra.

« È lui », mi dice, terrorizzata.

45

« Sei ancora viva, allora. Cazzo, sei più forte di quello che sembri. »

Dal mio nascondiglio sotto il materasso, guardo Paul che si avvicina a Sally. Ha con sé un telo di plastica e indossa dei guanti di gomma.

Hannah è seduta sull'altro materasso insieme col bambino. Lo stringe, ma non stacca gli occhi da Paul, che adesso è davanti a Sally.

La sedia di legno non è troppo lontana da me, noto.

« Allora, Sally. Ti ho trovato proprio un bel posticino. Ti piacerà. È vicino, ci mettiamo poco in macchina. » Paul s'inginocchia accanto a lei.

Sally geme, e io devo fare appello a tutto il mio autocontrollo per non uscire allo scoperto e andare da lei. Devo giocarmela bene, altrimenti siamo tutti morti.

« È un posto che conosci bene. È perfetto. Lì nessuno ti disturberà. Potrai finalmente riposare in pace come volevi, vedrai », le dice, accarezzandole i capelli.

Poi la solleva per metterla sul telo di plastica e Sally si agita. Devo essere veloce. Esco da sotto il materasso e mi trascino sul pavimento. Lui mi dà le spalle. Ho quasi raggiunto la sedia quando qualcosa sferraglia per terra. La penna. Mi è caduta dalla tasca. Merda.

« Che è stato? » Lui si tira in piedi e si gira.

Non posso nascondermi da nessuna parte.

Paul sgrana gli occhi. « Ma che cazzo succede? »

Si porta una mano al petto e approfitto di questo primo momento di shock per afferrare la sedia.

Ma, prima che riesca a sollevarla, il suo piede mi blocca la mano. « Non ti azzardare. »

« Kate, ti prego. Lascia stare. Non provare a fermarlo », mormora Sally.

Invece devo. Proverò a fermarlo con ogni grammo di forza che mi è rimasto. Tiro via la mano da sotto il suo piede e con un calcio spingo via la sedia. Non mi serve, perché tanto non sembra che abbia un'arma con sé. Evidentemente pensava che non ne avrebbe avuto bisogno. Lo guardo dritto negli occhi. « Non mi fai paura. Non sono una ragazzina, io. Tu invece è di loro che ti approfitti, vero? Delle ragazzine? »

Sally piange e io vorrei tanto andare da lei, rassicurarla, prometterle che usciremo da qui, che andrà tutto bene.

« Togliti di mezzo, pazza isterica che non sei altro. Non eri morta? » Mi prende per i capelli e mi butta a terra.

Mi rialzo e, quando lui si avvicina per colpirmi ancora, provo a dargli un calcio nelle palle. Ma lui si scansa e mi sbatte di nuovo a terra.

Poi mi punta un ginocchio sul petto e mi serra le mani intorno al collo. « Non ci si libera facilmente di te, eh? Quelle cazzo di pillole non erano abbastanza forti. »

« Che pillole? » gli chiedo con un filo di voce, mentre lui continua a stringermi la gola.

« Le pillole. Quelle che ho trovato nella tua borsa. Sei diventata proprio una bella tossica, eh? Il tuo corpo è talmente abituato che non ti hanno fatto granché. »

« Ma di che parli? »

« Non ti ricordi la sera in cui hai dato di matto fuori dal pub? O la cenetta romantica e la bottiglia di vino rosso che ci siamo fatti fuori dopo? E il tè che ti ho fatto bere in spiaggia? Non mi aspettavo che una giornalista attenta come te lasciasse i bicchieri incustoditi. »

« Mi hai drogato? » gli chiedo, cercando disperatamente di liberare il collo.

« Non mi hai lasciato altra scelta. Stavi mettendo il naso in affari che non ti riguardavano. Ho provato a fermarti, ma non pensavo fossi così tenace. Dovevo aspettarmelo, però, sapendo quello che hai fatto. »

« Di che parli? »

Paul sorride. « Me lo ha raccontato Sally », dice, con la bocca vicinissima alla mia guancia. La stretta intorno alla gola si allenta un pochino. « Quello che è successo quand'eri bambina. Il grande segreto della vostra famiglia. »

« Paul, no. Ti prego, no! » lo implora Sally con le ultime forze.

« Taci, stronza. Sei stata proprio tu a raccontarmelo. Eri tu che la odiavi per quello che aveva fatto. »

« Cosa avrei fatto? » gli chiedo, guardandolo dritto negli occhi. Voglio che sappia che non ho paura di lui. « Dimmelo! Cos'è che ho fatto? »

Mi stringe di nuovo le mani intorno al collo. « Hai ucciso il tuo fratellino. Lo ha detto tuo padre a Sally quand'era bambina. Non è stato un incidente. Sei stata tu a tenerlo sott'acqua fino a che non è affogato. Schifosa bastarda. »

No, non è vero. Se lo sta inventando. Libero una mano e cerco di colpirlo in faccia. « Sei un bugiardo maledetto. »

Allora lui mi prende la testa e me la sbatte a terra. Mi sento svenire. « Schifosa. Sei un'assassina schifosa », urla.

Mi sbatte di nuovo la testa a terra e io sento il sapore del sangue in bocca. Chiudo gli occhi e aspetto il prossimo colpo. Ma non arriva. Sento un peso enorme addosso e la stretta intorno al collo che si allenta.

Apro gli occhi e Paul rotola a terra. Dietro di lui c'è Hannah, con la sedia di legno sollevata sopra la testa.

« Hannah », grido.

« Mi dispiace. Mi dispiace tanto », dice lei.

Paul non si muove.

« Tranquilla, non hai niente di cui dispiacerti, tesoro. È finita. È tutto finito, adesso. » Ancora un po' stordita, guardo il suo corpo inerme a terra. Non si muove, ma quando mi avvicino lo sento respirare. Bene. Voglio che paghi per quello che ha fatto. Prendo la corda che aveva usato per Hannah e gli lego i polsi.

« Kate. »

Sally. Vado da lei e le prendo la mano. Sento dei passi di sopra e provo un sollievo enorme. « È tutto a posto. L'ambulanza è arrivata. Adesso ti portano all'ospedale e starai meglio. »

« No. Non respiro. » Le si chiudono gli occhi ed è fredda.

« Ce la puoi fare, Sally. Lui non c'è più. Sei al sicuro adesso, te lo giuro », le dico, strofinandole le mani per scaldargliele.

Lei mi fissa. Lo sguardo è appannato. Lo riconosco, è lo stesso che aveva Nidal quel giorno.

« No, Sally, non farmi questo », grido, continuando a strofinarle le mani. « L'ambulanza è arrivata. Ti prego. Anche Hannah è qui e hai il nipotino più bello del mondo. Hai un mucchio di ragioni per cui vivere, adesso. »

Mi sorride. « Mi... mi dispiace. Scusa. »

« Per cosa? Non hai niente di cui scusarti. »

« Avrei dovuto farti entrare. Quella sera in giardino... avrei dovuto... Ma lui mi aveva detto... Scusami. »

« No, non ti preoccupare. Non fa niente. » Ed è vero. All'improvviso, tutta la rabbia e il risentimento che ho nutrito per anni nei suoi confronti non contano più niente. Siamo state entrambe vittime di nostro padre, anche se in maniere diverse. Come ho fatto a non capirlo prima?

« C'è qualcuno? »

Una voce. È la voce di una donna ed è di sopra.

« Sì. Siamo quaggiù. Svelti. È arrivata l'ambulanza, Sally. Sally? »

Lei è immobile. Tremendamente immobile.

Comincio a scuoterla. « Sally, svegliati. Ti prego, svegliati. È arrivata l'ambulanza. »

Sento persone che scendono.

« No, ti prego. Non puoi farmi questo. Svegliati, svegliati! »

« Si sposti, per favore. Adesso la lasci », mi dice una donna.

Mi faccio da parte e guardo i paramedici che circondano mia sorella. Ma gli strumenti di rianimazione che hanno portato giacciono a terra, inutilizzati. Si guardano e poi si girano verso di me. E quello sguardo è la conferma che temevo. Comincio a urlare e il grido del mio dolore rimbomba nella stanza, nel giardino, in ogni strada di questa maledettissima città.

46

Sono seduta in un corridoio d'ospedale, ad aspettare che i medici finiscano di visitare Hannah e David. Quand'è arrivata la polizia, David ha cominciato a tremare e non ha più smesso. Li hanno portati in una stanza privata in cui per tutta la notte c'è stato un andirivieni di medici e assistenti sociali. Gli infermieri mi hanno portato una tazza di tè e mi hanno chiesto se volevo farmi medicare la ferita sulla fronte, ma gli ho detto di no. Questo dolore è la mia penitenza. Avrei dovuto proteggerla e invece ho fallito. Vivrò con questo senso di colpa per tutta la vita.

Mia sorella giace inerme in una cella frigorifera di questo ospedale. È stata uccisa senza motivo da uno psicopatico che ci ha fregati tutti. Sento dei tacchi che si avvicinano e mi giro, quasi aspettandomi di vedere lei, che viene da me a braccia aperte, cominciando a parlare come una mitraglietta e chiedendomi cosa diavolo sia successo. Ma non è lei, è solo un'infermiera, e quando mi passa accanto e prosegue dritta sento qualcosa che si spezza. Adesso ho un vuoto enorme dentro, un terribile vuoto che ha il suo volto.

Lei non c'è più.

« Miss Rafter? »

Due persone vengono verso di me: una donna con un lungo cappotto di tweed e un poliziotto in divisa.

« Ispettore Lipton », si presenta la donna porgendomi la mano. « E questo è l'agente Walker. »

«Sì, lo conosco benissimo», rispondo, stizzita. «Avevo provato a dirle cosa stava succedendo in quella casa, agente, ma lei non ha fatto nulla. Anzi, una cosa l'ha fatta: ha arrestato me.»

L'agente s'irrigidisce.

L'ispettore Lipton lo guarda e aggrotta la fronte.

«Se mi avesse preso sul serio quella sera, mia sorella sarebbe ancora viva. E invece adesso è in un obitorio.» Non ce la faccio, non ce la faccio più, e scoppio nel pianto disperato che ho cercato di trattenere nelle ultime ore.

«Mi dispiace tanto, Miss Rafter.» L'ispettore Lipton si siede accanto a me. Walker resta in piedi. «Dev'essere stato un terribile calvario per lei.»

Mi asciugo gli occhi e guardo Lipton. «Lui è vivo? Paul Cheverell. L'uomo che ci ha fatto questo. L'avete preso?»

L'ispettore annuisce.

Stringo i pugni. «Bene.» Sono contenta che sia vivo, perché voglio che soffra come ha dovuto soffrire mia sorella. Voglio che non abbia più pace.

«È sotto nostra custodia, adesso. Fida Rahmani ci ha fornito delle informazioni e avremo bisogno di parlare anche con lei e Hannah, quando sarete pronte.»

«Fida Rahmani. Lei era sua complice. Dovete sbattere in galera anche lei.»

«Da quello che abbiamo scoperto finora, sembrerebbe che Miss Rahmani fosse vittima di Cheverell tanto quanto sua nipote e sua sorella. Crediamo che la donna sia stata fatta entrare illegalmente nel Regno Unito e che Cheverell si sia approfittato della situazione.»

«Come? Non capisco.»

«Stiamo ancora cercando di scoprire i dettagli di questa storia. Ma una vicina ci ha detto che una donna che corrisponde alla descrizione di Miss Rahmani è andata a trovare sua sorella, ieri, probabilmente per raccontarle cosa stava succedendo. Crediamo che Cheverell lo abbia scoperto e per questo l'abbia aggredita. Abbiamo trovato una mazza da cricket sporca di sangue in giardino.»

«In questo momento non me ne importa nulla di Fida Rahmani. Le ho dato più di una possibilità di raccontarmi quello che stava succedendo in quella casa, ma non ha mai voluto farlo. E adesso mia sorella è morta.»

«Ci ha detto che Cheverell minacciava di uccidere lei e il bambino se avesse aperto bocca. Li teneva separati. Hannah era segregata nella rimessa e il bambino doveva essere tenuto lontano da lei, perché non ci si doveva affezionare. Lei ha eseguito solo gli ordini. È abbastanza comune che donne nella sua situazione sviluppino una dipendenza dal loro aguzzino.»

La cattiveria di quest'uomo è senza fine. «Come ho fatto a non accorgermene?» chiedo, con le lacrime che mi rigano il volto. «Ho scritto articoli su articoli riguardo a questo genere di abusi.»

«Non ci aspettiamo mai che queste cose avvengano proprio sotto il nostro naso. E in una cittadina così tranquilla, poi... Ci ha colto tutti di sorpresa.» Guarda l'agente Walker e sorride, forse crede di poter giustificare la sua negligenza.

«Be', non avrebbe dovuto.» Non ha idea di quanto si sbagli. Tutti noi, ogni giorno, ci troviamo fianco a fianco con la cattiveria umana. Se ho imparato qualcosa dopo quindici anni come inviata di guerra è proprio questo. Ma certo non mi posso aspettare che loro lo capiscano.

Mi alzo.

«Noi ci sentiamo nei prossimi giorni, Miss Rafter. Nel frattempo, abbiamo chiesto a un consulente della tutela minori di venire qui per spiegarvi quali opzioni avete a disposizione.»

«Opzioni?»

«Per Hannah e David. La aiuteranno a capire come muoversi e a chi rivolgersi, sa, per ottenere un alloggio temporaneo, supporto psicologico e una famiglia affidataria per il bambino.»

«Non sarà necessario. Mi occuperò io di Hannah e di David, adesso. È questo che avrebbe voluto Sally.»

L'ispettore annuisce. «Certo, ma si lasci aiutare. Hannah e David hanno bisogno di supporto e terapia per riprendersi da quello che hanno subito.»

«Capisco», rispondo, con le grida di David che ancora mi risuonano nelle orecchie.

«E, per qualsiasi cosa, non esiti a contattarmi.» Mi dà il suo biglietto da visita. «Qui ci sono il numero del mio interno e i contatti del vostro referente alla tutela minori.»

«Grazie.»

«Ah, e un'ultima cosa: Fida Rahmani ha chiesto di vederla.»

«No, non voglio vederla.»

«Ci ha detto che ha bisogno di parlarle. È al terzo piano. Decida lei. Arrivederci, Miss Rafter. A presto.»

Accanto alla porta c'è un'agente seduta su una sedia di plastica. Quando entro, Fida alza la testa dal letto. L'hanno medicata, ma il viso è ancora ridotto male.

«Buongiorno», le dico, avvicinandomi al letto.

Lei annuisce, ancora un po' stordita. «Grazie per essere venuta. Si accomodi.»

«Non resto molto.»

« La prego », insiste, indicando la sedia.

« D'accordo. Ma solo per pochi minuti. »

« Mi dispiace molto per sua sorella. »

« Davvero? »

« Certo. Non avrei dovuto coinvolgerla. Avrei dovuto chiamare la polizia e basta. »

« Perché non me l'ha detto? L'ho pregata e scongiurata di farlo. Avrei potuto aiutarla. »

Si asciuga le lacrime col lenzuolo. « Avrei tanto voluto. E stavo per farlo, ma poi una sera Paul è venuto a casa e ha detto che lei gli aveva raccontato che avevamo parlato. Mi ha picchiato. Il piccolo David ha provato a fermarlo e lui gli ha dato un pugno in faccia. È stato terrificante. Credevo ci avrebbe uccisi. » Si soffia il naso con un fazzoletto. « Quando poi se n'è andato, ho detto a David di venire a cercarla, di chiederle aiuto. Lui aveva paura, ma io gli ho detto di essere coraggioso, che lei non era un mostro. Paul gli diceva sempre che il mondo era pieno di persone cattive, così lui non sarebbe scappato. Ma io gli ho detto che lei era buona. Che si chiamava Kate e che ci avrebbe aiutato. »

« Ma lui non mi ha trovato. »

« Sì, invece. Però mi ha detto che stava dormendo e, quando lui ha provato a svegliarla, lei ha cominciato a urlare e lui è scappato per la paura. »

Rabbrividisco, ripensando al sangue che mi ero ritrovata sul viso e sulle mani. Era il sangue di David. Perché prendevo quelle stupide pillole? Se non lo avessi fatto, Sally sarebbe ancora viva. Mi torna in mente che, la sera dopo, quando Fida era venuta a bussare alla mia porta, aveva una ferita in faccia. Era la sera in cui sono stata arrestata. E poi ricordo il piccolo David che mi guardava dal giardino con un occhio nero. Tutto perché avevo chiesto a Paul dei suoi affittuari.

Mi alzo. Adesso devo andarmene. Devo piangere per mia sorella. « Fida, mi dispiace per tutto quello che ha passato. » Prendo il taccuino e una penna e le scrivo il mio numero di telefono. « Ecco. Se dovesse avere bisogno, mi chiami pure. »

Le si riempiono gli occhi di lacrime. « Oh, grazie... grazie... » Comincia a piangere.

« Sstt, basta, adesso. È finita. Non può più farle del male. Supererà tutto, vedrà. »

Lei mi guarda e annuisce. « Mi dispiace, Kate. Mi dispiace moltissimo. »

« Lo so. » Faccio un cenno col capo all'agente e poi vado. Sulla porta, mi giro. Fida si è raggomitolata su un fianco, con quel pezzo di carta ancora stretto al petto.

47

Mi scoppia la testa. Fa caldissimo qua dentro. Ho bisogno di uscire a prendere una boccata d'aria fresca prima di tornare da Hannah e David.

Passo davanti all'accettazione, diretta verso l'uscita. Fuori comincia ad albeggiare, e io maledico il sole che sorge oltre i vetri delle porte automatiche.

Una volta fuori vorrei tanto poter essere una fumatrice, almeno saprei cosa farmene di queste mani che non vogliono smettere di tremare. E poi lo vedo. All'inizio è una figura indistinta che mi saluta da lontano, mentre si fa strada tra le auto parcheggiate.

« No », dico con un filo di voce quando lo riconosco.

Non può essere qui. È impossibile.

« Kate. »

Batto le palpebre, tanto per assicurarmi che non si tratti di un'altra delle mie allucinazioni. Ma no, è davvero lui.

È qui.

« Chris. »

Viene verso di me e mi prende la mano. « Kate, quanto sono felice di vederti. »

« Che ci fai qui? » gli chiedo, mentre ce ne stiamo impalati, due anime ferite davanti a un ospedale pieno di centinaia di altri poveri cristi come noi.

Sentirlo così vicino, inspirare di nuovo il suo profumo,

mi fa venire voglia di abbracciarlo stretto e abbandonarmi completamente a lui. Quello che succede nella realtà è che gli permetto di darmi un bacio sulla guancia per poi tornare subito alla distanza di sicurezza. Due persone, due vite separate.

« L'ho letto sui giornali e non ci volevo credere. E poi come per magia sei ricomparsa. È stato... un miracolo. » Infila le mani nel suo cappotto elegante.

« Mia sorella è morta. Non sono riuscita a salvarla. »

« Lo so. Mi dispiace tanto, Kate. »

« Ti dispiace per cosa? Per la sua morte o per essere stato uno stronzo? » gli chiedo guardandolo dritto negli occhi.

È più forte di me. Rivederlo mi ha fatto rivivere tutto quanto: il ristorante, le bugie, il bambino. Il nostro povero bambino che non c'è più.

« Me lo merito. Per quello che ho fatto, per come l'ho fatto. Sono stato un codardo. Adesso l'ho capito. »

Torno verso l'entrata illuminata dai neon. « Ho bisogno di sedermi. Ci dovrebbe essere un bar in questo posto dimenticato da Dio. Possiamo prenderci un caffè. »

Attraversiamo in silenzio un corridoio dietro l'altro. La sua presenza alle mie spalle è rassicurante.

« Eccoci », dico quando vedo le vistose porte arancioni del bar. « Tu prendi i caffè, io trovo un posto. »

Il bar è deserto, scelgo il tavolo vicino alla finestra. Guardo un'ambulanza che accosta davanti all'entrata. Mi fa male ripensare a quando i paramedici hanno sollevato da terra il corpo esanime di mia sorella. *Mi dispiace,* penso guardando la distesa di cemento del parcheggio. *Mi dispiace, Sally.*

« Eccoci. » Posa sul tavolo un bicchierino di plastica col

caffè. Il suo viso è illuminato dai raggi del sole e con questa luce i suoi occhi sembrano ancora più chiari.

Tutto quello che amo di lui è amplificato e per un momento mi consento d'immaginare una vita diversa. Io e lui che viviamo insieme in un paesino dello Yorkshire, in una bella casa, con un cane che portiamo a passeggio tutte le mattine. Io preparo torte e tutte le sere mi addormento tra le sue braccia. La mattina mi sveglio per prima e lo guardo dormire, coi raggi del sole che gli illuminano il viso proprio come in questo momento. E ogni giorno ringrazio il cielo per avermi fatto un regalo così grande.

Ma il sogno svanisce e va in frantumi quando lui si toglie il cappotto e si siede davanti a me.

« Perché sei venuto, Chris? »

« Avevo bisogno di vederti. E poi ho pensato che, dopo tutto quello che hai passato, vedere un amico potesse farti bene. »

« Ah, è questo che siamo adesso? Scusa, ero rimasta un po' indietro. »

« Lo sai che siamo più di questo, Kate. Siamo molto più di questo. » Mi posa una mano sul braccio.

« Allora devo essermi sognata la parte in cui tu mi portavi a pranzo fuori e mi dicevi che era finita. Ho visto tua moglie, Chris. Ora so che tipo di vita conduci quando non mi hai tra i piedi. »

« Kate, mi dispiace. »

Guardo fuori dalla finestra. Vedo il suo riflesso sul vetro: tiene le mani giunte con le dita incrociate, nasconde la fede. Devo dirglielo. Se non lo faccio adesso non ne avrò mai più il coraggio. Ma continuerò a guardare le auto parcheggiate fuori. Non voglio vedere la sua faccia quando glielo dico, perché altrimenti so che crollerei.

« Ero incinta, Chris. Volevo dirtelo quel giorno, ma mi hai lasciato prima. »

Lo sento trattenere il fiato, ma non ho ancora finito.

« Ho perso il bambino poche ore dopo. Per cui non preoccuparti, non hai niente da temere », gli dico, gelida.

Il silenzio che segue è talmente assoluto che devo girarmi per vedere se è ancora lì. Sì, c'è. Ha la testa tra le mani e fissa il bicchiere.

« Chris? »

Alza lo sguardo e ha gli occhi gonfi di lacrime. « Oddio, Kate. Mi dispiace tanto. Ti meritavi uno di gran lunga migliore di me. Hai ragione. Sono uno stronzo. Avrei dovuto essere punito io, non tu. »

Annuisco e lo guardo negli occhi. È la prima volta che lo vedo sotto una luce così forte. La nostra relazione si è svolta tutta nella penombra: c'infilavamo a letto al chiarore dell'alba, c'incontravamo clandestinamente nelle camere d'albergo quando il sole tramontava. Eravamo due vampiri che si succhiavano la vita a vicenda. Adesso che lo guardo sotto i neon abbaglianti del bar, mi rendo conto di non avere la minima idea di chi sia. L'uomo con cui facevo l'amore, l'uomo che mi faceva tremare di desiderio, l'uomo che mi baciava la fronte tenendomi stretta. Era solo un'ombra, un prodotto della mia immaginazione. Non assomiglia minimamente all'uomo che adesso è seduto davanti a me con indosso il suo bel vestito costoso.

Le porte del bar si aprono e vedo entrare una famiglia con un bambino e una ragazzina con un braccio ingessato. I genitori sembrano esausti mentre si dirigono con tutte le loro cose verso un tavolino.

Chris sposta la sedia più vicino al tavolo per lasciar passare la famiglia. « È stato insensibile da parte mia. Da codardo. E credimi, Kate, ho ripensato un milione di volte alla nostra ultima conversazione, e ogni volta mi sono chiesto se ci fosse un altro modo per dirtelo. »

Guardo la ragazzina col braccio ingessato che si mette a sedere e improvvisamente questa conversazione mi sembra del tutto inutile. Voglio che se ne vada, perché adesso devo andare da Hannah e David. Solo così troverò pace per mio fratello, per Nidal, per Sally.

Incrocio le braccia al petto. « Chris, ma che senso ha? È finita. La nostra storia è finita. Tua moglie e le tue figlie hanno bisogno di te. Punto. »

Lui fa un sorriso nervoso. « Mi stupisce la tranquillità con cui parli della cosa. »

« Ma porca miseria, Chris, cosa vuoi che ti dica? Che mi hai spezzato il cuore? »

Segue un lungo silenzio, interrotto solo dalle voci dei bambini seduti dietro di noi.

Adesso sono arrabbiata e voglio ferirlo, voglio che anche lui provi il dolore che mi pervade in questo momento. « Tua moglie non è affatto come la immaginavo. Ma, bisogna dirlo, sei sempre stato uno pieno di sorprese. »

Si prende la testa tra le mani e io mi giro dall'altra parte.

Tutto questo è patetico. Io sono patetica. Però è più forte di me.

« Avevo bisogno di te. Non ti ho mai mentito. Lo sapevi dall'inizio che ero sposato. »

« Sì, è vero. »

« E dicevi che non volevi legarti. Che, per via di tuo padre e tutto il resto, la sola idea del matrimonio ti ripugnava. Me lo hai detto la prima volta che ci siamo visti, quando ancora non era successo niente tra noi. »

« E tu dicevi che tua moglie ti ripugnava, se non ricordo male. »

Chris sprofonda le spalle. « Ti amo, Kate. »

Mi si riempiono gli occhi di lacrime. Perché non la smette?

«Ti amo così tanto che mi fa paura. Ma non avrebbe potuto funzionare tra noi. Perché abbiamo assistito agli stessi orrori; abbiamo gli stessi incubi. Ho letto l'intervista del tuo fotografo. Ho letto quello che ha detto sulla morte di quel bambino ad Aleppo. E so cosa hai passato, perché ho dovuto vedere centinaia di corpi esanimi come il suo. Li ho tirati su con le mie mani ed erano tali e quali alle mie figlie.»

Ha gli occhi gonfi di lacrime e non posso trattenermi dall'allungare una mano e asciugare quelle che gli rigano il volto.

Lui mi prende il polso e lo bacia. «Quando la sera chiudo gli occhi, vedo quei bambini. Certe immagini non mi abbandoneranno mai, resteranno per sempre qui dentro. È per questo che ho bisogno di Helen. Ho bisogno di lei perché non ha idea di quello che ho visto. Posso tornare a casa e dimenticare tutto. Lavar via quell'odore e quelle immagini e sostituirli con altri. La casa, le bambine, Helen: sono incontaminate.»

«Io invece sono merce avariata», gli dico, riprendendomi la mano.

«No, Kate. Tu sei bellissima, intelligente, coraggiosa. La donna più meravigliosa che io abbia mai incontrato. E in un'altra vita, in un mondo più bello e giusto, chissà come sarebbe potuta andare.»

«Avremmo potuto vivere per sempre felici e contenti? Non ci credo in queste cose, Chris. E non era questo che cercavo.»

«Cos'era allora? Quale motivo ti ha spinto a restare con me tutti questi anni?»

«Perché quando stavo con te gli incubi sparivano.» Lo

guardo negli occhi, ma solo per un istante, poi mi giro di nuovo verso la finestra.

È arrivata un'altra ambulanza davanti al pronto soccorso. Aspetta che si vengano a prendere il paziente che ha a bordo. Sento il motore vibrare sotto i piedi. So che Chris vorrebbe continuare questa conversazione, ma io sono stanca, stanca di cercare di rianimare qualcosa che non aveva diritto di esistere e basta.

Mi avvicino ancora di più al vetro e rivedo il passato svolgersi davanti ai miei occhi. Vedo mio padre sulla soglia di casa, con le braccia incrociate al petto. Un uomo pieno di dolore in una casa piena di dolore. Vedo mia madre che corre verso le onde. Vedo la faccia di David mentre raccogliamo conchiglie. Vedo Hannah nella culla dell'ospedale. Vedo il pallone di Nidal in mezzo alla strada e l'ultimo sorriso di Sally prima di chiudere gli occhi. Questo bar è pieno di fantasmi e, mentre Chris mi stringe la mano, provo a chiudere gli occhi e a cacciarli via. Ma loro infestano il mio cervello, come tumori.

Guardo Chris e capisco che ci siamo detti tutto quello che dovevamo. Basta così. Fine della storia.

In silenzio, ci alziamo e usciamo dal bar. Attraversiamo i corridoi labirintici dell'ospedale fino a che non ci ritroviamo fuori, nel parcheggio, col vento che ci sferza la faccia.

Sento tutti i muscoli contratti. Sono esausta. Un taxi suona un colpo di clacson e un gruppetto di medici e infermieri ci passa davanti mentre noi ce ne stiamo qui immobili. Nessuno dei due vuole essere il primo a dire addio.

« Hai ragione tu. Vissero per sempre felici e contenti è una cosa che succede solo nelle favole. Ma possiamo sempre provarci, Kate, possiamo sperare. Perché, alla fine, sognare una vita felice non è da poveri illusi. »

« Certo che no », gli rispondo, pensando ad Hannah e David e al lungo cammino che ci aspetta. « Non potrei fare il lavoro che faccio se non ci credessi. Gli esseri umani sono capaci anche di amare, non solo di odiare, ed è questa convinzione che mi fa andare avanti. »

« E gli incubi? » mi chiede, guardandomi con occhi imploranti, come se fosse sul bordo di un precipizio e io fossi la sua unica speranza di salvezza. « Bisogna conververci? »

« Ho intenzione di lavorarci. Probabilmente andrò in terapia, ma vediamo. »

« Be', se funziona, fammi uno squillo, eh? »

Sorrido. Eccoci qua, due cuori spezzati che stanno per iniziare una nuova vita, entrambi timorosi di fare il primo passo. « E quindi? Dove sei diretto? »

« Veramente non... non lo so. Tu? »

« Io? Io adesso torno dalla mia famiglia. Dovresti fare lo stesso, Chris. Vai a casa. »

Lui annuisce e aggrotta la fronte. « E poi? »

« E poi chi lo sa? »

« Già. Senti, adesso salgo in taxi e ti lascio... »

Ma non fa in tempo a finire la frase, perché io lo abbraccio e gli do un bacio sulla guancia. Lo sento rilassarsi, abbandonarsi a me, come sempre. E per un attimo rischio di cedere, di tornare sui miei passi.

« Addio, Chris », gli dico alla fine.

Ha gli occhi lucidi mentre si preme un dito sulle labbra e lo posa sulle mie.

Poi si gira e se ne va. Lo guardo aprire la portiera e salire sul taxi. L'auto parte e si allontana. La sua testa è sempre più piccola, fino a diventare un puntino distante, tremolante e indistinto.

48

Quando arrivo sul lungomare, sono quasi le due del pomeriggio. Le barche dei pescatori sono tutte ormeggiate e c'è un gruppetto di uomini sulla spiaggia che districa le reti. Attraverso la strada e mi dirigo verso le barche. Leggo i loro nomi: *Salvezza, Stella di Mare, Regina, Sposa del Capitano*. E alla fine lei, *Acheronte,* con le sue strisce bianche e nere. Ma non vedo Ray.

È il mio ultimo giorno a Herne Bay e, anche se mi fa paura, voglio sapere.

Quando arrivo davanti a loro, gli uomini si fermano e mi fissano. Odorano di sale e sudore.

«Scusate, sapete dov'è Ray?» gli chiedo, cercando di farmi sentire nonostante il rumore delle onde.

«È andato in pausa», risponde uno. È giovane, avrà vent'anni. E continua a guardarmi.

«Sa dirmi quando torna?» insisto, mentre il vento mi sferza la faccia.

«Se vai al bar all'angolo lo trovi lì», mi dice un altro. È più grande. Fa spostare il ragazzo, che non mi ha ancora tolto gli occhi di dosso. «Questo qui è un maleducato, lo devi scusare.»

Ringrazio e me ne vado. E so che mi stanno ancora guardando. È come se lo sapessero.

Nel bar c'è odore di uova e patatine fritte. Lui è seduto

a un tavolino vicino alla finestra che guarda il mare. Ha una tazza di tè in mano.

Mentre vado verso di lui, si gira. Si alza. « Kate. L'ho letto sui giornali. Povera Sally. Mi dispiace tanto. »

« Ho bisogno di sapere, Ray. » Mi siedo al suo tavolo. « Devo sapere com'è morto David. E stavolta devi dirmi la verità. »

Ray mi guarda, gli occhi pieni di dolore. « Va bene, ma prima ti offro qualcosa. » Fa un cenno alla cameriera, che mi porta un tè caldo.

Non appena restiamo da soli, poso una mano su quella di Ray. « Ti prego, devi dirmi se è vero. È vero che sono stata io a uccidere mio fratello? Devo saperlo. »

Lui sgrana gli occhi. « No, no », risponde, scuotendo la testa.

« Paul sosteneva il contrario. A quanto pare Sally gli aveva raccontato che... sono stata io ad affogare David. »

« Santo Dio. » Ray si prende la testa tra le mani.

« Ti prego », insisto, stringendogli il braccio. « Devi dirmi com'è andata. »

Ray guarda fuori dalla finestra. Comincia a parlare con voce tremante: « Ero sulla mia barca, ormeggiato vicino agli scogli. Mi aspettava una lunga giornata di pesca e stavo sistemando le reti quando ho sentito voci di bambini. Voci allegre. Ho guardato la spiaggia e ho visto una bimbetta coi capelli neri. Eri tu ».

Ho il cuore in gola. Sento in bocca il sapore salmastro del mare.

« C'era anche tuo fratello. Un piccoletto coi capelli scuri scuri. Eravate una gioia per gli occhi. Vi tenevate per mano e giocavate con le onde. Ridevate come matti. Quelle risate scaldavano il cuore. » Gli trema un po' la voce. « Ho sentito un pesce abboccare ma, proprio quando lo stavo per tirare a bordo, qualcosa mi ha fatto fermare. Non sentivo più quelle voci. »

« Quali voci? »

« Le vostre. C'era troppo silenzio. Allora ho guardato la spiaggia e c'eri solo tu. Eri piegata in avanti e raccoglievi qualcosa, ma non riuscivo a vedere cosa. »

Mentre parla, sento un brivido e mi ritrovo di nuovo su quella spiaggia. Lo ricordo come fosse ieri. Stavo raccogliendo conchiglie. Da grande, poi, ogni volta che mi è capitato di vedere le conchiglie ho sempre provato una strana sensazione. E non ho mai capito perché. Adesso sì, però. « Conchiglie. Raccoglievo conchiglie. »

Ray è a bocca aperta, stupito che io abbia ricordato quel particolare. « Sì, credo di sì. »

Annuisco. Sento ancora la superficie ruvida delle conchiglie sul palmo delle mani.

« E quando ti ho visto mi si è fermato il cuore. Perché eri sola. Il piccoletto non c'era più. E ho capito che era successo qualcosa. Ho mollato la canna da pesca e mi sono alzato. Ed è stato allora che l'ho visto. » Sospira. « Scusami... ma... è come se ce lo avessi ancora davanti agli occhi. »

« Spiegami meglio, Ray. Dove l'hai visto? »

« In acqua... galleggiava a faccia in giù, a tre metri dalla riva. Quando l'ho visto così, ho cominciato a remare come un forsennato. Tua madre correva verso di te. Tu le hai fatto vedere le mani, per mostrarle le conchiglie, credo. »

Mammina, guarda. Sono a forma di cuore. Il ricordo è un pugno allo stomaco, e non aspetto altro che sentire cos'è successo dopo.

« Tua madre ha urlato il suo nome, e io mi aspettavo di vederla correre da lui. Invece è rimasta immobile, impalata a guardare l'acqua. »

Mammina, guarda... guarda che belle conchiglie.

Rivedo mia madre. Guarda l'acqua, immobile. C'è qualcosa che non va. Perché non si muove? Sembra una statua. Seguo il suo sguardo e vedo mio fratello che galleggia sulla superficie dell'acqua. E solo ora capisco da dove ha avuto origine il senso di urgenza che mi ha accompagnato tutta la vita, la sensazione che da qualche parte ci sia qualcuno in pericolo che ha bisogno del mio aiuto.

«Sei stata tu a correre da lui», dice Ray, interrompendo i miei pensieri. «Non tua mamma. Mentre remavo verso riva, ti ho visto entrare in acqua e correre tra le onde per raggiungerlo. Tua madre invece è rimasta immobile. Come se fosse in trance.»

Mammina, guarda...

«Quando sono arrivato, il piccolo David non c'era più. C'eri solo tu seduta sulla riva. Sono saltato giù dalla barca e sono corso da te... ed è stato allora che ho visto...»

Mi tremano le mani. «Cosa? Cosa hai visto, Ray?»

Le lacrime gli rigano il viso e se le asciuga con le mani ruvide. «Ho visto che lo tenevi in braccio. E tu mi hai guardato e mi hai detto...» Si asciuga ancora le lacrime. «Mi hai detto: 'Lo sto scaldando'.» Mi prende una mano e la stringe forte. «Credevi di averlo salvato.»

Resto di sasso. «Non è vero, allora? Non... non sono stata io a farlo affogare?»

Mi guarda dritto negli occhi. «No, Kate. Non lo hai fatto affogare. Te lo dico io, che ho visto tutto. Tu eri lontana quand'è affogato. Non lo hai ucciso tu, cara, tu lo hai riportato a riva.»

Annuisco. Cerco di metabolizzare tutto quello che mi ha detto. «E allora perché? Perché mio padre ha detto a Sally che era stata colpa mia?»

« Non lo so. A tuo padre io ho raccontato tutto, per filo e per segno. Gli ho detto di tua madre, che era rimasta immobile sulla riva... Poi abbiamo capito che era stato per il grande shock, può succedere, sai? In ogni modo, gli ho detto di te, che eri corsa a soccorrere tuo fratello. Gli ho detto di come te lo eri messo in braccio cercando di scaldarlo. Ma la morte del piccolo David lo aveva sconvolto e lui aveva bisogno di dare la colpa a qualcuno. E allora si è creato un film in testa in cui la colpevole eri tu. »

« Quindi mi stai dicendo che, pur di dare un senso alla morte di David, mio padre ha preferito convincersi che la colpa era stata mia e che mia madre non aveva fatto niente? » gli chiedo, tremando al ricordo di tutto l'odio che c'era nei suoi occhi ogni volta che guardava me o la mamma.

« Come ti dicevo prima, cara, la morte di David lo aveva sconvolto. »

Restiamo seduti in silenzio, respirando a malapena. Abbiamo rivissuto quei momenti e adesso dobbiamo lasciarli sedimentare.

« Grazie, Ray. Grazie per esserci stato quel giorno. »

« Non devi ringraziarmi. Devi solo essere felice. Devi lasciarti questo dolore alle spalle e andare avanti. Nella vostra famiglia di dolore ce n'è stato abbastanza, adesso basta, no? »

Annuisco e rimaniamo in silenzio, per un tempo che sembra infinito.

Poi mi alzo. « Adesso devo andare. Domani parto con la figlia di Sally e il nipotino. »

« Brava. Un nuovo inizio è quello che vi serve. Ma, prima che te ne vada, voglio dirti una cosa. »

Mi rimetto a sedere.

« Quello che è successo in spiaggia quel giorno... è la cosa peggiore che mi sia mai capitata. Dover prendere il corpicino esanime di tuo fratello e cercare di rianimarlo... Ho avuto incubi per mesi. Degli incubi terribili che non mi lasciavano in pace. »

Anche lui sa cosa significa avere gli incubi, allora.

« E sai come ho fatto a farli passare? Sai come li ho superati? »

Scuoto la testa.

« Ci sono riuscito ripensando alle vostre voci, alle vostre risate gioiose mentre sistemavo la canna da pesca. Quelle risate mi hanno rassicurato, perché mi hanno dato la certezza che, nei suoi ultimi momenti di vita, tuo fratello è stato felice. Felice di giocare sulla spiaggia con sua sorella maggiore. »

Le lacrime mi rigano il volto mentre mi alzo.

Ray fa lo stesso e mi abbraccia. Mi abbraccia come avrebbe dovuto fare mio padre. « Passeranno », mi sussurra. « Gli incubi se ne andranno. Credimi. »

Dopodiché me ne vado. Ma, prima di tornare in ospedale, vado sulla spiaggia a guardare il mare. E, mentre mi riempio i polmoni di questa giornata che volge al termine e ascolto le grida dei gabbiani, sento che qualcosa mi abbandona. È una sensazione quasi impercettibile, come una piuma che ti accarezza una guancia. Ma so esattamente cosa significa. Significa che mio fratello, il fratellino che ho cercato di salvare, è venuto a dirmi addio.

EPILOGO

Il bambino si agita quando l'aereo comincia l'atterraggio. Gli prendo la mano. « È bello, vero, David? »

Lui sorride: un sorriso bellissimo, radioso. Quando Sally era piccola, dicevamo sempre che quando sorrideva faceva splendere il sole, e adesso che stringo la mano del suo nipotino sento che lei è con noi. Sally continuerà a vivere attraverso di lui.

Hannah alza la tendina e guarda fuori. « Ancora qualche istante e la vedremo. »

David mi lascia la mano e avvicina il viso al finestrino. Superate le nuvole, potrà vedere la sua nuova vita.

Una donna seduta nella fila accanto a noi ci guarda e sorride. Sento dentro di me una grande felicità. Siamo una famiglia, adesso, e stiamo cercando di rimettere insieme i pezzi, nonostante tutto.

Abbiamo trascorso gli ultimi mesi a Londra, in un appartamento in affitto, mentre aspettavamo di concludere la vendita di quello di Soho. Si potrebbe definire una casa sicura ma, quando l'assistente sociale l'ha chiamato così, Hannah ha cominciato a tremare. Era così che Paul chiamava la rimessa: la loro casa sicura. Allora io ho suggerito un'altra definizione: quell'appartamento sarebbe stato la nostra casa delle vacanze, un posto in cui saremmo stati fino a che non saremmo stati pronti per tornare ad affrontare il mondo.

Non è stato facile. In questi mesi, Hannah e David sono dovuti andare dallo psicologo due volte alla settimana, a rivivere e analizzare ogni orrore subito. Ci sono stati giorni in cui ho pensato che non ce l'avremmo fatta e in cui ho temuto di aver commesso un terribile errore accettando di prendermi cura di loro. Ma poi abbiamo cominciato a vedere la luce in fondo al tunnel. David si sveglia ancora gridando certe notti. Però io sto imparando ad aiutarlo. Sto imparando cosa significa essere una madre, e cioè abbracciare, baciare i propri figli e controllare che non ci siano mostri sotto il letto.

Pure i miei incubi vengono ancora a trovarmi. E credo che continueranno a farlo. Ma le allucinazioni sono molto diminuite, anche se a volte mi ritrovo a chiedermi se quello che vedo è reale o solo un abbaglio. Mi sto facendo seguire da una persona, però – uno psicologo specializzato in PTSD –, e le cose cominciano a migliorare. Invece di scappare dai miei ricordi e cercare di dimenticarli con l'aiuto dell'alcol e dei sonniferi, ora li affronto a viso aperto. E, come tutti i mostri, una volta che ti decidi a guardarli in faccia, ti rendi conto che non sono spaventosi come credevi.

Il vero mostro, Cheverell, adesso è in prigione. Non so in quale carcere sia e non voglio saperlo. Dopo il processo, abbiamo scoperto che era già stato in prigione per aver molestato e picchiato la sua prima moglie. Una volta uscito, era tornato a Herne Bay a reclamare la casa dei genitori. Secondo la perizia psichiatrica, è affetto da una specie di delirio messianico che lo porta ad approfittarsi di tutte le donne vulnerabili che attraversano il suo cammino. Penso a Sally che lo saluta dal giardino il giorno in cui si sono conosciuti e a come la sua fragilità debba averlo attirato. Lei vedeva sempre il buono nelle persone ed è stata la sua rovina.

Ma, quando lo hanno condannato all'ergastolo, ho fatto una promessa: avrei ricostruito quello che lui aveva cercato di distruggere. Poco a poco, Hannah e David cominciano a riprendersi e il mio compito è quello di farli tornare a vivere senza paura.

« Quando la vediamo? » chiede David, col faccino premuto contro il vetro.

« Prestissimo », gli rispondo, col profilo della città che si staglia all'orizzonte.

Secondo Harry cambiare aria mi farà bene. E io penso che abbia ragione. Una volta credevo che sarei morta se mi avessero messa a lavorare dietro una scrivania, ma adesso ho una famiglia cui pensare. Inoltre devo ammettere che « corrispondente da New York » non suona affatto male. « Forza, David. È ora di salutare la tua nuova casa. »

Ci avviciniamo tutti e tre al finestrino ma poi Hannah ci ripensa. « Aspettate, voglio che ci sia anche la mamma. » Allora prende la borsa e tira fuori l'urna di porcellana che abbiamo portato con noi. Abbiamo deciso che spargeremo le ceneri di Sally quando atterreremo: il momento del nostro addio è vicino.

« Eccola! Eccola! » grida David. E all'improvviso la vediamo: un faro di speranza e libertà che si staglia nel cielo. « È enorme! Sembra un angelo. »

Io allora mi riappoggio allo schienale e chiudo gli occhi, lascio che siano Hannah e David a godersi la vista della Statua della Libertà.

C'è anche lui, come sempre, con in mano il suo *Libro dei sorrisi*. « *Tusbih 'ala khayr*, Kate. »

Ho scritto un ultimo articolo prima di partire. Parla di

un bambino siriano che amava il calcio e sognava una vita migliore. Parla di mia sorella Sally, che desiderava solo sentirsi protetta. Parla di Layla, Hassan, Khaled e di tutte le persone che mi hanno dato qualcosa delle loro vite e che resteranno per sempre nel mio cuore.

Ripenso alle parole di chiusura dell'articolo, parole che ho scritto di corsa mentre mi preparavo a lasciare la redazione per l'ultima volta.

> « Lanciarsi nell'occhio del ciclone è un modo bizzarro di guadagnarsi da vivere. La gente ci chiama impavidi perché andiamo nei luoghi in cui c'è la guerra invece di scappare. Ma io non mi definirei mai così. Per me essere una giornalista significa dare voce a quelli cui è stata tolta, raccontare le loro storie e mostrare al mondo qual è il vero costo umano della guerra. »

E, mentre il volto di Nidal si dissolve, penso ai versi incisi sul piedistallo della Statua: *Datemi i vostri stanchi, i vostri poveri, le vostre masse infreddolite desiderose di respirare libere, i rifiuti miserabili delle vostre coste affollate. Mandatemi loro, i senzatetto, gli scossi dalle tempeste e io solleverò la mia fiaccola accanto alla porta dorata.* E piango per l'uomo che sarebbe potuto diventare, per la vita che avrebbe potuto avere.

« *Tusbih 'ala khayr,* Nidal », sussurro mentre l'aereo tocca terra.

RINGRAZIAMENTI

Per l'aiuto e il supporto che mi hanno dato durante la stesura di questo romanzo, ringrazio:

Katy Loftus della Viking perché si è dimostrata un'editrice formidabile. La tua intelligenza e la tua intuizione hanno fatto sì che questo libro potesse vedere la luce.

La Viking Penguin e tutto il suo staff.

La mia agente, Madeleine Milburn, per aver creduto sin dall'inizio nel mio romanzo.

Cara Lee Simpson e tutta la Madeleine Milburn Literary, TV & Film Agency. Siete persone splendide e il vostro supporto è stato un grande dono.

La Arts Council England, per avermi concesso il tempo e lo spazio per immergermi nelle ricerche necessarie alla stesura del mio romanzo.

Il dottor Anthony Feinstein, professore di Psichiatria all'Università di Toronto e autore di *Journalists under Fire: The Psychological Hazards of Covering War*. Grazie per aver dedicato del tempo a rispondere alle mie domande, per aver chiarito l'impatto dei traumi sugli inviati di guerra e per aver spiegato la cruda realtà del PTSD.

Haley Vale, per avermi permesso di comprendere la vita di uno psicologo forense.

Mark Starbuck, per lo splendido lavoro fatto per la copertina quando il romanzo era ancora solo in embrione.

Rowan Coleman, Carolyn Jess-Cooke e Cally Taylor,

per le parole d'incoraggiamento che mi avete dispensato proprio quando ne avevo più bisogno. Siete scrittori fantastici e vi ammiro moltissimo.

La mia famiglia e i miei amici. Grazie a Fiona, Adam, Daniel, ai miei nipoti per l'amore e l'incoraggiamento.

Mia sorella, Siobhan Kerr. Grazie per aver condiviso con me la tua vita di giornalista, gli alti e i bassi del mestiere, le procedure, il brivido che si sente quando una storia prende forma. Non dimenticherò mai la notte delle elezioni del 1997, quando mi hai permesso di stare in redazione con te a guardare il nuovo governo che saliva al potere scrivendo una pagina importante della nostra storia. In quel momento ho capito il motivo per cui ami così tanto il tuo lavoro. Sappi che per il personaggio di Kate Rafter mi sono ispirata a te.

Mamma. Sei la mia migliore amica e non avrei potuto farcela senza di te. Grazie per esserti sorbita miriadi di telefonate in cui ti leggevo capitoli interminabili e ancora solo abbozzati. E grazie per aver pianto nelle parti tristi!

Papà: un giornalista brillante con una proprietà di linguaggio che io posso solo sognare di avere. Per farla breve, sei il mio eroe e questo libro non esisterebbe senza di te. « Le parole sono importanti », mi hai detto una volta. « Rendi loro giustizia. » Spero di esserci riuscita.

Luke, il mio bellissimo e dolcissimo bambino. Sei la mia costante fonte d'ispirazione. Grazie per avermi dato la forza di scrivere questo romanzo. Tutto quello che faccio è per te.

Nick. Grazie per aver dato vita alle storie di questo romanzo coi tuoi bellissimi schizzi durante la fase di ricerca e per avermi tirato su di morale alla fine. Non dimenticherò mai le storie che mi hai raccontato del campo rifugiati di Calais. Ammiro tantissimo il tuo lavoro.

Alla memoria di Marie Colvin, una giornalista piena di talento e audacia che ha sempre cercato di raccontare la vita che continua nonostante la guerra. Il suo coraggio ha ispirato questo romanzo.

Per concludere: anche se il personaggio di Nidal è solo frutto della mia immaginazione, ci sono tanti, troppi bambini intrappolati nelle zone di guerra in giro per il mondo. Spero che questo romanzo possa, nel suo piccolo, evidenziare il fatto che è necessario fare il possibile per aiutarli e che, parafrasando una frase della grandissima inviata di guerra Martha Gellhorn, « bisogna alzare la voce contro l'ingiustizia ».

Fotocomposizione Editype S.r.l.
Agrate Brianza (MB)

Finito di stampare
nel mese di gennaio 2018
per conto della Casa Editrice Nord s.u.r.l.
da Grafica Veneta S.p.A. di Trebaseleghe (PD)
Printed in Italy